ZHONGGUO XIAOSHUO
100 QIANG

中国小说100强（1978—2022）

幻想村庄

东　西　著

北京联合出版公司
Beijing United Publishing Co.,Ltd.

图书在版编目（CIP）数据

幻想村庄 / 东西著. -- 北京 : 北京联合出版公司,
2023.9
（中国小说100强）
ISBN 978-7-5596-7010-6

Ⅰ.①幻… Ⅱ.①东… Ⅲ.①长篇小说－中国－当代 Ⅳ.①I247.5

中国国家版本馆CIP数据核字(2023)第111297号

幻想村庄

作　　者：	东　西
出 品 人：	赵红仕
出版监制：	张晓冬　范晓潮
责任编辑：	管　文
特约编辑：	和庚方　郭　漫
封面设计：	武　一

北京联合出版公司出版
（北京市西城区德外大街83号楼9层　100088）
北京兴星伟业印刷有限公司印刷　新华书店经销
字数154千字　650毫米×920毫米　1/16　16.5印张
2023年9月第1版　2023年9月第1次印刷
ISBN 978-7-5596-7010-6
定价：58.00元

版权所有，侵权必究
未经书面许可，不得以任何方式转载、复制、翻印本书部分或全部内容。
本书若有质量问题，请与本公司图书销售中心联系调换。
电话：010-65868687

中国小说100强（1978—2022）丛书

编委会

丛书总策划

张　明　　著名出版人
张　英　　资深媒体人

编委主任

吴义勤　　中国作协副主席
　　　　　中国小说学会会长

编　委

吴义勤　　中国作协副主席、中国小说学会会长
宗仁发　　《作家》杂志主编
谢有顺　　中山大学教授、中国小说学会副会长
顾建平　　《小说选刊》副主编
张　英　　资深媒体人
文　欢　　作家、出版人

总　序

"中国小说100强"（1978—2022）是资深出版人张明先生和腾讯读书知名记者张英先生共同策划发起的一套大型文学丛书。他们邀请我和宗仁发、谢有顺、顾建平、文欢一起组成编委会，并特邀徐晨亮参与，经过认真研讨和多轮投票最终评定了100人的入选小说家目录。由于编委们大多都是长期在中国文学现场与中国文学一路同行的一线编辑、出版家、评论家和文学记者，可以说都是最专业的文学读者，因此，本套书对专业性的追求是理所当然的，编委们的个人趣味、审美爱好虽有不同，但对作家和文学本身的尊重、对小说艺术的尊重、对文学史和阅读史的尊重，决定了丛书编选的原则、方向和基本逻辑。

从文学史的角度来说，1978年以后开启的新时期文学是中国当代文学的黄金时代，不仅涌现了一批至今享誉世界的优秀作家，而且创造了许多脍炙人口的文学经典，并某种程度上改写了20世纪中国文学史的版图。而在中国新时期文学的经典家族中，小说和小说家无疑是艺术成就最高、影响力最大的部分。"中国小说100强"（1978—2022）就是试图将这个时期的具有经典性的小说家和中国小说的经典之作完整、系统地筛选和呈现出来，并以此构成对新时期文学史的某种回顾与重读、观察与评判。呈现在读者面前的这套丛书是对1978—2022年间中国当代小说发展历程的一次全面、系统的整体性回顾与检阅，是中国当代文学经典化的重要成果，从特定的角度集中展示了中国新时期文学在小说创作方面的巨大成就。需要说明的是，与1978—2022年新时期文学繁荣兴盛的局面相比，100位作家和100本书还远远不能涵盖中国当代小说的全貌，很多堪称经典的小说也许因为各种原因并未能进入。莫言、苏童、余华等作家本来都在编委投票评定的名单里，但因为他们已与某些出版社签下了专有出版合同，不允许其他出版社另出小说集，因而只能因不可抗原因而割爱，遗珠之憾实难避免，而且文学的审美本身也是多元的，我们的判断、评价、选择也许与有些读者的认知和判断是冲突的，但我们绝无把自己的标准强加于别人的意思。我们呈现的只是我们观察中国这个时期当代小说的一个角度、一种标准，我们坚持文学性、学术性、专业性、民间性，注重作家个体的生活体验、叙事能力和艺术功力，我们突破代际局限，老、中、青小说家都平等对待，王蒙、冯骥才、梁晓声、铁凝、阿来等名家名作蔚为大观，徐则臣、阿乙、弋舟、鲁敏、林森等新人新作也是目不暇接，我们特别关注文学的新生力量，尤其是近10年作品多次获国家大奖、市场人气爆棚的新生代小说家，我们秉持包容、开放、多元的审美立场，无论是专注用现实题材传达个人迥异驳杂人生经验、用心用情书写和表现时代精神的现实主义作家，还是执着于艺术探索和个体风格的实验性作家，在丛书里都是一视同仁。我们坚信我们是忠实于自己的艺术理想、艺术原则和艺术良心的，但我们并不认为自己的角度和标准是唯一的，我们期待并尊重各种各样的观察角度和文学判断。

当然，编选和出版"中国小说100强"（1978—2022）这套大型丛书，除了上述对文学史、小说史成就的整体呈现这一追求之外，我们还有更深远、更宏大的学术目标，那就是全力推进中国当代文学"经典化"的历程和"全民阅读·书香中国"建设。

从1949年发端的中国当代文学已经有了70多年的发展历程，但对这70多年文学的评价一直存在巨大的分歧，"极端的否定"与"极端的肯定"常常让我们看不到当代文学的真相。有人认为中国当代文学达到了前所未有的高度和水平。王蒙先生在法兰克福书展上就说：中国当代文学现在是有史以来最繁荣的时期。余秋雨、刘再复甚至认为中国当代文学的成就远远超过了现代文学。也有人极端否定中国当代文学，认为中国当代文学都是垃圾。他们认为现代文学要远远超过当代文学，中国当代文学连与现代文学比较的资格都没有。比如说，相对于鲁（迅）、郭（沫若）、茅（盾）、巴（金）、老（舍）、曹（禺）这样大师级的人物，中国当代作家都是渺小的侏儒，根本不能相提并论，两者比较就是对大师的亵渎。应该说，与对中国当代文学的肯定之声相比，对当代文学的否定和轻视显然更成气候、更为普遍也更有市场。尽管否定者各自的角度和出发点不同，但中国当代作家、作品与中外文学大师、文学经典之间不可比拟的巨大距离却是唱衰中国当代文学者的主要论据。这种判断通常沿着两个逻辑展开：一是对中外文学大师精神价值、道德价值和人格价值的夸大与拔高，对文学大师的不证自明的宗教化、神性化的崇拜。二是对文学经典的神秘化、神圣化、绝对化、空洞化的理解与阐释。在此，我们看到了一个非常有趣的悖论：当谈论经典作家和文学大师时我们总是仰视而崇拜，他们的局限我们要么视而不见要么宽容原谅，但当我们谈论身边作家和身边作品时，我们总是专注于其弱点和局限，反而对其优点视而不见。问题还不在于这种姿态本身的厚此薄彼与伦理偏见，而是这种姿态背后所蕴含的"当代虚无主义"。这种"虚无主义"的最大后果就是对当代作家作品"经典化"的阻滞，对当代文学经典化历程的阻隔与拖延。一方面，我们视当下作家作品为"无物",拒绝对其进行"经典化"的工作,另一方面又以早就完全"经典化"了的大师和经典来作为贬低当下泥沙俱下的文学现实的依据。这种不在同一个层面上的比较,不仅毫无意义,而且只能使得文学评价上的不公正以及各种偏激的怪论愈演愈烈。

其实,说中国当代文学如何不堪或如何优秀都没有说服力。关键是要进行"经典化"的工作,只有"经典化"的工作完成了才有可能比较客观地对当代的作家作品形成文学史的判断。对当代的"经典化"不是对过往经典、大师的否定,也不是对当代文学唱赞歌,而是要建立一个既立足文学史又与时俱进并与当代文学发展同步的认识评价体系和筛选体系。当然,我们也要承认,"经典化"问题是一个非常复杂的问题,并不是凭热情和冲动一下子就能完成的,但我们至少应该完成认识论上的"转变"并真正启动这样一个"过程"。

现在媒体上流行一些对于中国当代文学经典化冷嘲热讽的稀奇古怪的言论,其核心一是否定中国当代文学有经典、有大师,其二是否定批评界、学术界有关"经典化"的主张,认为在一个无经典的时代,"经典"是怎么"化"也"化"不出来的,"经典化"是一个实实在在的"伪命题"。其实,对于文学,每个人有不同的判断、不同的理解这很正常,每一种观点也都值得尊重。但是,在"经典"和"经典化"这个问题上,我却不能不说,上述观点存在对"经典"和"经典化"的双重误解,因而具有严重的误导性和危害性。

首先,就"经典"而言,否定中国当代文学早就不是什么新鲜事,对当代文学的虚无主义态度在很多人那里早已根深蒂固。我不想争论这背后的是与非,也不想分析这种观点背后的社会基础与人性基础。我只想指出,这种观点单从学理层面上看就已陷入了三个巨大误区:

第一个误区,是对经典的神圣化和神秘化的误区。很多人把经典想象为一个绝对的、神圣的、遥远的文学存在,觉得文学经典就是一个绝对的、乌托邦化的、十全十美的、所有人都喜欢的东西。这其实是为了阻隔当代文学和"经典"这个词发生关系。因为经典既然是绝对的、神圣的、乌托邦的、十全十美的,那我们今天哪一部作品会有这样的特性呢?如果回顾一下人类文学史,有这样特性的作品好像也没有。事实上,没有一部作品可以十全十美,也没有一部作品能让所有人喜欢。在这个问题上,我们应该明确的是,"经典"不是十全十美、无可挑剔的代名词,在人类文学史上似乎并不存在毫无缺点并能被任何人所认同的"经典"。因此,对每一个时代来说,"经典"并不是指那些高不可攀的神圣的、神秘的存在,只不过是那些比较优秀、能被比较多的人喜爱的作品而已。从这个意义上说,当今中国文坛谈论"经典"时那种神圣化、莫测高深的乌托邦姿态,不过是遮蔽和否定当代文学的一种不自觉的方式,他们假定了一种遥远、神秘、绝对、完美的"经典形象",并以对此一本正经的信仰、崇拜和无限拔高,建立了一整套关于中国当代文学的伦理话语体系与道德话语体系,从而充满正义感地宣判着中国当代文学的死刑。

第二个误区,是经典会自动呈现的误区。很多人会说,是金子总是会发光的。但对文学来说,文学经典的产生有着特殊性,即,它不是一个"标签",它一定是在阅读的意义上才会产生意义和价值的,也只有在阅读的意义上才能够实现价值,没有被阅读的作品没有被发现的作品就没有价值,就不会发光。而且经典的价值本身也不是固定不变的。如果一个作品的价值一开始就是固定不变的,那这个作品的价值就一定是有限的。经典一定会在不同的时代面对不同的读者呈现出完全不同的价值。这也是所谓文学永恒性的来源。也就是说,文学的永恒性不是指它的某一个意义、某一个价值的永恒,而是指它具有意义、价值的永恒再生性,它可以不断地延伸价值,可以不断地被创造、不断地被发现,这才是经典价值的根本。所以说,经典不但不会自动呈现,而且一定要在读者的阅读或者阐释、评价中才会呈现其价值。

第三个误区，是经典命名权的误区。很多人把经典的命名视为一种特殊权力。这有两个层面的问题：一，是现代人还是后代人具有命名权；二，是权威还是普通人具有命名权。说一个时代的作品是经典，是当代人说了算还是后代人说了算？从理论上来说当然是后代人说了算。我们宁愿把一切交给时间。但是，时间本身是不可信的，它不是客观的，是意识形态化的。某种意义上，时间确会消除文学的很多污染包括意识形态的污染，时间会让我们更清楚地看清模糊的、被掩盖的真相，但是时间同时也会使文学的现场感和鲜活性受到磨损与侵蚀，甚至时间本身也难逃意识形态的污染。此外，如果把一切交给时间，还有一个前提，那就是对后代的读者要有足够的信任，要相信他们能够完成对我们这个时代文学的经典化使命。但我们对后代的读者，其实是没有信心的。我们今天已经陷入了严重的阅读危机，我们怎么能寄希望后代人有更大的阅读热情呢？幻想后代的人用考古的方式对我们这个时代的文学进行经典命名，这现实吗？我不相信后人对我们身处时代"考古"式的阐释会比我们亲历的"经验"更可靠，也不相信，后人对我们身处时代文学的理解会比我们亲历者更准确。我觉得，一部被后代命名为"经典"的作品，在它所处的时代也一定会是被认可为"经典"的作品，我不相信，在当代默默无闻的作品在后代会被"考古"挖掘为"经典"。也许有人会举张爱玲、钱钟书、沈从文的例子，但我要说的是，他们的文学价值早在他们生活的时代就已被认可了，只不过很长时间由于意识形态的原因我们的文学史不谈及他们罢了。此外，在经典命名的问题上，我们还要回答的是当代作家究竟为谁写作的问题。当代作家是为同代人写作还是为后代人写作？幻想同代人不阅读、不接受的作品后代人会接受，这本身就是非常乌托邦的。更何况，当代作家所表现的经验以及对世界的认识，是当代人更能理解还是后代人更能理解？当然是当代人更能理解当代作家所表达的生活和经验，更能够产生共鸣。因此，从这个角度来说，当代人对一个时代经典的命名显然比后代人更重要。第二个层面,就是普通人、普通读者和权威的关系。理论上,我们都相信文学权威对一个时代文学经典命名的重要性,权威当然更有价值。但我们又不能够迷信文学权威。如果把一个时代文学经典的命名权仅仅交给几个权威,那也是非常危险的。这个危险表现在什么地方呢?就是几个人的错误会放大为整个时代的错误,几个人的偏见会放大为整个时代的偏见。我们有很多这样的文学史教训。在这个问题上,我们既要相信权威又不能迷信权威,我们要追求文学经典评价的民主化、民主性。对一个时代文学的判断应该是全体阅读者共同参与的民主化的过程,各种文学声音都应该能够有效地发出。这个时代的文学阅读,最理想的状态应该是一种互补性的阅读。为什么叫"互补性的阅读"?因为一个批评家再敬业,再劳动模范,一个人也读不过来所有的作品。举个例子:现在我们一年有5000部以上的长篇小说,一个批评家如果很敬业,每天在家读二十四小时,他能读多少部?一天读一部,一年也只能读三百部。但他一个人读不完,不等于我们整个时代的读者都读不完。这就需要互补性阅读。所有的读者互补性地读完所有作品。在所有作品都被阅读过的情况下,所有的声音都能发出来的情况下,各种声音的碰撞、妥协、对话,就会形成对这个时代文学比较客观、科学的判断。因此,文学的经典不是由某一个"权威"命名的,而是由一个时代所有的阅读者共同命名的,可以说,每一个阅读者都是一个命名者,他都有对经典进行命名的使命、责任和"权力"。而作为一个文学研究者或一个文学出版者,参与当代文学的进程,参与当代文学经典的筛选、淘洗和确立过程,更是一种义不容辞的责任和使命。说到底,"经典"是主观的,"经典"的确立是一个持续不断的"过程","经典"的价值是逐步呈现的,对于一部经典作品来说,它的当代认可、当代评价是不可或缺的。尽管这种认可和评价也许有偏颇,但是没有这种认可和评价,它就无法从浩如烟海的文本世界中突围而出,它就会永久地被埋没。从这个意义上说,在当代任何一部能够被阅读、谈论的文本都是幸运的，这是它变成"经典"的必要洗礼和必然路径。

总之，我们所提倡的"经典化"不是要简单地呈现一种结果，不是要简单地对一个时代的文学作品排座次，不是要武断地指出某部作品是"经典"，某部作品不是"经典"，不是要颁发一个"谁是经典"的荣誉证书，而是要进入一个发现文学价值、感受文学价值、呈现文学价值的过程。所谓"经典化"的"化"实际上就是文学价值影响人的精神生活的过程，就是通过文学阅读发现和呈现文学价值的过程。可以说，文学的经典化过程，既是一个历史化的过程，更是一个当代化的过程。文学的经典化时时刻刻都在进行着，它需要当代人的积极参与和实践。因此，哪怕你是一个对当代文学的虚无主义者，你可以不承认当代文学有经典，但只要你还承认有文学，你还需要和相信文学，还承认当代文学对人的精神生活具有影响力，你就不应该否定当代文学经典化的重要性。没有这个"经典化"，当代文学就不会进入和影响当代人的生活，就失去了存在的意义。每一个人，哪怕你是权威，你也不能以自己的好恶剥夺他人阅读文学和享受文学的权利。

从这个意义上说，当代文学的经典化当然是一个真命题而不是一个伪命题。在一个资讯泛滥的时代，给读者以经典的指引是文学界、出版界共同的责任，而这也是我们编辑出版这套书的意义所在。

最后，感谢张明和张英先生为本套书付出的辛劳，感谢北京立丰天文化传播有限公司、北京金圣典文化有限公司的资金支持，感谢全体编委和北京联合出版公司各位编辑，感谢所有对本套丛书的出版给予大力支持的作家和他们的家人。

是为序。

吴义勤

2022年冬于北京

目 录
Contents

飞来飞去 ____ 1

你不知道她有多美 ____ 18

私　了 ____ 28

保　佑 ____ 40

蹲下时看到了什么 ____ 60

双份老赵 ____ 77

溺 ____ 86

猜到尽头 ____ 95

原始坑洞 ____ 136

祖　先 ____ 166

慢慢成长 ____ 198

幻想村庄 ____ 236

飞来飞去

1

深夜，熟睡中的姚简被手机的铃声吵醒，同时被吵醒的还有他的夫人。他带着不祥的预感接听，果然，听到的是一串哭泣。这在他的意料之中，又仿佛在他的意料之外，心里紧张悲伤之余竟然还夹杂着一丝丝不那么体面的解脱。他需要确认，哪怕是明知故问，于是，便在姚久久一时半会儿尚不能中断的哭泣中很不礼貌地插了一句："到底怎么了？"似乎还抱着出现奇迹的幻想。"叔，奶奶上呼吸机了。"姚久久一边哭泣一边说。不是最坏的消息，他想，但愿没那么糟糕。他详细地询问母亲的症状后挂断电话。夫人问："怎么办？我们一起回去吧。"姚简说："疫情这么严重，回国的航班几乎熔断，去哪里搞机票？"夫人说："再难搞也得搞，你妈可就你这么一个后代。"

姚简在网上查询航班，找到一趟从纽约直飞广州的，立刻就订了三张。但第二天航空公司来电，说："疫情原因，航班取消，要不要订一周后的？"姚简在网上又搜了一遍，没找到直飞的，便续订。可第三天，航空公司又来电，说："一周后的航班也取消了，要不要续订半个月后的？"姚简想你这是在开玩笑吗？半个月后回去，加上二十来天的隔离，我还能见到活着的母亲吗？他拒绝了续订，开始托熟人找关系，高价求购飞回中国的机票，包括但不限于直飞。

等机票期间，他每天都跟姚久久视频通话，每次通话他都让她把视频凑到母亲的面前。"妈妈……"他在视频里呼唤。不戴呼吸机的时候，母亲的眼睛会努力地睁开一道缝，吃力地盯住视频，一点一点地舒展面肌，试图给他一个好脸色，但舒展着舒展着，眼看一丝笑容就要浮现却突然一动不动，仿佛静止一般，虽然还有舒展的企图却已经没有了舒展的才华。而大多数时间里她都在昏睡，无论他怎么呼唤她都没有反应，就像地面呼唤发射到外太空的失灵的探测器。

一周后，母亲的病情略有好转，能对着视频说话了，但每说几个字便停顿一会儿，仿佛挑重担的人需要歇气。她说："崽呀，妈想让你赶紧回来，但又怕一时半会儿死不了。每次我病重你都回来，可每次你回来我都没死，你飞来飞去的都飞累了。要不再观察几天？看看病情走向，如果实在挺不住，我再让久久通知你，你再回来不迟。"其实，她何尝不想让他马上回来，而他又何尝不想立即回去。

又过了十天，他买到一套高价票，该票先由纽约飞伦敦，再从伦敦转机飞上海，然后从上海转机飞 N 市。他把这套机票打印出来放到客厅的茶几上，一家三口像饥饿时盯着面包渣那样盯着，谁也不吱声。夫人想我是第一个必须放弃回去的，因为我跟婆婆既无血缘关系又无共同的文化背景。儿子想我出生于美国新泽西州，不是奶奶带大的，即使我回去也不是她最大的安慰。

"那么，只能是我一个人先回去了。"

"请代我向妈妈问好。"

"告诉奶奶,我非常非常爱她。"

"谢谢。"

2

姚简隔离完毕,姚久久把他从宾馆接到医院。他踮脚走进病房,看见母亲静静地躺在床上,鼻孔插着输氧管,脸庞比视频里的至少瘦一圈。他俯身把脸贴到她的脸上,轻轻地叫了一声:"妈……"她嘴唇嚅动,眼睛微微一睁,想举手却没有力气举起来,两行泪从眼角艰难地浸出。她等久了等累了,还在他隔离期间就昏睡过去了。

面对没有声音的母亲,他很不习惯,像走错了地方似的。以前他每次回来,耳朵里房间里走廊上轿车内到处都是她的声音:"过得好不好?""累不累?""想吃点什么?""怎么瘦成这样了?"一连串的问句像叮叮当当的打铁声此起彼伏,根本没给他回答的机会,仿佛问只是为了问而不是为了要他回答。他把姚久久支开,一个人坐在床边陪护。真安静,现实中的声音都消失了或者说被他屏蔽了,过去的声音争先恐后:"别哭,爬起来。""加油,你会考上的。""留学?那是妈妈梦寐以求的事。""但是,你吃得惯西餐吗?""虽然我不适应洛莉,但只要你喜欢就行。""姚旺长多高啦?""你爸走了,就剩下我了。""美国,我去那地方干什么?人生地不熟的,除了给你们添累,弄不好还给你们添堵。""妈理解,你只要一年回来看我一次就行。""不寂寞,妈有妈的生活。"

经过一阵回忆的轰炸,他出现了暂时失听,就像飞机降落时因气压改变而出现的暂时失听，世界又安静下来。仿佛是为了配合听觉，窗外的光线一抖，突然暗淡，就像被谁动了亮度开关。走廊外的花圃，怒放的鲜花因光线的忽暗反而突显它们的艳丽，有三团红，三团黄，还有两团紫，远远地看着就觉得香。他下意识地抽了抽鼻子，觉得不对劲，竟然闻到了一股朽味，以为是下水道或过期食物发出来的，但经过仔细检查才发觉朽味来自母亲的身体。

他很生气，打来半桶热水，先用香皂把毛巾洗干净，再用毛巾给母亲洗脸，抹身子。抹身子时，他才知道母亲的瘦超乎他的想象，瘦得身上的骨头都硌他的手了。瘦是因为她长期患病，但她的指甲为什么会那么长？说明姚久久没有尽到护理的责任，竟然不给母亲勤剪指甲，简直是……他想骂人，但话到嘴边却很绅士地咽了下去。他从床头柜里找出指甲剪，一边给母亲剪指甲一边问："久久多久给你洗一次澡？"母亲没反应，他知道她不会有反应，但这并不妨碍他的自言自语，并不妨碍他把一年多来想跟她讲的话讲了一遍。

傍晚，姚久久来了，她带来了晚餐和母亲的干净衣服。晚餐是给他带的，母亲已经断食，全靠输液维持生命。他没食欲，坐在一旁看她给母亲换衣服。他说："你没闻到奶奶身上的气味吗？"她说："这叫老人味，老了你也会有。""也许吧……"他岔开话题，"要是当初她跟我去美国，哪至于这样，没准连这个病都不会得。"

"到了美国就不生病了吗？"

"那倒不是，也许那边的环境对她更有利……"

"不可能，"她给母亲换上干净的衣服，"看看你们感染新冠病毒的人数，就知道奶奶没跟你去多幸运。"他震了一下，没想到她从这个角度思考问题，更没想到她把他划为"你们"而不是"我们"。他不想默认，也想把憋了又憋的话痛快地说出来。他说："你多久给奶奶洗一次澡？"

"天天都洗。"

"多久给她剪一次指甲？"

"天天都剪。"

明摆着的谎言她却振振有词，好像撒谎的是他，甚至还让他产生了羞愧。他本想用外交辞令，但看着她那副抵赖的模样，顺嘴说了一声："Shit。"也许是美剧看多了，她竟然听懂了，把被单重重地一抖，坐在床边生气，说："叔，你是不是一直怀疑我没有好好照顾奶奶？"他当然怀疑，但他一直没捅破这层窗户纸，直到现在也还在犹豫要不要捅破。"如果你怀疑，你可以另外请人。"还没等他想好词，她先说了。"每月一万元人民币，相当于你们大学里四级教授的工资，难道你就不想挣这个钱吗？"他也下意识地把她划为"你们"。

"我宁可不挣你的钱，也不想让你怀疑，你也不要因为有几个钱，就学美国欺负我们。"

"我欺负你了吗？"

"怀疑就是欺负。"

"那你干吗撒谎？你明明没有天天给奶奶洗澡，却说天天都给她洗，明明没有天天给她剪指甲，却说天天都给她剪了。"

"奶奶这身子骨，经得起天天洗澡吗？再说她的指甲长得那么慢，有必要天天都剪吗？你不了解实际情况就不要满世界指手画脚。要说撒谎，你们美国人撒得更厉害，你们说伊拉克有化学武器，结果找到的却是洗衣粉。"

他无法辩驳。谁告诉她的？他想，当一个护工不看护理手册却天天刷短视频的时候，你就不容易反驳她了。他很想说美国是美国，他是他，但显然她不会同意他的这种切割，在她的意识里他早就等于美国了。他说:"那么,我给你买的轿车呢?本来是想让你方便接送奶奶,但你却拿来做网约车,天天接单挣外快,竟然把奶奶一个人晾在病房里。"

"谁告诉你的?"

"你说呢?"

"真没想到,我对奶奶那么好,她还跟你告密。"她回头看了一眼床上的奶奶,轻轻骂了一声,"叛徒。"

"简儿……"母亲忽然醒了,仿佛是被姚久久骂醒的。姚简走到床边,俯身捧住母亲的手。母亲吃力地断断续续地说:"别怪久久,是我叫她去做网约车的……"说完,她又昏睡过去,醒来好像就是为了帮姚久久洗白。

3

病房断断续续来了一些客人,都是姚简昔日的同学与旧交。"你还好吧?"他们反复询问反复打量,充满了对姚简的关切与担心,饱含深深的同情,好像身患绝症的是他而不是奄奄一息的母亲。但是,也有不这么问却仍然想表达这层意思的,比如大学同学张文垂。

"哈哈,老同学……"张文垂声音洪亮,戴着两层口罩走进来。

姚简赶紧起身朝他伸手,但他没接他的手掌,而是用手肘碰了一下他的手肘,生怕握手又得洗手。姚简还在愣神,张文垂已经从床底拉出一张凳子坐下,并指着旁边的凳子说了一声"Please",好像他是这个房间的主人而姚简是来客。姚简会心一笑,慢慢坐下,发现张文垂的印堂，准确地说是口罩以上的面部闪闪发亮，由此推断他气血充沛心情舒畅。他说："快撑不住了吧？"姚简蒙圈，想他怎么会用这么不礼貌的语言来问候母亲，难道是为了表示他和我的关系非同一般？他不想回答却又怕失礼，便很不情愿地说："目前还算稳定，但不知道能撑多久？"

"再这么发展下去，死定了。"张文垂说。

姚简心头一堵，说："抱歉，你是指我的母亲吗？"

"No，No，No，"张文垂赶紧摇手，"我说的不是伯母。"

"那你说的是谁？"

"你就别装啦，我说的是……"

姚简想说"我没装，我真不知道你说的是谁"，但他像憋屁那样把这句话憋回去，觉得辩解会让他以为他虚伪。如果这是他们做同学那些年的暗语，而自己又偏偏忘了，那岂不尴尬。于是他笑了笑，摆出一副释然的表情。幸好张文垂没追究，而是转移了话题："我知道你在那边混得不好，但前几年我即使想帮你也使不上劲。""还行吧，我觉得……"姚简支支吾吾，仍在揣摩张文垂的言外之意。

"你看你，还在打肿脸充胖子，老弟我现在可是能帮你了。"张文垂拍了拍胸口。

姚简又被他说迷糊了，不知道他要帮他什么，也不知道自己需要他什么样的帮助，眼下除了母亲病危这个难题，他几乎没有别的难题。张文垂看他没有领悟自己的暗示，便直接问："你一年的收入是多少？"

"不多，也就十来万美金。"姚简说完立刻后悔，觉得这个数虽然打了折扣，却还是怕对张文垂形成刺激，于是马上补了一句，"不过，这是税前，你知道美国的个人所得税极高。"没想到张文垂一拍大腿，说："Out 了，像你这样的人才，在国内年薪至少一百万人民币。""真的?"姚简惊讶,觉得张文垂还是一如既往地喜欢吹牛。但似乎是为了证明自己不是吹,张文垂掏出手机,用免提跟西江大学吴校长通话,说要给他推荐人才。吴校长问推荐谁?他说普林斯顿大学化学系的教授姚简。吴校长感叹,说确实是个人才。张文垂问他愿不愿意引进?吴校长说引不引进还不是你一句话吗,你说引进我们就立即办手续。张文垂说像他这样的专家年薪是不是应该百万?住房是不是应该不低于160平方米?家属工作也应该一并安排吧?虽然张文垂使用的是问句,但在姚简听来却句句都像命令。果然,吴校长说当然当然,此外还有一笔不小的科研启动经费,还有安家费。张文垂挂断电话,说:"过去我不在这个位置上,不知道人才有多奇缺,那么老同学,这事就这么定了。"

"啊……"姚简一脸的诧异,"这么快就定了?"

"这是我一贯的办事风格。"张文垂想摘下口罩,但摘了一半又重新挂上。

"文垂,这么大的事我得慎重考虑,而且还需要跟夫人孩子商量。"

"有啥好商量的,难道你仇恨钱?"

"那倒不至于……"姚简说完就想,他不是来看望母亲的吗,怎么突然就扯到了人才引进上?我没跟他说过要引进呀。张文垂似乎看出了他的疑虑,说:"你现在就给嫂子洛莉打个电话,要不我先把她引进了再引进你。"姚简摇头,说:"别,你先把引进的速度降一降,你嫂子是学美国历史的,把她引进发挥不了什么作用。"

"让她改学中国历史,让她知道我们的历史有多悠久,多博大,多精深。"

"关键是我都适应了那边的生活,况且,当初我那么渴望出去,现在一听说这边有钱就屁颠屁颠地回来,别人怎么看暂且不说,自己都觉得斯文扫地满脸通红。"

"不怪你,当年我们支持出去,现在欢迎回来。"

"请给我一点时间吧。"姚简犹犹豫豫。

"你就是爱面子,放不下身段,不愿意接受我们强大这一事实。"张文垂不耐烦了,起身徘徊,忽然灵光一闪,指着床上说,"难道你就不想回来陪陪母亲?她可是为你奉献了一辈子。"

"当初就是她劝我出去的。"

"现在她的态度变了,不信你问。"张文垂走到床边,提高嗓门,"伯母,你想不想让姚简回来工作?"

"想……"母亲回答,调门还挺高,"那么好的条件,为什么不回来?"

"我说对了吧。"张文垂一击掌。

姚简羞愧地低下头,他没想到母亲竟然醒了,竟然听清了他们的对话。先不说自己回不回来,但至少回来这个议题让母亲的心情有了好转。

4

一天,姚简在给母亲洗脸时,她突然把毛巾推开,说:"你服侍我这么久,是不是烦了?"姚简说:"你给我尽孝的机会,高兴还来不及。""那你能不能回来工作?"母亲认真地看着他,目光里有一丝久违的明亮。姚简不敢回答,生怕影响她的情绪。他想,不是说回来就能回来,就像移栽的树,已经把根扎在新的环境,要想再移栽一次谈何容易。但母亲没有放过他，说："只要你回来，我至少还能活十年。"姚简想如果你能再活十年，那我就是绑架也要把你绑架到新泽西州去，就怕你活不得那么久，就怕你连现在的清醒都是回光返照。

"知道我为什么不愿意跟你出国吗？"母亲突然问。

"你说你不习惯那边的生活。"姚简说。

"那是托辞，真实的想法是为了给你留一条后路。"母亲忽然压低嗓门，警惕地看着门口，好像这是一个害怕别人听到的秘密。

"你想多了。"姚简故意提高嗓门。

"但从目前的形势来看，我给你留的这条后路留对了。简儿，实话告诉我，你在那边自在吗？晚上敢上街吗？小偷是不是很多？他们歧视你吗？你是不是买枪了？姚旺没吸毒吧？洛莉没出轨吧？一想到你在外面被人欺负，一想到你每天都过着提心吊胆的生活，我就整晚整晚地睡不着，后悔当初把你送出去，你看你，都瘦成啥样了……"母亲一旦有了精力就会毫不吝啬地用来唠叨，这是姚简熟悉的模式，却不是他熟悉的内容。他觉得奇怪，仅仅一年多时间不见，母亲竟然生出了这么多担心。过去，她可从不担心我在外面的生活和工作，难道是越老越敏感或是越病越糊涂？为了让她放心，他卷起衣服露出腹肌，说："这不是瘦，是结实，我每天都健身呢。你看你，都瘦得只剩下骨头了，还好意思说我瘦。"母亲露出一丝笑容，是事实被所爱的人揭穿后开心加尴尬的那种笑容。

"老房子我一直给你留着，新房子也给你买了一套。"母亲说。

"去年回来，你不是催我赶紧把房卖了吗？"姚简说。

"卖了你住哪里？"

"我又不是经常回来。"

"你那个张同学不是说要把你调回来吗？"

"前天，吴校长找我谈过引进的事，我已经拒绝了。"姚简觉得有必要跟她说实话，否则会增加她无端的期盼。

她叹了一口长气，仿佛在为他也为自己惋惜。她说："你连房子都没有，你住什么地方？晚上睡桥洞吗？"说着，她的眼眶忽然湿了。她不停地抬手抹泪，悲伤得像个孩子。他说："请你放心，我在新泽西住的是别墅。""你的别墅是租的，我这个有房产证，有房产证的住着才像一个家。"她似乎又回到了清醒状态。他说："我买得起别墅，只是不想买而已，租来住更划算。""又骗我，物价那么贵，你买得起个鬼。你骗别人也就算了，怎么连妈都骗？"她好像又糊涂了。

"我没骗你。"

"你骗我，你一直都在骗我。你骗我说你生活幸福，有房有车有钱，可我一眼都没看见。其实，你什么都没有，一点都不幸福，你就像莫泊桑小说里的叔叔于勒。你骗我说不想回来工作，其实你想回来，只是放不下架子。"

"我的状况我清楚，你不用担心。"

"你不清楚，你好糊涂……"

沉默。他不想跟她争执，知道再怎么争执也改变不了她的看法，因为她似乎在绝症的基础上又叠加了阿尔兹海默症。也许是说累了，也许是对姚简深深地失望，她突然感到胸闷，忽然就不想说话了。护士给她插了输氧管，她安静地躺在床上，她的安静让姚简好一阵不适应。深夜，姚简感到困倦，便伏在床边打盹。醒来已是凌晨四点，他抬头一看，母亲没了呼吸，输氧管已从鼻孔拔出，被她的右手紧紧地攥着。

5

处理完母亲的后事，姚久久开车送姚简回家。车上，姚久久说："叔，我知道是你偷偷拔了奶奶的氧气管。"姚简气得面红耳赤，心脏差点停摆。他舒了一口恶气，说："你的想法比蟑螂还脏。""不只我，所有的亲戚都这么认为。"姚久久双手握着方向盘，仿佛握着真相。"我为什么要拔她的氧气管？难道我就不希望她活得更久一点吗？"姚简按下车窗，急迫地呼吸着外面的空气。

"因为你不想飞来飞去，不想影响你回美国挣钱，不想再支付护理费。"

"停车。"姚简近乎呵斥。

姚久久把车"吱"地停住。"从今以后，再也不要让我见到你。"姚简指着姚久久的脑门一字一句地说完，才打开车门钻出去，"嘭"地把门摔回来。"忘恩负义，我跟你绝交，我们全家都跟你绝交。"姚久久怼了一句，呼地把车开走，好像车比她还生气，好像车不是姚简给她买的。姚简愣住，想为什么会有这么多的误解？去年回来时不还是好好的吗？他孤独地站了一会儿，百思不得其解，便朝家的方向走去，一边走一边想还有谁能相信我？白小鹃，他突然想起了他的初恋女友。

他约白小鹃在茶庄见面，等待期间，他隔着落地窗看了好久的草坪和湖水。草不是当年的草，水也不是当年的水，但他假装它们还是当年的，只承认周围的树长粗了，长高了。"我知道你的婚姻不幸福。"

忽然传来一个女声。他扭过头来，看见白小鹃坐在对面，脸上还是当年那种高高在上的表情，好像她是上帝专程派来俯视他的。虽然他反感这种俯视，却又不得不承认因为她的漂亮而稀释了对她的反感，就像在硫酸里加碱稀释其伤害性。没想到她还保持着当年的脸形与身材，皮肤依然白里透红，就连眼角和脖子也没什么皱纹，也许是因为一直单身，也许是因为注重保养，她看上去显得比实际年龄至少年轻十岁。他一边观察一边想，她怎么一落座就说我的婚姻不幸福？是掌握了确凿的证据抑或是猜测？洛莉不是挺好的吗？她既有事业心也有家庭责任感，平时说话轻声细语，哪怕我说了不对的观点她也总是无条件地先说"Ok"，然后再找机会解释。她懂得管控情绪，从来不跟我发生因文化差异而引起的冲突。她就像我的胃，知道什么时候做中餐，什么时候做西餐，什么时候下馆子。如果硬要说我的婚姻不幸，那也只不过是在白小鹃说出来的这一刻我脑海突然产生的一个概念，因为我从来没质疑过婚姻的幸福。

"你母亲住院后，我常来陪她聊天，她有时喊我小鹃，有时喊我洛莉，有时还喊我儿媳妇。"白小鹃说。

"对不起，她的记忆出了问题。"姚简说。

"也许这是她的真实想法，在她的潜意识里一直反感你跟外国人结婚，尤其是……"没等白小鹃说完，姚简赶紧打断："母亲跟洛莉的关系很好。"

"那都是装出来的，她每次看见我，就会把洛莉的照片从手机里调出来进行比较，天哪，洛莉怎么胖成那样了？"白小鹃得意地看着姚简。姚简说："女人嘛，还是丰腴一点好，尤其是到了一定年纪之后。"

"丰腴？"白小鹃张大嘴巴，"那也叫丰腴？叫臃肿好不好？"

"这和婚姻幸不幸福有关系吗？我就喜欢丰腴的。"

"当然有关系，她之所以臃肿是因为有压力，是因为你没有给她幸福，或者说她没有从你这里感受到幸福。"白小鹃一套一套的。

"你说得对。"姚简决定妥协，这几天经历了太多的争论，他不想在离开前再争论一次，于是把茶杯小心地推到白小鹃面前。虽然喝茶能降躁（即降低狂躁），但白小鹃只抿了一口，显然茶量达不到降躁的效果。果然，白小鹃又发话了："姚简，你好可怜。"他假装没听见。白小鹃盯着他，就像狙击手通过瞄准镜盯着目标那样，盯得他的脸一阵阵辣。他扭过头，回避她的目光。她说："像你这样的成功人士，竟然连一个情人都没有，好可怜。"

"这恰恰证明我对洛莉的忠诚。"他感到自豪。

"既然你忠诚于她，那干吗还要约我出来？"

"想找你说说话。"

"你想说什么？"

"有人说是我拔了母亲的氧气管，你认为我能做出这样的事情吗？"

"我听说了，亲人群里都在传。"白小鹃迟疑了一会儿，"如果是二十年前，我认为你绝对不会做这种没良心的事，但现在我完全不了解你。再说……你母亲的病一会儿好一会儿坏，这几年你飞来飞去的确实也挺辛苦。这么跟你说吧，我不敢肯定你会拔她的氧气管，但至少你有过拔她氧气管的想法。"

"糟糕，我以为你最了解我，没想到你并不了解，谁会相信我俩曾经在一张床上睡过？"姚简低下头，感到失望。白小鹃感叹，说："姚简，环境会改变人，况且你出去了二十多年，况且西方根本就不讲中国的孝道，你们对生命的理解完全跟我们不同。"

"可我跟你还是一样的。"

"不一样了。"白小鹃伸手在姚简的下巴上撩了一下。姚简的身子本能地往后一躲。白小鹃说："你一躲，就说明你不相信我，语言很狡猾，身体很诚实。既然你都不相信我了，凭什么让我相信你？"

姚简无语，嘲笑自己竟然想从抛弃过自己的女人身上寻找安慰，简直就像幻想病毒自行消失那么幼稚。当初，他们也没多大的矛盾，她踹掉他仅仅是因为不同意他出国留学，怕他被洋妞勾引。他忍不住重新打量白小鹃。她看见他抬起头来，忍不住又伸手撩了一下他的下巴，他又本能地一躲。她说："你看，想重新建立信任有多困难，当初我摸你的任何一个地方，你不仅不会躲反而会迎难而上。可是现在……"

"现在我已经有老婆孩子了。"

"想不到你们美国人这么保守，姚简呀姚简，无论一个人或一个民族，如果不开放，那就会憋死，难道你不想从我们当初失败的恋爱中吸取教训吗？"

"吸取教训的应该是你。"

"哼……"白小鹃说，"除了对你深表同情，我真没办法救你。"

6

姚简飞向新泽西州，于上午十点回到自家别墅。一放下行李，洛莉就问："亲爱的，这几天你看社交媒体的亲人群了吗？"姚简说："没看。"洛莉说："他们怎么那么邪恶？"姚简问："谁邪恶？"洛莉说："你的中国亲戚，他们说是你拔了母亲的氧气管，让她提前死亡。"姚简说:"那不叫邪恶,叫误解或误会,你用词重了。"

"可他们都在污蔑你。"洛莉气得满脸通红。

"他们照顾母亲那么多年,蛮辛苦的,批评几句也是为了宣泄情绪,过一段时间就风平浪静了。"姚简解释。

"我讨厌他们拿母亲的生命来编故事,都是些什么物种呀?"

姚简听得不舒服,便提醒洛莉:"亲爱的,请注意你的语言,我们和他们是一样的。"过去,只要姚简一提醒,洛莉会马上说"Sorry",但这次她竟然没说"抱歉",说明她骨子里仍然潜伏着天生的优越感,哪怕她平时没有表现,但在不经意间会猛地跳出来。

傍晚,姚旺黑着脸从大学回来了,一进门他就说:"爸,你的亲戚为什么总是用恶意揣测你?"姚简说:"我的亲戚不也是你的亲戚吗?"姚旺说:"什么狗屁亲戚,我已经在网上跟他们开骂了。"姚简心里一沉,后悔没在"亲人群"里及时屏蔽姚旺和洛莉。他怕矛盾升级,劝姚旺停止骂战。姚旺说:"可是我气得肺都要炸了。"姚简说:"一个人成熟的标志就是能控制脾气。""在谣言面前你不用控制,"洛莉从厨房冲出来,"我支持你骂他们,儿子。"姚简一拍餐桌,说:"你们想没想过明年我们还要回去过清明节?还要跟他们打交道,还要拜托他们照看好爷爷奶奶的骨灰。"洛莉和姚旺沉默了,他们用同情的眼神看着他。姚简发现他们的眼神和回国时亲人们看他的眼神相似。

深夜,姚简偷偷打开手机,翻阅"亲人群"里的信息,看见上面全是"阴谋论"。姚久久说她半夜送夜宵,发现叔叔偷偷拔掉奶奶的氧气管,于是赶紧冲进去制止,但已经来不及了。姚简想她什么时候送过夜宵?我从来都不吃夜宵。姚老大,也就是堂哥,姚久久的父亲,他说他调看了医院的监控,确证婶婶的氧气管是堂弟亲手拔掉的。姚简想他们家不就是想多挣一点护理费吗,犯不着这样污蔑陷害。表弟说表哥既有作案的动机也有作案的时间，还有作案的环境。姚简想这个表弟是著名的啃老族，在母亲病重期间他连看都不愿意看一眼。姨妈每求他来看一次，他就跟姨妈收一次出场费。除了真正的亲戚，群里还多了一些不认识的人，他们都是姚久久拉进来的。他们不摆事实不讲道理，只是一通乱骂，而姚旺早在几天前就跟他们怼上了。群里塞满了不干不净的语言，每隔两三行就有人问候别人的祖宗。这个"亲人群"是几年前为了方便沟通由姚简搭建的，现在不仅不能在上面友好地沟通，反而成为相互仇恨的场所。姚简很失望，他的手指悬在屏上许久许久，终是下定决心按了下去，就像按下武器的开关。从此，这个群被他解散了，彼此眼不见心不烦。

但是，姚简仍然心事重重，他的脑海时不时会冒出关于氧气管的各种说法，有时候他竟然怀疑母亲的氧气管真是自己拔掉的，甚至会给这种想法配画面，越配越觉得真实。这种想法就像一块创可贴贴在他的脑海，怎么撕也撕不掉。一天午后，他靠在客厅的沙发上打盹，突然梦见了母亲，这是母亲逝世后他第一次梦见。母亲不停地抹着眼泪，说："简儿，氧气管是我自己拔的，你受委屈了。"姚简一个战栗，忽地惊醒，放声大哭。这是母亲逝世后他第一次痛哭，仿佛要哭出全部的悲伤和思念。哭罢，他算了算时差，发现母亲在梦里出现的时间正好是一个月前她离开的时间。

这边午后，那边凌晨。

2021 年 3 月 26 日

你不知道她有多美

春雷说：

不，我不是那个意思。我不是说废墟有多美，更不会说地震是美的。你只要看一看我身上的这些疤痕，就知道我不会说地震的好话。傻瓜才会说地震有多美、有多震撼。我是说女人，那个叫向青葵的女人。

她是发生地震那年的春节嫁给念哥的，也就是1976年。念哥姓贝，大名贝云念，是我们家的邻居。年初二，我还睡在床上做梦，他就把我叫醒了。他说春雷，咱们接嫂子去。那年头时兴婚事简办，越简办越体现生活作风健康。念哥是等着提拔的机关干部，当然不敢铺张浪费，说实话，他也没有铺张浪费的能力。

他很简单，就踩着一辆借来的三轮车驮着我去医院接嫂子。他身上的棉衣已经半旧，脚上蹬着洗得发白的球鞋，只有脖子上的那条红围巾是新买的。青葵姐比我们起得还早。我们赶到时，她已经在宿舍楼下等了半个小时，连鼻子都冻红了。念哥把脖子上的红围巾取下来，捂到青葵姐的脸上，驮着她往回走。三轮车被念哥踩得飞了起来，他不时回头看看青葵姐，眼睛笑成一道缝。

我和青葵姐面对面地坐着，头一次离得那么近。我看见她长长的睫毛上像沾着水雾，眼珠子比蓝天还清亮，红扑扑的两腮挂着酒窝，一直挂着，没有停止过。谁都知道青葵姐漂亮，但那一天她是最漂亮的。后来我观察，只有笑的时候她才有酒窝，这证明那一天她都在笑。

念哥的三轮车越快，打在我脸上的风就越大。我的脸好痛。我缩了缩脖子。青葵姐看见了，从包里掏出一盒雪花膏，抠了一点儿抹到我的脸上。她说你看你，脸都冻裂了。她的手像温热的水在我脸上流淌，我舒服得几乎晕了过去，脑海里突然跳出两个字：天使！原来青葵姐是仙女下凡。我甚至想是不是因为有了她，人们才把医生称作天使？现在说出来不怕你笑话，青葵姐这么擦过之后，我三天都没洗脸，甚至还伸出舌头舔了脸上的雪花膏。我一直认为雪花膏的味道，就是青葵姐的味道。

那天，我比念哥还高兴。好多人来吃喜糖。他们来了又走，只有我一整天坐在念哥的屋里。到了晚上，念哥说又不是你娶媳妇，瞎乐什么？快回去睡吧。我恋恋不舍地站起来，怪天黑得太早。青葵姐从里间拿出一个塑料皮笔记本，说你累了一天，这个送给你吧。要知道，像这么高档的塑料皮笔记本那时并不多见。我母亲没有工作，全家靠我父亲的工资，即使看见过这样的本子，我也舍不得买。但这个礼物放在这个晚上给我，我一点儿也不高兴，它像一道逐客令，我收下之后就再没理由待在他们的屋子里了。

很快，整幢楼都知道了青葵姐的美丽。按现在的说法，她很具杀伤力。当天晚上，我的父母就吵了起来。我父亲说你看看人家娶的媳妇，要身材有身材，要胸口有胸口，还是个医生，现在的年轻人真有福气呀！我母亲说人家娶媳妇，看把你急成什么样子了。我就知道你那老毛病没改，想要漂亮的先把我离啦。他们小声地吵着，以为我是聋子。

几天后，三楼的孙家旺也跟他媳妇吵开了。他媳妇怪他看青葵姐看得太傻，看得眼珠子都快爆裂了，说他故意在楼下等青葵姐，还为青葵姐提南瓜。孙家旺可不像我父母那样低声下气，他站在走廊上大声地跟媳妇对骂，其中说得最多的一句就是：我喜欢她，你又能把我怎样？大不了咱们离！那时我觉得孙家旺不要脸，这样的话都说得出口。但到了现在我才明白，他是故意说给青葵姐听的。他是明修栈道，暗渡陈仓。大约过了两个月，孙家旺真跟他媳妇离了。后来孙家旺想打青葵姐的主意，我听他对青葵姐说是因为你，我才离的。

这些事我都写到了青葵姐送的笔记本上，但写得最多的还是青葵姐。我想她雪花膏的气味，想她软绵绵的手，想娶她这样的媳妇，想跟她说话，想天天到她家去串门。我还在笔记上画她，开始画得一点都不像，后来越画越像，画得比她的相片还像。如果不是因为崇拜她想做一名医生，也许她送的笔记本早把我培养成画家或者作家了。不知道什么原因，自从青葵姐住进这幢楼，周围的夫妻常常莫名其妙地拌嘴，冷不丁就会从某个窗口传来摔碟砸碗的声音。这是用预制板搭建的大板房，基本上没什么隔音功能。好几次念哥出差了，孙家旺赖在青葵姐的屋里不走。青葵姐就隔着墙壁叫：春雷，你把我的相册拿过来。或者这样唤：春雷，你念哥不是说今天晚上回来吗？

我哎哎地应着，跑到她的屋子里跟孙家旺比坐功。他不离开，我就一直坐着。有时候，那个赖在屋子里的不一定是孙家旺。我不太记得他们的名字了，反正只要念哥一出差，来的男人就特别多，特别复杂，不是孙家旺就是李家旺，不是李家旺就是贺家旺。不管什么男人，青葵姐都叫我过去陪他们，让他们没有下手的机会。青葵姐的那本相册被我拿过来又拿过去，成为到她家去的借口。有好几次那些垂涎欲滴的男人走了，我还不想走，青葵姐就给我热她做的水晶包子，让我一边吃一边听她说念哥的好。我听着，好想让她再给我擦一次雪花膏。但是天气已经不允许了，热了。我的脸也光滑了，再也没有理由了。于是我就装病，不上学也不去医院。母亲没有别的办法，请青葵姐在家里给我吊针。你不知道那样的时刻有多幸福。为了能让她给我扎针，我恨不得天天生病。

当然这不是我接触她的唯一方式。我帮她从楼下提过水，跟她学过打针，为她拆过毛线，还故意站在走廊上朗诵毛主席的《沁园春·雪》。如果我读错了，她会着急地跑出来帮我纠正读音。有时我故意把字读错，她并不知道我的伎俩。但是念哥看出来了。念哥是多么聪明的人呀！他拍着我的脑袋说鬼精灵，你要是跟我一样年纪，那青葵姐就是你的啦。我心里暗暗得意，朗诵的声音越来越高亢。放暑假时，我获得了全校朗诵第一名。我把奖状拿给青葵姐看，她说要不是我指导，你哪会获奖？快请客。

我没钱请她下馆子，就买了一根雪条给她。你没看见她吃雪条的样子，用你们的行话来说，简直是一门艺术。一根雪条在她嘴里比在任何人嘴里待的时间都长，她不像我们用牙齿，而是用舌头慢慢地舔，用嘴轻轻地含。如果雪条融化得太快，她就抽出来让它歇一会儿，等雪条上凝聚了水滴，她又及时把它含住。雪条在她嘴里滚来滚去，直到只剩下那根木片。就是木片，她也要含一会儿才舍得丢掉。我母亲说看青葵吃雪条，就知道她是一个懂得节俭的媳妇。

十天之后，我们唐山就发生了震惊全世界的里氏 7.8 级地震，你们都应该听说过。即使死了我也不会忘记那个时间：1976年7月28日凌晨3点42分。当时，我不知道自己是怎么醒的，反正我醒了，身上只穿着一条裤衩。父母尖叫着跑出门去，一块水泥预制板砸在他们的身后。泥沙俱下，生死攸关，他们把我这个独生子留在屋里。我并没有急着逃命，真的。我也没有父母那么胆小怕事，好像我这条命不值得珍惜，或者我这条命应该献给什么人。

我闪到墙角，竖起耳朵听隔壁的声音。我想有可能的话，我会冲过去救青葵姐。但是速度太快了，还没等我行动，那边就传出了她的惨叫，紧接着是楼板坍塌的巨响。完啦！青葵姐肯定被砸死啦。整幢楼剧烈地摇晃起来，就像人哭到伤心处发抖那样。我被抛出窗外，和那些泥沙、门板、玻璃一起往下掉。这是一幢四层高的楼房，我们都住在四楼。奇怪的是我掉到地上之后，竟然没有死，只是那些落下的玻璃纷纷扎到我的身上。站起来的时候，我变成了一个长满玻璃的刺猬。这要在平时早就痛死了，但那时我却不知道痛。我看见人们惊慌地从楼道里跑出，看见有的人从楼上摔下，像石头那样嘭地砸在地上，再也没有起来。喊叫声中，我跟着人群跑去，刚跑出去几十米，回头一看，那幢楼就不见了。

除了惊叫和哭泣，就是喊爹叫娘、呼儿唤女的声音。操场上的人越来越多，我也想喊几声，但是我把父母的名字给弄丢了，怎么也想不起来。他们也没喊我。我想青葵怎么就死了呢？她那么漂亮那么水灵怎么就舍得死呢？我试着拔出腿上的玻璃，一股热乎乎的血流下我的小腿肚。我不敢拔了，得等医生来拔，要不然血会流干的。

人们不知道下一步该怎么办，我也不知道。忽然，响起一个大嗓门，他叫大家不要惊慌，毛主席会派飞机来接我们。这句话像炸弹，把人群炸得东倒西歪，稀里哗啦。好多人说那干等着干什么？还不快去飞机场。人群往飞机场的方向走去。我跟着他们。他们越走越快，我越走越慢。我不知道为什么慢，我又不感到痛，为什么会慢？现在我当了医生才知道，肯定是那些玻璃在作怪。你想想肉里戳进那么多三角形的、四边形的、多边形的玻璃，我敢保证，就是施瓦辛格演的"终结者"，插上了这些玩意也快不到哪里去。

　　走了一阵，父母找到我了。他们又惊又喜，摸我的脸，拍我的肩，看看我是不是哪里少了一块。当他们的手被我剐痛之后，才知道我的身上插满了玻璃。父亲想背着我走，但他怕把玻璃压进我的肉里，加剧我的疼痛。母亲想抱起我，但她的手刚伸过来，就听到玻璃砸进肉里的噗噗声。我头上长角，身上长刺，只要什么东西碰上我，那些透明的多边形就会毫不客气地往肉里钻。母亲哭了，父亲叹气。我告诉他们我一点儿都不痛，叫他们别管我。可是他们不听，陪着我慢慢地走。父亲从地上捡起一根别人掉下的三角拐杖，递到我手里。母亲催促我加快速度，说太慢了就坐不上毛主席派来的飞机。

　　地下又动了起来，后来我才知道这叫余震。人群顿时乱成一团，全都向前狂奔。父母被人流裹挟着往前冲。我听到母亲喊：春雷，你快一点儿，我们在飞机场等你，我们到飞机上去给你抢座位。逃命的人像洪水一样从我的身边拥去，很快就把母亲的声音淹没了。我没他们那么怕死，避到路边慢腾腾地走着。我不知道哪来的胆量，一点也不害怕丢掉性命。青葵姐都死了，我活着还有什么意思？

　　从医学的角度讲，当你全身都是伤口又淋了一场雨的话，是很容易得破伤风的。这就叫作屋漏又遭连夜雨，行船偏遇顶头风。真倒霉呀！那雨说来就来，也不商量一下。逃命的人在雨里奔跑。那么多雨滴一起敲打我身上的玻璃，好像在演奏一件乐器。我没感到痛，反而觉得雨打玻璃的声音很好听。就是到了现在，我都还佩服那时的勇气。

渐渐地大部分的人消失了，只剩下一些老弱病残、行动不便的走在雨里。我听到有人喊春雷，喊了好久，我才明白是喊我。

那不是别人，是青葵姐的丈夫念哥。他的一只小腿被预制板压断了，只能爬行。他的全身都是泥巴，断的地方还流着血。我把手里的三角拐杖递给他。他从地上爬起来，扶着我的肩膀歪歪倒倒地往前走。他的血流到地面，跟着那些雨水往低凹处流去。我说青葵姐死得好可怜，我听到了她的惨叫。他把手从我的肩膀上拿开，用拐杖支撑着单腿跳跃前进。我跟上他，谁也不说话，只听见雨打玻璃。

念哥越跳越快，我被他甩在身后。我说念哥，你等等我。他说不能再等了，再等，我身上的血就不够用了。念哥和他们一样怕死，为什么都那么怕死？他们只管往前跑，却从来没回头看一眼留下来的亲人。念哥为什么不留下来陪青葵姐？我看见一只狗死的时候，另一只狗就不会离开。我像是有点清醒了，对着念哥喊：你一个人逃命吧，我可要回去陪青葵姐。他突然停住，扭头看着我：谁说你青葵姐死了？谁说的？我说是从她的惨叫声判断出来的。他说你的青葵姐没死，她已经跑到前面去了。

我好惊讶，说她没死吗？没死，她为什么不等你？他说是我叫她先走的，现在关键是看谁能抢到飞机上的座位，毛主席派来的飞机是有限的，只不过才十几架，谁抢到座位，谁就能活命。这么说青葵姐和我母亲一样，是抢座位去了。既然青葵姐还活着，既然她还活着……我的身体立即有了力气，快步追上念哥。两人在积水中吧唧吧唧地蹚着。我仿佛听到了青葵姐的喊声。喊声从前面的人群传来。我说这是她在喊吗？念哥听了一会儿，说她叫我们走快一点儿。

我们把所有的力气和精力都用来走路。

我说青葵姐的歌唱得真好听。念哥说她什么时候唱歌了？我说晚上呀，难道你没听见吗？半夜的时候她总会唱那么一小段，你睡在她的旁边都没听见吗？念哥说那不是唱，是哼，是哼歌，等你结了婚就明白了，女人都喜欢那么哼。我说别的歌也好听，但青葵姐的是最好听的，虽然没有歌词，就是好听。念哥说你青葵姐不光歌好听，还暖和。我说什么叫作暖和。念哥说像冷天被窝里放了个热水袋，这就叫暖和，明白不？我说明白。念哥说那水晶包子呢？青葵姐做的水晶包子好不好吃？我说你不说还好，你一说我就流口水了。念哥说你青葵姐没一处不好，就连她洗的球鞋也特别白，我妈都洗不过她。她的身子比香水还香。她的眼睛，她的酒窝，她细白的脖子，没有一处不好。她的腰那么细，屁股却那么壮实，人人都说她能给我生大胖小子。算命的说，她至少能活到80岁，我会死在她的前头……念哥越说越激动，竟然哭了起来。我说你怎么啦？他说没、没什么，是我的腿痛得太厉害了。

　　我们默默地走了一程，步子越来越沉重。念哥说等你长大了，我也给你找这么个好媳妇。我说除了青葵姐，谁也不要。念哥说傻瓜，她已经是我的人了，谁叫你妈不早点把你生出来。我说等我长大了，你能把她送给我吗？他说不行。我说那你能不能不搬家？让我一辈子做你们家的邻居。他说哪里还有家呀？全都塌了。这时我才想起家没有了。我说飞机真的会来接我们吗？他说毛主席的心里装着人民呢。我说毛主席会重新给我们一个家吗？他说会的。我说如果有了新家，你一定要让我住在你们家的旁边。他说就让你住在旁边吧。

　　雨停了。天边开始露出淡淡的白光。好几次我都想趴下了，但是念哥说，每往前走一步，就离飞机近一步，没准你青葵姐已经为我们占了好几个座位，没准一上飞机就能躺到青葵姐的腿上美美地睡一觉。我想这一次又不是装病，青葵姐准会让我躺的。我好想躺到她的大腿上睡一觉呀。我想着青葵姐的大腿，跟着念哥一步一步地走下去。我们就这样离飞机场越来越近，渐渐地看到了黑压压的人群。当我们走到人群的边缘时，念哥却不行了，他像一棵大树哗啦地栽到地上。他的血已经流干了。他最后对我说：春雷，如果你还能活下去，拜托你找到青葵姐的尸体，替我好好安葬她……

这时，我才确信青葵姐死了。念哥是用她来鼓励我，也鼓励他自己走到了飞机场。要不是想着青葵姐，我准在半路就趴下了，那今天我也不能给你讲这个故事了。我记得当时胸口一阵痛，泪水吧嗒地涌出眼眶。我哭了，在我的哭声中，痛觉一点点地回来，身体像着了火，痛不欲生。我真的看见身体着了火，那是太阳的光线，它们照射到插在我身体的玻璃碴儿上。我看上去是那么的透明，那么的闪闪发光。在太阳的光芒中，人群围了上来，以我为圆心围成一个圈。这个圈随着人群的加入越来越大。我看见整整一飞机场的人全都没穿衣服，他们冷得瑟瑟发抖。我多么希望青葵姐还活着，她就赤身裸体地站在人群中。我是多么的想看一次她的裸体。

你想想，太阳照着整个飞机场的裸体那会有多壮观。那都是活活的生命呀！半夜里为了逃命，他们根本没顾得上穿。后来有人告诉我，发生地震时凡是顾着穿衣服的，基本上都没跑出来，他们一共有24万人。

终于，我听到天上传来轰隆隆的声音。我想那一定是飞机的声音。但是还没等看到飞机，我的腿就软了，就支持不住了。我倒下去，那些插在我身上的玻璃碎的碎，断的断，撒落一地。突然，有一只手，就像青葵姐软绵绵的手，拽了我一下。我飞了起来，在站满裸体的上空。又突然，那只手一松，我跌回了地面。

值得庆幸的是我没有得破伤风。我被帐篷搭建的部队医院救活了。

出院后，我回到那个倒塌的家。遍地都是破烂的预制板，水泥块里露出钢筋头。我估摸着，开始在废墟上寻找青葵姐的尸体。我搬开石头、水泥块，挖了三天，把手掌都挖出血了，连青葵姐的影儿都没找到。后来，每年的7月28号我都要到那里去看一次。从那里逃出来的人这一天都会回去，有好几十个。他们默默地站在那里，悼念死去的亲人。在这些悼念的人中，我也没有发现青葵姐。当悼念的人们离去后，我坐在废墟的石头上闭上眼睛，就这样轻轻地闭上眼睛，青葵姐准会出现在我的面前：她站在我床头，用软绵绵的手为我扎针。她离我是那么的近，我看见她长长的睫毛上像沾着水雾，眼珠子比蓝天还清亮，红扑扑的两腮挂着酒窝，一直挂着，没有停止过……

　　对不起，每一次我说到这里就抑制不住流泪。当泪水涌出我的眼眶，我就得立即睁开眼睛。这就像影碟机的暂停，我希望青葵姐以这样的画面永远停在我的脑海。事实就是这样，直到今天，我已年过四十都还没娶媳妇。我见过好多漂亮的女人，但没一个有青葵姐漂亮。

私　了

他把存折轻轻放下。黑色的方桌上搁着一本绛色,很扎眼。她没看存折,而是看他,好像他是一个陌生人,需要对他进行检测。他被检测得心里发毛,低下头,看着凉鞋里十根变形的脚趾。脚趾虽然变形虽然黑,但指甲里没了泥垢,鞋面也还算干净,这都是进村时在井边仔细冲洗的结果。太阳快要落山了,阳光从门框斜进来,照着他们的下半身,把他们下半身的影子拉长,投射到墙壁上。墙壁上,一个腿影不动,一个腿影打闪。

"都15天了,你说你们封闭。李堂封闭还情有可原,你一个种地的,谁会封闭你?"她的声音不大,却一剑封喉。

"能不能先看看存折?"他弱弱地问。

"你都回来了,李堂为什么还不开机?"

他不答,指了指存折,好像答案就在那里。这时,她才把目光移开。目光移开时"哗"的一声,仿佛撕去一层皮,在他的脸上留下了痛感。她疑惑地看着，那是一本新存折，新得都不好意思去碰。她的手指捏着衣襟，捏了又捏，估计把手指捏干净了，才伸出去。

"慢。"他忽然制止。

她把手缩回来，又看着他。

"在翻开它之前，你得有个心理准备，因为……这不是一笔小数。"

"才出去几天，你就把人看扁了，好像我就没见过大数……"她翻开存折的瞬间，声音突然中断，整个人凝固，眼珠子一动不动，呼吸声变得急促。

27年前，她生李堂时差一点就憋死。医生说她的心脏有毛病，能生一个还保命，已是奇迹中的奇迹。从此，她感觉到了心脏的存在。累的时候它重，急的时候它重，来例假的时候它也不轻。每次犯重，她都用右手捂住左胸，仿佛捂住一碗水，生怕一松就漏。现在，她又把手捂在胸口，说三层，你是不是抢银行了？

他摇头。

"没抢银行哪来这么多钱？"

"你猜。"

她忽然感到脑袋不够用，而且头皮还略紧。她首先想到的是彩票中奖，但没等他摇头，她就自个摇了起来。她不相信李三层有这么好的手气，更不相信自己有这么好的命水，那么……她"那么那么"，也"那么"不出其他可能，就说你最好直接把答案告诉我。

"还是猜吧，答案没那么容易。"他扭头看着门外。

"再猜，我的心脏病就发作了。"

"好东西不能一口吃完，好消息需要慢慢消化。"

"没有答案，再好的消息也折磨人。"

"要不你问李堂。"

"他不是一直关机吗？"

"哦，我差点忘了。"他一拍脑门，仿佛从梦中惊醒。

"他为什么总是关机呀？"

"你先猜钱是怎么来的，然后我再告诉你他为什么关机。"

"讨厌，你都快把我急死了。"

"路得一步一步地走，事得一件一件地办，急不得。"

她重新翻开存折，看了一会儿："这钱是李堂挣的吗？"

"你说呢？他一个单位里的跑腿，才两年工龄。"

"莫非是你捡到的？"

"我说是，你也不会信吧。"

"天老爷，"她倒抽一口冷气，撩开他的衣襟，摸着他的腰部，"你不会把肾给卖了吧？"

"肾哪能卖这么贵。"

她低头查看。他的腰部没有伤疤。他说我的肾好着呢。她直起身："那就奇怪了，难道你傍上了大款？"

他把头扭过来，发现她的面肌开始松动，像有一颗石子砸进水面，渐渐泛起涟漪。这是严肃后的一丁点活泼迹象，是由对立走向和解的信号。他稍微放松警惕，仿佛有一根绑着的绳子从身上掉落。他说除非碰上一个刚从牢里放出来的女大款，否则我傍不上。

"你不是说你肾好吗？"

"光肾好有什么用？人家还要看皮肤白不白。"

"想想也是，谁会看上你这副黑不溜秋的皮囊？"她的脸上埋着讽刺。

"但是李堂好白，白得就像水泡过似的，一点都不像我。"

她双手一击，恍然大悟："莫不是李堂傍上了女大款？"

"你觉得有可能吗?"

"怎么没可能? 他一表人才,口齿伶俐,就是县长的女儿喜欢他,我也不奇怪。"

"有道理。"他微微点头。

"这么说我猜中了? 钱是那个女大款给我们的。"

"别叫得那么难听,富二代好不好?"

"有区别吗?"

"当然有了。一般女大款年纪都偏高,但富二代年轻。我们家李堂怎么可能为了钱去傍老女人。"

"那是。我们家李堂可讲尊严啦。记得他八岁时,李侯衣锦还乡,给每家的孩子都发了一把奶糖,别家的孩子恨不得要两把,但我们李堂一颗都没要。十岁那年,罗老师把他小孩穿过的一双半旧皮鞋送给他,他硬是没接,虽然他的球鞋都被脚趾顶出了两个窟窿。"

"这叫骨气。"他竖起大拇指。

"所以,不是我们家李堂要傍富二代,而是那个富二代倒追我们家李堂。"她把存折丢到桌上。

"知子莫如母,这事还真被你猜对了,是女方主动。"

"可是,李堂他交了女朋友为什么不告诉我? 这么好的事,有必要隐瞒吗? 20多天前我跟他通电话,他也只说旅游,没说交女朋友。"

"他……他想给你一个惊喜。"

"他们是什么时候认识的?"

"你猜。"

她盯住他,像盯住一个怪物:"动不动就你猜,哪里学来的臭毛病?"

"封闭时学来的。"

"到底是谁让你们封闭?"

"你先猜他们什么时候认识的。"

"神经病。"她骂了一句,朝厨房走去。厨房的灶台上煮着一锅水,现在正"扑哧扑哧"地冒着热气。她往热水里倒了一筒米,用铲子在鼎罐里搅了搅,把多余的水舀出来,然后从灶里抽出两根柴,让小火慢慢地焖饭。他走进来,倒了一碗凉茶,"咕咚咕咚"地喝下。喝茶声比脚步声还响。她扭过头来:"喂,这么多钱,你打算拿来起房子或是存定期?"

他抹了一把湿漉漉的嘴角:"你猜。"

她用手指点了一下他的嘴巴,说你能不能不说这两个字?他不动,呆呆地立住,看着正前方。正前方一片虚焦,他什么也没看见,只是摆了个看的样子。她扳扳他的下巴,又拧拧他的面肌,但他始终没动,好像变成了植物人。她用力捏他的鼻子,说你怎么变傻了?李三层,你是不是吃错药了?

"你猜。"他还没转过弯来。

"猜你为什么变傻吗?"

"不,猜他们是什么时候认识的?"

她抽了抽鼻子,扭过头去,揭开锅盖,饭还夹生,于是把刚才抽出来的那两根柴又塞进去,灶里多了一抹火光。她走到洗手池,洗了洗手,又抹了几把额头上的汗,看见他还在原地站着,就说李三层,我算是服你了。

"光服不行,还得猜。"

"笨蛋,他们不是三个月前认识的吗?"

"为什么是三个月前?"

"李堂回来过春节时,没说交女朋友,现在突然冒出个富二代,不是春节后认识的那会是什么时候？"

"没想到你还能推理，原来你不傻呀。"

"你妈的，到底是你傻还是我傻？"

"猜。"

"这还用猜吗？"

"时间是猜对了，但你还没猜他们是怎么认识的。"

"老娘没这份闲工夫，改天我直接问李堂。"

"也好。"说完，他转身走出去，走到堂屋，走出大门，一直走到汪槐家，他才发觉自己的手里还拎着那个茶碗。

他逢人便说"你猜"。全村人都知道他变傻了，但谁都不知道他是如何基因突变的？她背着他天天拨李堂的手机号码，但电话里天天都是那个声音："该用户已关机"。

"李堂为什么还关机呀？"夜深人静的时候，她用手指戳他的后腰。他翻了一个身："你先猜他们是怎么认识的。"

"说话当放屁。你说过只要我猜出钱的来历，就告诉我……"

"可当时你没乘胜追击，过期作废，现在我得加大问题的难度。"

她踹了他一脚："你没傻，你是癫。你是被钱吓癫了。"

"必须承认，钱不是个好东西。"

"可一旦缺钱，你什么东西都不是。"

"哎……"他长长地叹了一口气。

她抚摸他的身体。她已经好久没抚摸他了，感觉他的肉越来越少，骨头都多得有点刺手了。她说我对你好不好？

"没得说的。"

"那你为什么还让我猜这么多问题？你知道我最怕动脑筋。"

"我是想让你分享他们的幸福。"

"他们幸福吗？"

他点点头。即便是在黑暗中，即便都平躺在床上，她也感觉到他点了点头。她看着黑乎乎的天花板，脑海里一片花花绿绿。她说他们是怎么认识的？是在公交车上或是火车上？既然要认识，总得先有一个地点吧。

"人家是富二代，既不坐公交也不坐火车。"

"那就是自己开车喽。"

"还用说吗？"

她的脑海浮现一辆小汽车。太好的汽车她想不出，拼尽脑力，也只想象出一辆像王东帮人拉新娘那样的。汽车在她的脑海里"呼呼"地飞奔。她说："有一天……富二代开着一辆很贵很贵的车，在十字路口等红灯，忽然看见我们家李堂从斑马线走过。你想想李堂那身材，想想他的大长腿，只要往人群里一站，就相当于杉木站在茶林，马上就能吸引别人注意。我要是那个开车的姑娘，眼睛一定会发亮，心里一定会发烫……"

"我认为除了身材，她还看上了李堂的气质。"他打断她。

"还有才华，你别忘了，我们家李堂语文经常在班上考第一。"她说。

"然后呢？"他期待她往下讲。

"那个富二代叫什么名字？"她问。

"叫……叫，叫丽莲。"他"叭叭"地拍着脑门。

"没姓呀？"

"姓马。"

她看着黑乎乎的天花板，仿佛看着城市的街道："当马丽莲一看见我们家李堂，就觉得过了这个村便没那个店，她不想让机会溜走，跳下车，拦住李堂假装问路……"

"不可能。十字路口不能停车，她走人那是违反交通规则。"他反驳。

"人家一个有钱人，还在乎交通规则吗？大不了罚款。我跟你讲，人一旦爱上人，跳火坑都愿意，更别说跳车。"她争辩。

"那车怎么办？"

"让警察拉走呗，想要就第二天花钱去取，不想要就让它烂在停车场。"

"你不是说车很贵很贵吗？"

"对有钱人来说，贵算什么？感情才重要。"

"也是。她不跳车，怎么能体现我们家李堂的魅力？"他认可这个答案。但是她忽然产生疑问："难道李堂不会拒绝吗？"

"为什么？"他张大嘴巴。

"万一她长得不漂亮呢？李堂可不是那种只爱钱的人，他不会因为金钱降低对外表的要求。"

"恰恰相反，她长得太好看了。"

"为什么不带张照片回来？"

"说好要带，临出门又忘了。"

"她长得像谁？有她未来的婆婆好看吗？"

"好看一万倍。"

她用力掐了一下他的大腿。他竟然没喊痛。她说这是哪世修来的福？李堂竟然交了一个既有钱又漂亮的姑娘。

"而且还是倒追，"他赶紧补充，"早上，马丽莲开着豪车送李堂上班；晚上，她又开着豪车把李堂接到家里。"

"他们住在一起了？"

"可不是吗，李堂直接住进了马家的别墅。"

"也就是说他们睡在一块儿了？"

"你猜。"

她沉默。她的沉默让夜晚安静，安静得可以听见虫鸣，听见丝丝的风声，甚至还听到一两声狗叫。她说这么重大的事，他也不征求我们的意见？

"当初我们睡在一起的时候，你征求过你妈的意见吗？"

"讨厌。"她又用力掐他的大腿，他还是没喊痛，好像肌肉是塑料做的，和他已没血肉关系。她沉浸在想象中，呼吸变得越来越均匀，很快就睡着了。不知过了多久，她突然"嘿嘿"一笑。他睁开眼，天色已白。晨光从窗口射进来，照着她酣睡的脸庞。她竟然在梦中笑了，这是多少年都不曾发生过的美事。

有那么几日，他们忙于农活，把李堂的事暂时抛到脑后。小暑那天下午，他们决定休息。人一休息，脑袋就放空，脑袋一放空，许多事就奔涌而至。她说李三层，你这个骗子，几天前我猜出了他们是怎么认识的，但你却没告诉我李堂为什么不开机。

"那还得往下猜。"他说。

"凭什么？"她说。

"因为你没抓住机会。"

她转身进了卧室，开始收拾行李。他跟进来，问她想干什么？她说既然电话打不通，就得亲自跑一趟，我想李堂了，也想提前看看儿媳妇。

"他们不在城里，他们出门了。"他说。

"怎么会出门一个多月？而且还关机。"她一屁股坐在床上。

"因为他们要享受两人世界，不希望别人干扰。"他坐到她的旁边。

她用手指点他的脑门："你呀你……真是个闷葫芦。这么好的事，为什么不一锅端？而像挤牙膏，挤一点，讲一点。"

"我要是一次讲完，今天就没得讲了。什么事都是一个过程，讲慢点，短的显得长；讲快点，长的显得短。"

"他们去这么久，是出国旅游吗？"

"你猜。"

"猜你个头，再猜我就私奔。"

"可是，我已经给自己定了一个规矩，你不猜，我不讲。"他扭头看着窗口。

一只鸟飞来，落在窗台，好奇地看着他们，但几秒钟之后，它又飞走了。他们的目光追着那只鸟，那只鸟拐弯了，他们的目光没拐，而是直直地落到天边。天边，刚刚还洁白的云朵现在全变成了彩霞。落日悬在远山，像个句号。

"一个月，如果不是出国，那他们就是自驾或是徒步？"现在她才发觉不想猜只是表面现象，其实骨子里充满了好奇。

他摇头。

"难道是豪华游？"她问。

"差不多了。你想想游字的偏旁部首吧。"他提醒。

"三点水，他们是在水里吗？是坐轮船。"她预感自己找到了答案。

他点头。

"是不是在海上？"

他摇头。

她一拍大腿："我想起来了，李堂好像在电话里说过，他要去看长江。"

他点点头。

"哈哈，我终于猜对了。"她高兴得像个刚刚考了一百分的小学生。

"他们定了一个豪华包间……"他忍不住。

"别，还是让我来猜吧。"她制止。

他看着她。她看着窗外。她满脸笑容，这个迟到的消息让她兴奋、激动，好像豪华游的不是李堂，而是她自己。她说游费是马丽莲出的，李堂一个穷小子住不起豪华包间。这么说马丽莲真的喜欢我们家李堂，否则她舍不得花这么一笔大钱……

"她对他好呀，一有空就给他按摩。"他说。

"还三天两头给他炖鸡汤。"她说。

"她给他买了好多好多名贵的衣服。"

"我知道了，上船之前，她肯定还是个处女。他们之所以要豪华游，就是想在船上入洞房。"她有一丝得意。

"你是怎么知道的？"他暗暗佩服她的想象力。

"我猜的。"

"八九不离十，"他说，"一天，船到了中游，两岸的山越来越好看，他们拿着手机来到船边自拍。自拍是什么你知道吗？"

她点点头："就是举着一根长长的杆子给自己照相。"

"照了几张，马丽莲都不满意，她就坐到栏杆上。不巧，一阵强风刮来，船身一斜，马丽莲掉了下去……"

"啊……"她倒抽一口冷气，"快救她。"

"她在翻滚的江水里挣扎，不停地喊李堂李堂。她的头发乱了，衣服湿了，眼看就要沉下去了……"泪水盈满他的眼眶。

"快去救她呀，李堂。"她攥紧双手，仿佛就站在船边。

"采菊，情况这么紧急，你说救或是不救？"

"救，那么好的姑娘，如果不救，我们会一辈子良心不安。"

"我就知道你是个善良的人,"他抹了一把眼眶,"李堂也是个善良的人,他几乎没有犹豫,就咚地跳到江里去救她。可是李堂忘了,我们也忘了,他……他不会游泳呀!"说完,他放声大哭。

她一愣,身子一歪,往床上倒去。他双手接住,把她搂在怀里。他紧紧地搂住她,一直搂到深夜,她才醒来。醒来时,她长长地叹了一声:"天哪……你怎么不早说呀?你要是早说,我还能见儿子最后一面。"她一边哭一边捶打他的胸口。

"不瞒你说,因为台风,整条船都翻了,死的不光是我们家李堂。你要想开点,这是天灾,不是人祸。"

"那你为什么不让我去见他最后一面?"她继续捶打着他的胸口。

他一动不动:"几天之后,才把他们打捞上来,全都认不得谁是谁了,我怕你受不了刺激。"

"那马丽莲呢,她活着或是死了?"

"你猜吧,采菊……"

她的哭声停了一下,接着是更揪心的哭:"马、马丽莲根本就不存在?"

"对不起,采菊,我只不过是想减轻一点你的痛苦……"他的泪水滴落在她的泪水上。

写于 2016 年 1 月

保　佑

1

　　李遇扛着三把铁锹回到家，看见大门像饥饿的嘴巴那样敞开着，堂屋里全是彩色，那些花花绿绿的鸡正在啄食地上的苞谷。李遇对着门里喊："南瓜，鸡把我们的口粮都吃光了，你还想不想活？"李遇没有听到回答，放下铁锹跑进去，鸡们嘎嘎地飞起来，有的扑出门外，有的飞到了楼梯上，满屋飘扬着鸡毛，有一片白色沾上了李遇的嘴角。

　　连续推开两扇房门，李遇没看见他的儿子李南瓜，就锁上门，朝王东家走去。他问王东："你看见南瓜了吗？"王东摇摇头。李遇抹了一把嘴角，一路走一路问："你，你们看见南瓜了吗？"三十几户人家都走遍了，他既没看见别人点头，也没得到一声满意的答复，于是用力地擤了一把鼻涕，笼着手站在王东家菜园子的矮墙上，遥望村口那条延伸出去的小路。尽管他那么望着，脑袋却是木的，好几次，他竟然忘记自己到底在望什么？是望王东家的大白菜，或是望山梁上像死蝴蝶那样飘落的树叶？是望刘兰兰家的炊烟，或是望坡上用石头砌出来的"农业学大寨"？甚至有那么一刹那，他觉得自己根本不是在望，而是在练腿功，是在跟秋风比赛，看谁在墙头站得更久？

太阳被远处的山尖一挡，坡底的树林立即就覆盖了一层暗影，暗影慢慢扩大，延伸到王东家的屋檐上。王东对着菜园子喊："李遇，还不快点给你老婆送火去？别把我的墙站垮喽。"李遇耸耸肩，从矮墙上跳下来，到家里举了一个火把，朝灯盏窝的方向走去。因为天还没有全黑，他手里的火把不是那么明显，但是走着走着，火把渐渐通红，等他走到老婆的墓地，亮着的就剩下他手里的火把了。周围黑得像刷了漆，满耳都是虫子的声音。他在新坟前烧了一堆火，拍了拍坟前的石块："四梅，南瓜不见了，这是不是你作的怪？如果是你作的怪，就把南瓜快点放回来。现在我打单了，你可别再弄出什么大事来吓我。"

"爹，我在这儿呢。"

李南瓜忽然从坟的那边坐起来，吓得李遇一个倒退。李遇说："你……怎么会在这里？你干吗要跑到这里来？"

"妈胆子小，我来陪陪她。"

"神经病！你妈不吓唬我们就算阿弥陀佛了，我从来没听说过死人会害怕。"

李遇的骂声好像没钻进李南瓜的耳朵，李南瓜又躺了下去。坟前的那堆火哔哔啵啵地越烧越旺，连近旁茅草的纹路都照得清清楚楚。李遇拍拍手，站起来，走到坟的那边，对着破席子踢了一脚："你真要把这里当床铺吗？"李南瓜翻了一个身，侧卧在席子上。李遇又补了一脚："快起来，跟我回去！"

"我……我要跟我妈说说话。"

李遇把李南瓜从破席子上拽起来。李南瓜双腿蹬在坟上,弯腰跟他爹搞拔河比赛,重量全部移到他的屁股,好像那上面挂着一扇石磨。李遇扯了一会儿,感到臂膀沉了、酸了,一松手,李南瓜仰面跌下去。"你这个癫仔,将来得了风湿病,可别怪老子没提醒你。"说完,李遇喘着气走了,他一边走一边自语:"四梅,你是轻松了,可南瓜怎么办?你要是真爱我们,就让南瓜别再犯傻病,就让刘兰兰看得起我们,让她做南瓜的后妈……"

2

李南瓜坐在郭四梅的坟边像蚊虫那样嗡嗡地说着,但是谁也听不清他说什么,从他嘴里吐出来的不是单个的字,而是一片语言,仿佛漫大的大水没有间隔,没有水珠。到了中午,阳光把他的脸晒热了,他才站起来,拍拍屁股上的黄泥,走上两公里,回家吃一大海碗米饭,然后带上四五个烤红薯,又回到坟边。他吃了睡,睡了说,说了吃,哪怕是李遇晃着拳头威胁"再不回去就宰了你",他也没挪一挪席子。

半夜,一阵密集的响声从屋顶的瓦片上传来,李遇被雨点吵醒,骂了一声"癫仔",翻身下床,打开手电筒,找了两张塑料布,一张披在身上,一张捏在手里。他哗地拉开大门,外面的雨点像银线那样扑下来,密密麻麻的一片,仿佛一块白布。迈出门槛,他看见一团黑影站在雨里。他把手电筒的光柱摇向黑影,那是李南瓜被雨水淋湿的脸,光柱往下摇,落到李南瓜的手上,那是一把菜刀,刀口闪着一抹寒光。

"我还以为你不回来了。"

"我宰了你。"

"真是好心没有好报，我正要给你送雨具过去，你干吗要宰了我？"

"再不回去就宰了你。"

"原来你是在学我说话。既然你回来了，我就不宰你了，快进去换衣服吧，免得感冒，弄不好还会得肺炎，要是得了肺炎没准就会出人命。快进去吧，就算你参我给你下请帖了。"

菜刀哐啷一声掉在地上，李南瓜的手松开，他像民兵搞训练那样，挺胸收腹，正步走进堂屋，一直走到堂屋的右上角，才来了一个标准的九十度右转，跨进自己的房间，把门嘭地撞回来，那响声就像天上打的雷。李遇的腿晃了一下，赶紧把双手合在胸前："四梅，你看看你的仔都癫成什么样子了？你要是不管管他，说不定哪天他真把我割成几大块。四梅，你可要保证我不缺胳膊断腿呀！"

3

李遇犁地，李南瓜就在身后下苞谷种；李遇薅草，李南瓜就磨薅锄；李遇施肥，李南瓜就在苞谷蔸刨坑；李遇收苞谷，李南瓜就把苞谷秆扛回家。两年来，李南瓜像个乖仔跟着他爹上坡下坎，打柴喂猪，从来没说一个"不"字。秋天的午后，李遇坐在地头的苞谷秆上抽烟，李南瓜蹲在一米远的地方捆苞谷秆。李遇说："南瓜，你歇一会儿吧。"李南瓜抹了抹额头上的汗，说："我不累。"

"不累也歇歇。"

李南瓜顺势坐在苞谷秆上，拔了几株蒲公英，鼓起腮帮子吹，白色的软毛被他吹散了，像雪那样纷纷扬扬，把他的头整个笼罩。李遇咧嘴一笑："四梅，南瓜没犯傻病，多亏了你的保佑。"

傍晚，李南瓜挑着水桶往井边走，走到半路，就追上了刘兰兰。刘兰兰腰细屁股大，一条粗黑的辫子在后背甩来甩去。李南瓜盯着刘兰兰的后背，盯得口水都流出了嘴角，好几次，他伸手去抓刘兰兰的辫子，但辫子仿佛看见了他的坏心眼，从他的掌下一次次飞开。到了井边，刘兰兰弯腰打水，屁股高高地翘起来，裤子一下就绷紧了，仿佛再不站起来就有把线头绷断的危险。李南瓜吞了几下口水，把手悬在空中，想照刘兰兰的臀部按下去，又害怕地缩回来，手掌这么反复了几次，刘兰兰已经把两个桶的水都打满了。

刘兰兰挑起水，转过身，才发现李南瓜贴在自己身后，吓得桶里的水往地上泼了不少。刘兰兰闪了一下扁担，骂了一句"癫仔"，甩着手往大路走去。她的肩上一有了重量，身子就扭得更厉害，辫梢一会儿甩左，一会儿甩右，最后搭到了扁担上。李南瓜看着刘兰兰的背影，连水也没打，便挑着空桶跟上去，一直跟到刘兰兰的家门口。刘兰兰把水哗地倒进缸子，举起扁担："你跟着我干什么？想吃我放的屁吗？"

李南瓜丢下水桶，一口气跑到家。李遇说："水你没挑回来，怎么连桶也不见了？"李南瓜指着刘家："水桶在、在刘兰兰家。"

"水桶又不长脚，怎么会跑到她家？"

李南瓜一声不吭，抱头蹲下去。李遇拍了一下李南瓜的脑袋："到底是怎么回事？难道她家缺水桶吗？"

李南瓜摇摇头。

"那水桶怎么会无缘无故地到了她家？"

李南瓜还是摇头。

"真是的，真是的……"李遇急得团团转，"我们家要是没有水桶，今晚就没得水煮饭吃。去，去把水桶要回来。"

李南瓜一动不动，头差不多够到了裤裆。

"难道还要我亲自跑一趟？我没单独去过她家，别人都讲闲话了，要是我真去，那唾沫还不把我淹死呀？"

李南瓜抬头看了一会儿李遇，慢慢地站起来，转身走去。看着李南瓜快要走到拐角处，李遇忽然喊了一声："回来！"李南瓜低头走了回来。李遇拍拍衣服上的尘土："还是我亲自去一趟可靠。"

4

李遇这一去很久都没回来。李南瓜啃了几个生红薯，举起一个苞谷秆扎成的火把摇晃，喊着要烧自家的房子。跟他家连着屋檐的王东一听到"烧房子"的声音，扔下饭碗跑出去，指着李南瓜骂："你要是不把火灭了，等会儿我就让你喝粪水。"李南瓜爬到楼梯上，像摇红旗那样摇动火把，细小的火星飞溅下来。王东冲到楼梯边。李南瓜把火摇到王东的头顶："你要是敢上来，我就把火扔到房子上去。"王东站住，火星不断地掉到他的头上，他的头上甚至散发了头发的焦味。

看热闹的人越来越多，尖叫声不时响起。有人说："南瓜，你只要下来，我就给你一块腊肉。"有人说："如果你想穿新衣服，就把火灭了。"李南瓜说："要让我把火灭掉，除非你们把我妈从坟里喊出来。"

有人喊了一声"郭四梅",大家就跟着喊。王东的老婆推开人群,腾出一个空道,说:"郭四梅来了。"大家屏住呼吸,扭头看着那个空道。李南瓜说:"你哄我的,我妈赶街去了,现在还在半路呢。"王东的老婆指着空道:"你眼睛瞎了吗?这不是你妈是谁?"

"你要是再哄我,我就真把房子烧了。"

李南瓜又举起火把摇晃,人群里重新响起尖声。"再不下来,我就宰了你!"门口传来李遇的呵斥。他骂骂咧咧地推开人群,爬到楼梯上抢李南瓜的火把。火把在两双手里晃动,一会儿过去一会儿过来,最后李南瓜一松手,李遇捏着火把从楼梯上跌落,他落地的时候仿佛夹杂着骨折的声音。

李遇的腰骨跌错了位,他躺在床上让刘顺昌给他正骨,敷中药,半月之后说话才不腰痛。他说:"四梅,南瓜刚好了两年,你怎么又让他犯病了?是不是葬你的地方不好?要是你在那地方睡不舒服,那我就给你换个地方,但是你得答应我不让南瓜犯病,得保佑我们平平安安。"说这话的当天晚上,李遇想小解,就喊李南瓜给他递尿盆。喊了十几声,李南瓜才走进屋来,手里提着菜刀。

"我让你递尿盆,你提着刀来干什么?"

"一到半夜你就吵我,干脆把你的鸟仔割了,看你还拉什么尿?"

李遇的双手赶紧捂住下身。李南瓜举着菜刀在他的手背上比画。李遇手背上的血管突突跳跃,全身跟着哆嗦。

"小祖宗,请你把刀拿开,今后我再也不吵你了。"

李南瓜把刀收回去,用手拇指试着刀锋。李遇的手指像弹钢琴那样震颤,一股热尿喷射出来,打湿了他的裤裆和手心。"爹,你的尿拉出来了。"李南瓜嘿嘿地笑着,抓起尿盆倒扣在李遇的手上,然后用菜刀敲了一下盆底。李遇的身子一抽,正在撒着的尿缩了回去。李南瓜又敲了一下盆底，李遇停了的尿开始断断续续地流。乒地一响，李遇的尿缩了；再乒地一响，李遇的尿又流了。

"四梅，你看你的仔把我折磨成什么样子了？我又不是墙，哪经得起他这么舂；我又不是鼓，哪挡得住他这么擂。四梅，你要是看得见，就让他把刀收回去，我宁可把尿拉在床上，也不敢喊他递尿盆了。"

"爹，我听到我妈叫我啦。"

李南瓜停止了敲打，侧耳听了一会儿，提着刀跑出去。李遇终于松了一口气："四梅，你要是再晚来一步，我就做不成男人了。"说完，他把尿盆掀到地上。

5

等到李遇能重新挺起腰杆走路的时候，他在上交怀找到了一块好地。那块地的后山脉很长，绵延数十里；两边有小山合抱，就像椅子的扶手；前面横着三道山脉，一道比一道高，仿佛躺椅前架脚的凳子。谁要是葬到这么好的地方，后代不出大人物才怪呢！李遇背着手在那地方走来走去，恨不得当场躺倒，把自己葬下。

农历十月十七，李遇把郭四梅的坟迁了过来。他在新坟前烧了一刀纸，说："四梅，你有了这么好的家，该保佑南瓜不再犯病了吧。只要南瓜不犯病，我手里才攒得起钱，才给南瓜找得到后妈，才能为你再生一个健康的孩子……"火苗一闪一闪的，恍惚之间，李遇还以为那是郭四梅在跟他点头。

冬天的一个中午，村里的好几个女人坐在刘兰兰家的墙根下做布鞋，她们一边纳着鞋底一边问刘兰兰为什么还不嫁人？刘兰兰抿着嘴笑，就是不给她们答案。这时，李南瓜忽然跑过来，在刘兰兰的胸口抓了一把，便迅速地闪开。刘兰兰提着鞋底板去追，李南瓜一边奔跑一边叫喊："快来看哪，老婆追老公喽。"刘兰兰气得直跺脚，呜呜地哭了。那些做鞋的妇女再也咽不下这口气，扯着刘兰兰来到李遇家。她们踢桌子，摔茶杯，砸水缸，直到李遇双手作揖讨饶，才停止破坏。王东的老婆说："今天要不是我们在场，你们家的南瓜会把兰兰给强奸了。"

李遇说了一声"真是的"，提着鞭子跑出去，在旧仓库前的晒坪上找到了李南瓜。李南瓜事先看到了李遇手里的竹鞭，三下两下就爬上了草垛。李遇抖着鞭子说："你对刘兰兰怎么了？"

"没怎么了，就是摸了一把她的胸口。"

"你该叫她表姨，那胸口也是你摸得的？"

"我才不叫她表姨呢，叫她老婆还差不多。"

"你……"

晒坪上的人笑得黑牙齿和白牙齿都露了出来。李遇拿着鞭子往草垛上冲了几下，由于草垛太高，他不但没冲上去，反而跌了几趴仆，周围的笑声更加密集。"除非你不回家，你只要回家，看我怎么打破你的膝盖。"李遇晃了一下鞭子，背着手离去。李南瓜冲着他的背影喊："刘兰兰是我老婆，我老婆是刘兰兰……"李南瓜喊了几声，便有了一个间隔，接着是一声惨叫。李遇猛地回头，看见李南瓜已被刘兰兰的弟弟从草垛上摔了下来，像死狗那样躺在地上。李遇跑回去，抱起李南瓜的头，那头上的血把李遇的衣服染成了红布。

李遇背着李南瓜来到刘顺昌家。刘顺昌在李南瓜的头上敷了中药，缠了一团纱布，只给他留下半张肿大的脸，就连他的嘴巴也被纱布封了一半。第二天，李南瓜竟然还能用半边嘴说话，他说："刘兰兰是我老婆，我老婆是刘兰兰……"

　　李南瓜说得刘兰兰的脸红到了耳根子，说得刘家人个个摩拳擦掌。晚上，刘家人把头凑到一起，决定在赶街那天，悄悄把李南瓜丢到河里去喂鱼。但是刘家人还是害怕法律，赶街那天的傍晚，他们把全村人叫到旧仓库前的晒坪上。他们说李南瓜说的那些话是李遇教的。李遇说："南瓜说的话我打破脑壳也想不出来，怎么会是我教的？"有人说："不是你教的，难道是他妈教的吗？"

　　"反正不是我教的，你们硬要给南瓜找个老师的话，那只能是他妈了。"

　　李遇的话音未落，一盆粪水泼到他身上，臭得围观的人全都捂着鼻子散开。李遇孤零零地站在晒坪上，看着他脚下的影子慢慢地暗淡，慢慢地消失。

　　晚上，李遇打着手电筒来到郭四梅的坟边，他对着坟墓又是踢，又是拍，然后扯开了嗓门："郭四梅，你闻闻我身上什么味道？人家都把我们侮辱成这样了，你也不保佑我们，夫妻算是白做了。你要是再不保佑，我就把你的坟撬了……"李遇真的开始撬坟，他把垒着的石头一块块地拆开，直拆得没有了力气，才一屁股坐到地上，"四梅呀四梅，不是我怨你，这粪水一泼，我李遇的脸就算掉到了地上，头再也抬不起来啦。你要是真能保佑我们平安无事，这坟我还会帮你砌好；你要是再不保佑，我就让石头这么散着，就让你的坟再也不像坟……"

6

一天中午,刘兰兰捏着半块肥皂来到李家,给李遇洗那件被粪水泼脏的衣服。她洗衣服的时候,李遇就蹲在一旁吸烟。刘兰兰说:"反正我名声也臭了,再也嫁不出去了,干脆你娶了我吧。"李遇摔掉烟头,就去抓刘兰兰的手,抓完手,他们就咬嘴巴,咬了嘴巴他们就抱成一团。忽然,传来一声呵斥:"不许你动我的老婆!"

李遇和刘兰兰像碰到高压电线那样弹开。李南瓜提着菜刀朝李遇劈来。李遇扭头就跑。李遇跳过王东家的矮墙,李南瓜的菜刀就劈到墙上。李遇闪过刘兰兰家的屋角,李南瓜的菜刀就把刘兰兰家的板劈削去了一大块。他们一个在前面跑,一个在后面劈,弄得村子里鸡飞狗跳。好几次,李遇的腿打闪,差不多就要跑不动了,但是菜刀越来越近,他不得不一口气跑下去,最后在村子里绕了一圈,又跑到自家门前。眼看李南瓜的菜刀就要劈到了李遇的脚后跟,刘兰兰冲上去把李南瓜一把抱住。李南瓜喘着粗气,说了一句"你真香",就嘿嘿地笑了起来。刘兰兰松开手。李南瓜说:"嘿嘿,刚才你抱我了。我喜欢你抱我。"

从这天起,李遇把家里所有的刀锁了起来,需要切菜的时候,才去木箱里拿。大多时候,他嫌麻烦连菜都不切,而是用手扭,用手掐,反正吃的大都是青菜、豆角,用不用刀都没关系。晚上睡觉,他再也不敢不关门,除了关门、闩门,还在门背后顶上一截小腿那么粗的木棒。白天,走路或者下地干活,即使没有脚步声,他也会冷不丁地回头看上一眼，生怕李南瓜从背后袭击。四个月过去了，李南瓜的手里再也没出现过凶器，他该吃的时候吃，该睡的时候睡，该薅苞谷的时候就薅苞谷。李遇以为他一生气，郭四梅就出来保佑他了，于是，清明节那天，他把郭四梅拆垮了的坟重新垒起来，还在上面挂了几树青。春风一吹，坟上的那几树白纸就哗啦啦地舞动，好像是几个穿长袖的人在打架。

有一个晚上，李遇看见李南瓜已经上床睡觉，并确切地听到了他的鼾声，就冲了一个凉水澡，穿了一套新衣服，偷偷地溜到刘兰兰家的后窗，用口哨把刘兰兰吹了出来。他们猫腰来到晒坪，靠在草垛高一声低一声地商量婚事。忽然，一个黑影窜出来，抡起木棒朝李遇的身上砸去。李遇"哟"地叫了一声，抱着手臂往村巷里跑。那个黑影紧追不舍，木棒好几次险些砸到了李遇的屁股。李遇拐了几个弯，躲到刘顺昌家的洋芋林里，才逃脱了那个人的追击。那个人不是别人，就是李南瓜，他提着木棒一路吆喝："刘兰兰是我老婆，我老婆是刘兰兰，你们谁也别想动她。"他的吆喝把整个村庄的狗都调动起来，"汪汪汪"的叫声持续了一个多时辰。

刘兰兰在后坡割草的那个下午，李遇把李南瓜反锁在家里，揣着钥匙跑上了后山。他们脱光衣服，刚在草地上滚了一下，就听到了李南瓜的脚步声，看见了李南瓜手里的木棒。李南瓜举着木棒追击李遇，赤条条的李遇在阳光照耀下，跳过草浪，飞过低矮的灌木丛，像一名现代足球场上的裸奔者，让全村人看得木瞪口呆，甚至还引发村人的尖叫和咒骂。李遇跑到河边，一头扎进河里，才逃脱李南瓜的追击。李南瓜跑回出事地点，用木棒撩起李遇的裤子，像扛红旗那样扛在肩上，逢人便说："这是我爹的裤子。"按李遇的说法，那个下午李南瓜把李家祖宗十八代的脸都丢尽了。

李遇和刘兰兰把约会地点从草垛改到山坡，从山坡改到苞谷地，从苞谷地改到河边，不管见面的地点变换多快，落地的脚步如何轻盈，讲话的声音怎么低调，哪怕是只有身体语言，李南瓜总会找得到他们。他就像鞋子一样紧紧跟着，像气味一样死死贴着，让李遇和刘兰兰根本没机会决定结婚的时间。李遇再也不相信郭四梅能保佑李南瓜不犯傻病，更不敢相信郭四梅能保佑他为李南瓜娶到后妈。所以，他不再给郭四梅上坟，就是清明节也不去上，就让郭四梅的坟荒着，让坟上的茅草跟周围的连成一片。他甚至主动跟工作队坦白："过去我是一个迷信分子，现在我保证再不迷信了。"

7

刘兰兰三十岁生日那天，在镜子里发现了几根白发，便拔下来，拿着它去找李遇，说："你要是再不娶我，我都快变成老太婆了。"李遇抓了抓头皮："不是我不想娶你，是怕把你娶过来了，你过得不幸福。南瓜的态度你不是不知道，万一他控制不住，会闹出人命的。"刘兰兰四下张望，最后把目光落在旁边的洋芋林上："南瓜，你别躲了。"洋芋林在风中轻晃，叶片碰出哗哗的声音。李遇说："南瓜在挑水呢，你都给他弄成神经病了。"刘兰兰提高嗓门："南瓜，你给我出来！我知道你在里面。"一阵喊喊嚓嚓的响声之后，洋芋林里真的冒出了李南瓜，他捏着扁担，嘴角咧到了耳根子："嘿嘿，你怎么知道我在这里？"

刘兰兰走过去，摊开手掌："你看看这是什么？"

"嘿嘿，这是白头发。"

"表姨都老了，如果再不跟你爹结婚，就不能给你生弟弟了。你愿意叫表姨做妈吗？"

"你不是我妈，你是我老婆，嘿嘿……"

李南瓜丢下扁担，一把抱住刘兰兰。刘兰兰扇了李南瓜一巴掌。李南瓜扯脱了刘兰兰的两颗纽扣。李遇冲上去，把李南瓜的头按到地上："你这个癫仔，一点都不懂规矩，她是你抱得的吗？"刘兰兰对着李南瓜的屁股踹了一脚："流氓。"

只要李南瓜碰上刘兰兰，他就叫她"老婆。"刘兰兰只要看见李南瓜，就远远地避开，有时避不及就闪在路边的草丛里。一次，刘兰兰刚刚闪进草丛，就被李南瓜看见了。他扑上去，撕开刘兰兰的衣服，咬她的奶头。刘兰兰挣扎着，大喊："救命呀！快来救命呀！"李遇听到喊声，冲到草丛里，一拳头把李南瓜打开。李南瓜连滚带爬，在密集的草地上留下了一道逃跑的小路。

李遇扶起刘兰兰，目光长久地落在她敞开的胸口上，那上面是雪白的、挺拔的，有两道李南瓜的牙印。李遇轻轻地把刘兰兰的上衣合拢，颤抖着手指扣上面的纽扣："兰兰，真对不起，没想到他的动作比我的还粗鲁。"刘兰兰哭着，一把扯开扣好的上衣："你要是再不拿走，没准哪天他就先拿走了。"李遇一头撞上去，把该进洞房那天办的事在草地上提前办了。办完之后，他说："兰兰，这次不算数。"

"为什么？"

李遇的嘴唇动了几下，没有回答。刘兰兰推了他一把："说呀，为什么不算数？"

"我觉得这事不是我一个人在做，好像南瓜也参加了。其实他也参加了，只不过他做的是前半截，我做的是后部分，好像他把地整干净了，我来种苞谷，又好像他种了苞谷，我来收苞谷棒……"

"你和你仔一样，都是神经病！"

8

李遇怕李南瓜再干什么蠢事，不得不经常盯着他，他上坡干活得盯着，到河边洗澡也盯着，就连他上厕所都不能不管。原先是李南瓜跟踪李遇，现在整个反了。这么跟了几个月，李遇家的地荒了，猪瘦了，菜园里只剩下了菜蔸蔸。

一天傍晚，刘兰兰在水井边堵住李遇："小八腊来人啦，你要是再不娶我，我就出嫁了。"两只水桶嘭地掉到井里，李遇呆呆地看着刘兰兰离去，她的背影从来没这么好看过。七月二十那天，刘兰兰又上了李遇家的门："挨刀砍的，陈家那边连布匹都送过来了，我妈没有退，说是过了中秋就让我们成亲，你看着办吧！"李遇抱头蹲在地上，连个屁都没放，气得刘兰兰转身走了。

到了八月初一，刘兰兰跑到李家的苞谷地，气喘吁吁地说："那边已经派人送来了日子，说是八月二十七成亲。"李遇坐到那堆金黄的苞谷棒上："不能再往后拖拖吗？"

"再拖，我妈就要摔盆砸碗了。"

"那你先别答应，再给我几天时间。"

刘兰兰点了点头。李遇伸手去拉刘兰兰，把她按到苞谷棒上。刘兰兰踢打着，苞谷棒向四周飞溅。李遇说："我想死你了。"

"我又不是你老婆，你别想了。"

忽然，李遇的脑壳上挨了一棒，他听到刘兰兰发出一声惊叫就晕了过去。醒来时，他躺在刘顺昌家，头上缠着一圈绷带。刘顺昌说："你再不想想办法，哪天你的命就要丢在南瓜的手里。"李遇摸着绷带长长地叹了一口气。

第二个赶街的日子，李遇和李南瓜抬着自家的那头猪走了五里山路，来到乡里的圩场，以一百二十块的价钱把猪卖了。李遇请李南瓜吃了一碗米粉，就领着他上了去县城的班车。到县城住了一回八毛钱一晚的旅店，李遇又领着李南瓜去市里。客车到达市里正好是农村吃晚饭的时间，李遇在闹市区找了一家小饭店，点了一碟扣肉，再要了一碟炒大肠，上了一盆白米饭，然后全部推到李南瓜面前。李南瓜埋头囔囔地吃了起来。李遇吞了吞口水："南瓜，要不要喝点酒？"李南瓜咧嘴一笑："爹，你也吃呀。"

"爹不饿。"

李遇点了一壶米酒，给李南瓜倒上一大杯，给自己也倒上了一大杯，两人喝了起来。等他们走出饭店的时候，路灯全亮了。他们来到十字路口，李遇掏出那沓卖猪得来的钱，塞到李南瓜的手里："南瓜，这城市很大，随便在哪里你都找得到一口饭吃。"李南瓜看着手里的钱，嘿嘿地傻笑。

"这都是命，你别怪我，南瓜，你找你的命去吧！"

李南瓜拿着钱转身走了。李遇紧紧地闭上眼睛，双腿一软，蹲了下去。他只蹲了大约一分钟，就睁开了眼睛。眼前是过往的人群和车辆，李南瓜已经不见了。他站起来，喊着"李南瓜"冲进人群，四下寻找。他喊过了一个街道又一个街道，错拍了十几个人的肩膀，一直喊到天亮，也没把李南瓜喊回来。

9

回到村里，李遇告诉刘兰兰："我把南瓜送到城里治病去了。"刘兰兰又把这句话告诉她妈，她妈再把这句话传遍全村。但是背地里，李遇却偷偷地抹了不少眼泪，就是刘兰兰嫁过来了，他也常常抹泪。刘兰兰问他："你的眼睛没开关吗？"李遇说："也不知道什么原因，只要一遇到风眼泪就关不住。"刘兰兰到乡医院买了几种眼药水，每天晚上睡觉前轮流给他滴放，眼药水换了好几个牌子，他的眼泪却流得越来越汹涌。

没有农活的时候，李遇就带着刘兰兰到晒坪上的草垛后面讲话，到后山、河边和苞谷地里去拥抱。拥抱完，他就问刘兰兰："你还记不记得，以前不管我们在哪里，南瓜总会找得到。"

"怎么不记得，他差点没把我吓死。"

"可惜现在他找不到我们了。"

"也不知道他的病治好了没有？"

"快了吧。我好像听到他跑过来的脚步声了。"

刘兰兰惊恐地站起来："他在哪里？"

"你别害怕，现在我还真希望他从地下冒出来，再给我的脑壳来上几棒。"

"神经病！"

"……"

这样的约会多了，刘兰兰就不再配合。她说："家里铺着好好的床铺，干吗要到野地里去喂蚊子？"李遇喊不动刘兰兰，一个人到李南瓜曾经追赶过他的地方独坐，有时坐到打瞌睡，才拍着屁股走回家。

到了冬天，李遇跟刘兰兰说要去市里看李南瓜。刘兰兰做了一堆米花糖，拿出一双布鞋，让李遇带上。李遇来到市里，在街巷找了三天，连一个长得像李南瓜的人都没有。最后，他把那双布鞋送给了一个讨饭的。他坐在李南瓜消失的十字路口，发了一天的呆，便走进附近的邮电局，给自己写了一张汇款单。

十天之后，邮递员把汇款单送到村里。李遇拿着那张二十元的汇款单逢人便说："这是南瓜寄回来的，他的病好了，已经进木器厂做工人了。"村里的人全都咂着嘴巴，露出羡慕的表情。半夜里，李遇经常听到王东训斥他的儿子："人家李南瓜连癫病都能治好，你怎么连一篇课文都背不出来？真没出息。"

10

第二年，刘兰兰给李遇生了一个又白又胖的女儿。人们都说刘兰兰给李遇带来了福气，不仅女儿生出来了，连李家的猪也肥了，牛也壮了，马也跟着下崽了。

粮食收得越多，锅里的油水越足，李遇就越想李南瓜，他经常笼着手，站在王东家的矮墙上，瞭望进村的山路，望得眼睛一阵阵痛。王东发现李遇已经在矮墙上站出了两只脚印，有一天就对着李遇吼："你别把我的墙站垮喽。"这一声吼像针戳在他的身上，听起来很熟悉很亲切。他想了好久才想起来，那是郭四梅下葬那天王东说的，当时他像是说:"李遇,还不快点给你老婆送火去?别把我的墙站垮喽。"这句话让李遇一下就想起了郭四梅,他的心头一热,从矮墙上跳了下来。

李遇请人在金里大田看了一块地,看地的先生说:"这块地能保佑你的儿孙平安。"择了一个日子,李遇把郭四梅从上交怀迁了过来。当帮忙的人全部离去之后,李遇跪在坟前:"四梅,我给你找了这么好的地方,你一定要保佑南瓜回来。"他刚一说完,树林里就传来几声鸟叫。他认为这是郭四梅的回答。

三年后,郭四梅的新坟长出了青草,村路上还是没有出现李南瓜的身影。李遇望得眼睛都肿了十几回。一天正午,他又站在王东家的矮墙上瞭望,太阳把他的影子照成了一个圆点。进村的山路像一条黄带子,越来越清楚,越来越亮,忽然,一团黑挡住了他的眼睛。他说:"明明是大太阳天,怎么一下就黑了呢?"他用手揉揉眼睛,用力地睁着,却怎么也没把太阳和那条路找回来。他朝着家门口喊:"琴琴,快把手电筒给我拿来。"

琴琴就是刘兰兰为李遇生下的女儿,现在她已经五岁了。她听到李遇的喊声,就从大门跑出来,把李遇从墙上拉回家里。刘顺昌用手电筒照了照李遇的眼睛,说:"老李呀,你这眼睛恐怕是瞎喽。"李遇说:"南瓜都还没回来,我的眼睛怎么就瞎了呢?刘医生,这么说就是南瓜真回来,我也看不见了。"

"老李呀,难道你没看见过隔壁村的蒋瞎子吗?他什么个样子,将来你就什么个样子。"

李遇叹了一口气就哭了,哭得鼻涕和眼泪连成一片。

11

十一年之后的一个大太阳天,李遇病逝了,村人把他埋在金里大田郭四梅的坟边。埋的过程中,刘兰兰竟然没有流一滴眼泪,好像她的眼泪早在侍候李遇的这十一年里流干了。王东在李遇的坟上添完最后一锹土,刘兰兰就看见一个人从山路上走来。所有的人都伸长脖子,那个人越走越近,人们已经看得清他的头发是长的,身上的衣服是歪的,一边肩膀高一边肩膀低,一只裤脚挽着一只裤脚拖地。慢慢地,衣服越来越清晰,不仅歪,还皱巴巴,还脏兮兮,衣服的下面是晒得通红的皮肤。来人的纽扣清晰了,白头发也清晰了,有人忽然喊起来:"这不是李南瓜吗?"

众人唏嘘。有人说:"人家南瓜在城里当工人,这分明是一个讨饭的。"人群一阵骚动,所有的目光都在那人身上搜索,仿佛要找回什么证据,调皮鬼甚至伸手去摸他的衣服。他从人群中走过,径直来到李遇的坟前,睡在了两座坟的中间。有人问他:"你是李南瓜吗?"他说:"刘兰兰是我老婆,我老婆是刘兰兰。"

坡地顿时安静下来,已经哭干了眼泪的刘兰兰一声长号,伏在地上,捧着那人的头用力地摇晃:"南瓜呀南瓜,你还懂得回来?你怎么现在才回来……"

写毕于 2005 年 4 月 18 日

蹲下时看到了什么

只要张五蹲到猪圈上,收音机里准会"嘀"的一声。"刚才最后一响,是北京时间六点整。"他每天早上的排泄准确得就像闹钟,误差不过几秒。这时天刚麻亮,很少有人起床,他尽可以放心地裸露。猪圈上没有遮挡,空气清新鸟声悦耳,微风送来泥香。这是他一天中最放松的时刻,也是他最美妙的十分钟。每次他都会闭着眼睛享受。但是今天有些意外,他刚一闭眼就听到了脚步声。跳下猪圈已来不及,更别说提裤子了,他只好硬着头皮迎接。脚步声从屋角扑来,紧接着他就看见了侄女张鲜花。鲜花本能地想刹住速度转身,但既然都已经看见了再转身似无必要,况且她还要急着到乡里赶早班车。鲜花没有选择,只好打声招呼:"满叔,你拉呀?"张五也没有选择,说:"嗯,鲜花你赶街呀?"

尽管张鲜花差不多走到了八腊乡,但张五还蹲在猪圈上。他不甘心,试图要把被打断的美妙找回来,因为这关系到整天的心情。如果一天没有一个好的开始,那他就会郁闷,会一直郁闷到第二天早上重新蹲上猪圈之前。所以,他不停地变换姿势,放松肌肉,但始终无法复制那种美妙。他的美妙被惊吓,就像挨打的孩子远远地跑开,一时半会找不回来。终于,腿脚麻木了,仿佛爬上千万只蚂蚁,天也大亮,他不得不从猪圈上跳下。

果然,这天他跟老婆吵了一架。吵架的原因是他在收玉米的时候不停地闪躲,一闪就半小时。老婆经过多次深呼吸之后忍不住开骂,说他不好好干活就懂得偷懒。张五不服,说自己是去蹲坑。老婆不信,说又不拉肚子,半天不到怎么就蹲了四回?张五支支吾吾。老婆提高嗓门,说偷懒就偷懒了还不肯承认。老婆喋喋不休地骂着。张五腹部一急,丢下背篓又跑。老婆悄悄跟踪,看见张五蹲在地头的一棵玉米下,半天都无动静。她说偷懒就偷懒了,何必脱裤子?张五吓得原地跳起。老婆指着没有污染的地面,问他怎么解释?张五说奇怪了,明明有拉的欲望却没拉的实力,我的节奏全被张鲜花打乱了。老婆说明明没有拉的实力却还要装拉,这不是偷懒又是什么?真是拉屎不来怪地硬。

张五早蹲的习惯坚持了三十多年,直到今天才被人撞上一次,他认为此事纯属巧合。既是巧合就不必惊慌,酒照喝、牌照打、活路照干、猪圈照蹲。但他没想到一周之后又被刘白条撞上了。刘白条是他的牌友,原名刘青岗,因打牌时经常输钱,输钱之后又无力支付就给人打白条,于是有了这个外号。刘白条看见张五蹲在猪圈上,两眼像摸到好牌那样顿时贼亮。张五低头故意不吭声,希望他快点滚蛋。但他不仅不滚,反而靠近一步,浮夸地"呀"了一声,说张五你的屌屌怎么不见了?张五说你这个卵仔平时总挺到太阳晒屁股了才起床,今天发什么癫起这么早?刘白条说要不是为了去借钱,老子会起这么早吗？张五说借钱就赶紧走人，晚了别人一出门就借不着了。刘白条说不急。张五说不急你也别站在这里看我呀。

刘白条掏出一支烟来，点燃，叼在嘴上，问张五要不要来一支？张五摇头。刘白条抽了一口，说你这么蹲着的时候，要是点上一支烟那就完美啦。张五不说话，也不想跳下来。不想跳下来是因为他不好意思当着刘白条的面擦屁股。刘白条站在那里继续抽烟，根本不把张五的光屁股当回事。张五说你又不是狗为何要守着茅坑？刘白条说要不……你借点钱给我？省得我跑路。张五说老子没钱。刘白条不反驳，站在那里慢条斯理地抽烟。张五实在受不了他放肆的目光，问借多少？刘白条的眉毛一抬，说就一千，不多。张五说又是借来打牌吧？刘白条说借来还债，债主家里死人了。张五说想借钱你就给我消失。刘白条说我就知道你善良。话音还在，人已拐过了屋角。

为了防止再被人撞面，准确地说是撞屁股，张五用一张半旧的席子围在猪圈上方，对茅坑实行遮挡。这一挡，同时挡住了空气流通，也挡住了他的视线。他试图说服自己适应，还闭上眼睛想象面前一望无际。但席子的味道近在鼻前，每一缕吹来的风都被反射，空气不是原来的味道，风的力道也发生了改变，就连负氧离子、光线的明暗、声音的强弱都陌生了，而那些鸟鸣，也因为压迫感再也没心思聆听。他的身体像一株敏感的植物对环境提出抗议。蹲坑已不是享受而变成单纯的新陈代谢，这生活还算他妈的生活吗？席子只围了两天，张五就把它撤了。他迷信一个人不可能连续三次倒霉，既然自己已被人撞了两回，那第三次至少不会马上到来，运气好的话也许是三五年甚至十年之后的事。第三天清晨，当他蹲在猪圈上正这么想着的时候，忽然就听到了女人的哭泣，接着就看见汪冬抹着眼泪从屋角跑过来。由于眼前景象出乎意料，汪冬迟疑了片刻，被追来的王冬一把扭住。两人厮打。王冬抓汪冬的头发,汪冬抓王冬的私处。骂声哭声和疼痛声扭成了麻花。王冬的私处似乎被抓惨了,他勃然大怒,拎住汪冬的头嘭嘭嘭地往墙壁上撞,就像砸西瓜,震得墙上的泥块纷纷坠落。汪冬发出凄厉的叫喊。张五大咳一声,说撞死人不关我的事,但撞垮我的墙壁你得赔。

王冬住手,这时才发现猪圈上还蹲着一个人。他说这骚婆娘天天跟我闹离婚,不撞她几下她还以为自己是明星。汪冬说我都被他骗过来五年了,一次都不让我回娘家,没有比这更冷血的女婿了。王冬说知不知道你回一次娘家要花我多少钱?光来回机票就好几千块,老子又不是贪官,哪有能力让你坐飞机?张五说蠢仔,你就不懂得让她坐火车吗?王冬说火车也不能坐,你不知道她的策划,更不懂她心肠的那个狠,只要她一回去肯定就不会回来,到时我连去找她的路费都没有。张五说谁要是对我这么暴力我也会跑。汪冬啪嗒一声跪下,眼泪汪汪地看着张五,说我嫁过来这么多年,总算有人讲了一句公道话,五哥,哪天我跟这个黑社会上了法庭,你可要给我作证呀。张五说起来,连黑人都能在美国当总统了你还跪什么跪?他要是再敢打你,我就帮你出官司钱。王冬说你引诱她离婚是想娶她吧?张五说放屁,我是凭良心说话。

王冬和张五的争吵惊动了张五的老婆。她从门框里跳出来,说张五,你能不能先拉完再断案?张五说都快出人命了我能不发声吗?她转而面向王冬与汪冬,说没看见人家正在拉吗?有事找法院去,别来找我家茅坑。王冬与汪冬被张五的老婆赶走。但张五再也拉不出来,刚才生气搞乱了他的内分泌。张五的老婆把席子重新挂上猪圈。看着那张迎风招展的席子,张五说我三十年都没被人撞上一回,怎么这半月就被人连撞了三次?老婆说因为早起的人越来越多,跑路的人越来越多。

张五还是不愿意被席子圈住。第二天清晨，他钻进了屋后的茶林。茶林长得密实，枝叶连着枝叶，就像一把巨盖。由于阳光常年不能到达树下，地面寸草不生，是理想的拉撒之地。周围除了鸟鸣没有其他动静，也没看见张鲜花家那只恶狗。他放心地用力地呼吸，草木泥土混杂的芬芳直戳肺部，整个人像重新又醒了一次。远处传来六点钟的报时。张五就地蹲下，以为蹲在这么隐蔽的地方会像蹲在自家猪圈上那么顺利，甚至有了"比蹲在自家猪圈上还要美妙"的期待。他的所谓美妙就是能在这十分钟里呼吸新鲜空气，视野不被遮蔽，身心放松没人干扰，思绪漫无边际地飞转。但这个清晨，他的美妙再次被新的环境否决。他的皮肤像涂了胶水那样绷着，器官像请了工休假。由于地势不平，他必须踮起脚后跟。一踮脚后跟，不仅臀部，就连整个肌体包括头发都处于战备状态。虽然耳里充盈鸟声，虽然目光透过树叶缝隙落在了谷底的炊烟上，但他就是美妙不起来。他想到了张鲜花和刘白条，想到了王冬与汪冬，想到了许多相干和不相干的往事，甚至还想到了死去的爹妈以及政府……难道自己坚持三十多年来的习惯，就这么轻易地被几个家伙破坏了？难道今后每天早上都要躲到茶林里来？而且风雨无阻。他的脑海里电光石火，天上一脚地下一脚，越想越泛滥，越想越无语，竟然把排泄这事都给忘了，好像脱裤子蹲着仅仅是为了想事。

带着不爽的心情，张五站在自家门口对着屋坎下喊话。他说鲜花，把你家那只黑狗给我拴住喽。鲜花说拴好了，张五才敢从坎上走下去。即便是链子拴着，黑狗仍然冲着他龇牙。鲜花呵斥黑狗，却忘了呵斥黄狗和花狗，它们咆哮着朝张五扑来。幸亏牛奋来得及时，他两脚就把黄、花二狗踹跑。张五惊魂未定地坐下。牛奋给他倒了一杯米酒。

米酒下肚，张五慢慢恢复神气，问鲜花那天早上为什么要从他家门前经过？鲜花说那天起得早是因为要赶去县城办事。张五说我不问你为什么起得早，而是问你为什么要从我家门前经过？你家不是离大路最近吗？鲜花说因为出发前我先到刘白条家收欠款，收到欠款后就拐从你家门前经过。张五说刘白条家不是也可以直通大路吗？虽然他家到大路是弯了一些，但也比你从他家再拐到我家近多了。鲜花说我就走个习惯，谁会把距离算得那么精准？

干坐了一会儿。鲜花说叔你要是没事，我就跟牛奋收玉米去了。张五赶紧跟鲜花商量，能不能把经过村子的路改从她家门前？因为这么一改，从村西到村东的路就变得更直。鲜花说大家都走习惯了，为什么要改？张五说那天早上你不是撞上了吗？再不改你叔的屁股就比脸还要出名了。鲜花说一泡尿的事也犯得着改路？这得闹多大动静？张五说路本来就在，而且你家门前这条比我家门前的还宽阔，谁都愿意走大路抄近道，改改路线死不了人。鲜花说这事你问问牛奋吧。张五征求牛奋的意见。牛奋说我一上门女婿，叔你想怎么改就怎么改。

张五做了一块指示牌立在岔路口，牌上写着："前方不便，请走近道。"文字下一箭头直指鲜花家。途经村庄的人沿着箭头走去，但他们被鲜花家的三只恶狗追得纷纷跳下坎去，跑得慢的连裤脚都被狗撕破。过路的人们只得回头，绕过指示牌，重新走张五家这条线。指示牌虽然还立在岔口，但它已经丧失了指示功能，像个笑话。几天之后，指示牌被人丢到坎下。张五的老婆把指示牌捡回来。张五怪她没信心，说任何改变都需要时间，更何况是一条大家走惯了的老路。老婆骂张五装嫩，说你都三十有八了还指望一块牌牌来改变路线？这年头，文件催不来欠款，情书追不到爱情，就连发誓都是假的，你还相信指示牌？张五说最大的障碍是那三只恶狗。老婆说你还是蹲着想吧。张五说这么简单的问题还用蹲着想吗?老婆说因为你没想明白。

张五真的蹲下,脑袋瞬间活跃。鲜花家养狗是从她爷爷开始的。她爷爷养的是两只猎狗,为了让猎狗更加气势汹汹,她爷爷经常用马蜂壳拌饭喂它们。马蜂壳把猎狗搞得心急火燎,它们见鸡就咬见人就扑。从那时起,再也没人敢路过她家门口,途经村子的路慢慢地就从她家门前改到了张五家门前。此路一走几十年,张五家的鸡、鸡蛋、农具和蔬菜经常莫名其妙地消失,屋角的李子刚刚成熟就被人摘光,甚至连水缸里喝水的瓢也被人顺手牵羊。半夜里常有途经的醉鬼借宿,也有饿扁的路人拍门讨饭,弄得张五家像个免费客栈或临时收容所,而鲜花家却落得清净安然。张五说原来这是一个计谋,难怪她家养的狗一代比一代凶。老婆说所以,这条路根本改不动。张五说除非把她家的狗灭了。老婆说你没这么狠的心肠。

每天清晨,张五都蹲到猪圈上的席子后面,虽然勉强能解决问题,但每次他都有压迫感。席子仿佛是一面墙,似乎要把他吸进去。他的身体好像被捆绑了,连呼吸都不顺畅。一不顺畅,他就恨鲜花的爷爷养狗改路。一恨鲜花的爷爷,他就连鲜花的父亲和鲜花一起恨。一恨,他就更不顺畅。同样都是张姓,凭什么这个张不如那个张聪明?凭什么这个张被那个张耍了还蒙在鼓里?他越想越不服气,越不服气就越堵。越堵就越蹲得不爽。不爽,就给整天带来后遗症。白天他打哈欠,晚上他失眠。一怒之下,他把猪圈上的席子扯了,并警告老婆再也别挂,我就不信我蹲个坑还被席子管着。老婆说我不希望每天早上都有人跟你的屁股打招呼,要么改路,要么改掉臭毛病。张五说这不是毛病,于个人是习惯,于集体是风俗,于国家是原则,于民族是传统,于宫廷那就叫礼仪。老婆说你又不是县太爷,又不是白金汉宫里的,有什么资格保持习惯?张五说我就这么一点点权利了,谁也别想剥夺。

两人都找不到解决问题的方法。忽然，老婆一击掌，说你能不能把时间从清晨调到晚上？晚上不仅很少有人经过，而且即使有人经过只要你不吭声也不会被察觉，即使有人察觉也不好意思用电筒照你，即使有人用电筒照你也只会照你的脑袋而不会照你的下身。张五觉得这是一个不错的主意，开始在晚餐时增加饭量。老婆说你活没多干，饭量倒增加不少。张五说你想让我调整时间，又不想让我多吃，哪有这么好的事？

晚十点，村子里安静下来，就连鲜花家的狗也匍匐了。张五因为吃得太多而胃胀，于是蹲上了猪圈。虽然空气没有早上清新，视线也被黑夜限制，但毕竟面前没有遮挡，姿势没变，声波没变，风力没变，因此他能适应。为了这一可行性方案，他不仅用身体奖励了老婆，还在奖励之后兴奋得失眠。大约到了五点钟他才入睡。然而，快六点时生物钟把他叫醒。尽管昨晚已经排空，但他还有蹲坑的强烈愿望，似乎不从床上弹起来就一辈子不能原谅自己。他飞快地起床，像白领上班打卡那样准时蹲上猪圈。一蹲下，他的心立刻就踏实。原来习惯如此强大，哪怕是做做样子也有安神补脑的功效。忽然，他听到了马蹄声。两名挎枪的士兵首先从屋角拐过来，后面跟着一列驮队。马背上驮着奇形怪状的金属外壳。每走过一匹驮马，那些奇形怪状的金属就蹭一次墙角。墙角上的泥块掉得越来越多。再这么蹭下去厢房就要垮塌了，张五忍不住喊小心小心。赶马人小心地护住墙角，但由于拐角处路太窄而金属壳又过于张牙舞爪，墙角又被狠狠地蹭掉几大块。张五感觉厢房摇晃了一下，问赶马人你们得帮我修复墙壁吧？赶马人指了指身后。张五看见乡书记、乡长和几个军人雄赳赳地拐过来，羞愧得赶紧埋下脑袋。书记说老乡你早。张五说书记早。书记看着伤痕累累的墙角，说你要不要乡里派人来帮你修复？张五说不敢。书记说这墙壁快支撑不住了，你得推倒重建，否则哪天砸伤路人就算本乡的一个事故。张五说好的，问书记马背上驮的是什么？书记说你没看电视吗？昨晚西昌发射了一颗卫星，马驮的都是卫星甩下来的外壳。张五啊了一声，说原来是高科技，怪不得这么威风。一行人马浩浩荡荡地过去。张五的老婆从门里跑出来，说张五呀张五，你竟敢光着屁股跟领导说话，你把张家祖宗十八代的脸都丢尽了。张五说领导只叫我修厢房，并不反对我蹲坑。

自从强行调整了蹲坑时间，张五一天得蹲两次，早晚各一。晚上是实蹲，清晨是虚蹲。实蹲是为了新陈代谢，虚蹲是为了精神安慰。但很快实蹲不实，它被多年的习惯纠正，虚与实的任务又全都回到了早蹲上。既然不能改习惯，那就下决心改路。张五请示老婆，拟把驮队蹲得摇摇欲坠的厢房推倒，改为砖砌。老婆同意。他们合抱起一根腿粗的木柱，冲着厢房的墙壁喊一二三。柱子嘭地撞击墙壁，溅起一团泥尘。他们又喊了两次一二三，墙壁被柱子连撞两下，哗的一声倒塌，把拐角的路全部堵死。张五把原来那块指示牌又摆到岔路口，牌上的字改为："前方施工，请绕道而行。"这次，张五没有指路，而是让路过者自由选择。鲜花家是一条道，刘白条家也是一条道，如果不怕绕甚至王冬与汪冬家也是一条道。其实世上没有唯一的路，就看你喜欢哪一条。

路人一听到鲜花家的狗叫，自然不敢走这一条。他们经过目测，发现从张五家后面的刘白条家经过并不算绕，也就多了100来米距离，上个小坡，下个矮坎，仅多300步左右。于是，人啊马啊牛啊都在岔路口左转上行。刘白条是懒觉大王，他被早行人的脚步声、说话声和拍门声弄得很不爽。刘白条还喜欢邀人小赌，以前他偶尔能赢，但自从村路改从他家门口之后，他基本上就和赢告别了。路过的脚步声常常吓得他把牌桌上的钱藏进米桶，特别是夜深人静的时候，他会把每个途经的人都当成抓赌的警察。刘白条家的房子在村里倒数第一，窗口没几块完整的玻璃。好奇的路人经常伸头探望，把他家的烂棉胎、破锅头和掉门的衣柜尽收眼底，并且到处流传。途经的牛马踩烂了他家门前没有硬化的土坪，纵横交错的蹄印里集满雨水，牛马的粪便堆叠在蹄印之间，就连他和家人进出都得抬脚找路。每次踩到牛粪，刘白条都气得脖子上的青筋一根根暴凸。

　　深夜，刘白条打牌又输了。他踩着牛粪气乎乎地来到张五家，质问张五什么时候能把厢房修好？张五说砖头都还没买够，早着呢。刘白条说你他妈真缺德，竟敢把路堵了，就不怕后代长尾巴。张五说我是堵路吗？我是修房子。我要是不修房子，乡领导都不同意。刘白条说你能不能加快点速度？张五说想加快速度就得请人帮忙，请人帮忙就得花钱，要不你把借我的那一千块钱还了？一讲到还钱，刘白条顿时腿软。他说你这条路一堵，就把麻烦全部转移到了我家门口。张五说我家门口不就这么熬过来的吗？凭什么我家门口能够做路，别人家的门口只能做地毯？都几十年了，也该轮到你家了。刘白条讲不过张五，笼着手回去。但走到半路他又轻轻地折回，把鞋底上的牛粪悄悄地刮到张五家的门槛上。

　　一天上午，张五和老婆正在坡上收玉米。他们看见途经村庄的人纷纷往坡下走，似乎是要绕道王冬与汪冬家。王冬与汪冬家在村庄底部，路人要先在岔路口右拐下行，经过王冬与汪冬家门前之后，再上行回到大路。这一绕至少要多走500米，而且还七弯八拐。路人们一边走一边骂，缺德呀，没良心呀，变态呀，痴呆呀，脑残呀，竟然把路全都堵死了，谁他妈堵路谁就断子绝孙，谁他妈堵路谁就癌症晚期……每一声骂都像烧红的铁块烙在张五的皮上，滋滋地直冒青烟。

他听得全身起了鸡皮疙瘩，甚至免疫力下降、喉咙发干，好像连癌症晚期的迹象都有了。他丢下背篓，直奔刘白条家，看见门前架着一根红白相间的木杆，木杆上挂着一块纸牌，纸牌上写着"一人一杆，一杆2元"。张五叫刘白条。刘白条嬉皮笑脸地从屋里出来，说你要过去吗？过去就得交费。张五说你怎么能这样？刘白条说你都能那样我怎么不能这样？张五说我不是修房子吗，你就不能忍几个月？刘白条说你修你的房子，我收我的过路费，不相克。张五说你这么做把全村人的名声都败坏了。刘白条说城里人都这样设卡收费，干部们都这样拦住我们进城，他们的名声败坏了吗？张五说人家设卡收费是为了集资修路。刘白条说那我设卡收费，是为了集资硬化门前土坪。张五说你听没听见路人怎么骂你？刘白条说那是骂我吗？我怎么没听出来。张五说就算是骂我们两个吧。刘白条说不一定，你说村里最直最近的路应该是从谁家门前经过？张五说她家不是养了几条恶狗吗？刘白条说那也是故意挡道，只不过她比我们挡得狡猾。本人认为路最应该从哪家门前经过，哪家就最应该承担骂名。张五觉得此话有理，强烈的愧疚感立刻被稀释。他甩手离开。

每一个途经村庄的人都在骂娘，但谁都不觉得是在骂自己。路人的骂声除了惹起狗叫，没在人的身上发生化学反应。他们即便是骂得再大声再尖刻，即便是骂到指房子跳脚，但骂完之后还得乖乖地绕道而行。久而久之，村里人如果哪天听不到骂声，反而不习惯了。骂娘变成一种仪式，听骂变成一种享受，二者相安无事。但一天早上，当路人们走到离王冬与汪冬家十米远的地方时，发现路不见了。一面密不透风的铝板墙挡在路口，上面印着两行白色宋体："本处市政工程，不便敬请谅解。"有人凑到铝板上想看看那边，可铝板上连一道小缝都没有，那边变得无比神秘。有人踹了一脚铝板，立刻传来王冬的警告:"找死呀!"接着传来汪冬的附和:"投胎呀!没看见这是形象工程吗?"路人们真的无路可走了。有人提着打狗棍强行通过鲜花家门口,有人施展攀爬本领翻过张五家垮塌的墙头,那些既怕狗又不能翻墙的老者、孕妇和残障人士只得乖乖地向刘白条交费。三条路三种走法,路人各取所需。

邻村的莫光娶老婆,迎亲的队伍来到村头岔路口停住。交钱他们不愿意,爬墙头更不可能。他们商量了一会儿,就朝鲜花家门前走去。由于队伍庞大,唢呐声和锣鼓声过于响亮,鲜花家的狗都沉默了。这支迎亲的队伍用实际行动证明,从鲜花家门前经过是安全的,但必须有够多的人结伴。眼看迎亲的队伍喜气洋洋地就要出村,鲜花家的黑狗忽然蹿出,照着新娘的小腿咬了一口便钻进了茶林。新娘的哭声立即盖过唢呐。新娘的亲人们要回头砸鲜花家的房子,莫光的亲人们则把他们按住,说这一仗迟早得打,但不应该是现在。如果现在开战,婚礼就办不成了,喜气就被冲掉了。拖战派说服立战派,新娘被人背起,队伍继续前行,只是唢呐声里多了一些颤音。

这个傍晚,张五蹲在坎上悄悄观察鲜花。鲜花不但不反省,不但不紧张,反而高调地给黑狗加了一碗米饭和一块腊肉,并在米饭和腊肉上撒满马蜂壳。黑狗吃得满嘴流油,而黄狗和花狗像张五那样蹲着,只有看的份。鲜花指着黄、花二狗,说你们要是能有大黑一半的智商,我就给你们加菜。知道吗?大黑懂政治,它不咬则以,一咬就咬女主角。大黑还懂法律,它晓得转移现场,不在家门口作案。别看它平时不吭声,但谁要是敢藐视它得罪它,它就会暗暗记住,寻找机会报复。对外人它敢叫敢咬,对家人它无限忠诚。这么好的狗,想不表扬都难……此话显然不是说给黄、花二狗,而是故意说给蹲在坎上的人听。张五憋了几天实在憋得伤身,就把这些话转告了老婆,还说见过表扬狗的，但没见过这么肉麻的表扬，简直像拍领导的马屁。张五的老婆把这当笑话，又转告了刘白条的老婆。刘白条的老婆把这当商业信息告诉刘白条。刘白条像打广告那样把这些话大声发布。从此，鲜花家门前再也没人敢走，而刘白条收的过路费却天天看涨。路人和村民个个恨得咬牙。有人半夜摸到刘白条家门前，想偷走那根拦路杆。他抓住杆子的这头轻轻一拉，竟然拉出刘白条的一串喝问："你是谁？你从哪来？你要到哪里去？"每一问都是哲学，吓得偷杆人转身便跑。原来，刘白条为了堵住夜里的过客，他竟然用绳子把拦路杆的那头连到自己手上，通宵坐在门前睡觉。任何人任何时候都别想从他这里免费通行。

　　张五觉得刘白条过分了。他来到卡前，一脚把拦路杆踹掉。刘白条说你想强行闯卡？那是要罚款的。说着，又把杆子架起来。张五说你收费的理由是什么？刘白条说集资呀，硬化土坪呀。张五说集了多少？硬化土坪的资金够了没？刘白条不语。张五说如果够了，那你就没有再收费的理由了。刘白条说不是还欠你一千块吗？张五说只要你现在撤卡，我那一千块免了，就算免除非洲债务。刘白条说那我欠张鲜花的三千、王冬的两千呢？他们可没你大方。张五说你他妈也欠得太夸张了，牌技那么差还赌？刘白条说即使不欠他们，我也还要收建房费、养老费，没看见我家房子拖了全村的后腿吗？张五说知不知道你这是非法集资？刘白条说弱智，你看没看电视？全国多少收费站早就收回成本了，甚至都收了超出成本十倍百倍的钱了，但现在他们还照收不误。噢，人家不非法就我非法？我收这点算个屁，一人才20毛，就等于在城里上一次五星级厕所。张五说人家收费有批文，你有吗？你想收费，首先得有弄到批文的那个本事。刘白条说我在自家门口收费，就像你在你家侧门蹲坑，也要批文？张五说虽然这里貌似你家门口，但土地是国家的你懂不？刘白条说瞎掰，这是我私人领地，神圣不可侵犯。张五说你以为你是谁呀？都神圣不可侵犯了。人家西方才有私人领地，我们这是东方。刘白条说那你为什么把国家的路给堵了？张五说又来了，我不是要建房子吗？刘白条说屁，你砖头都买齐了，为什么迟迟不动工？张五说我在等砌匠，他们要收完粮食以后才有空。刘白条说你是不想让大家走你家门口吧？张五说这才叫正宗瞎掰。我的房子总得建吧？房子建好了门前总得让人走吧？刘白条说到那时大家都走惯了我家门口，谁还走你家？你就是想拖时间改路，别以为我看不透。张五说正儿八经的事，一到你嘴里就念歪。刘白条说打铁还需自身硬，你自己都不硬，还想来敲打我？真是一枚笑话。张五说你不听劝，弄不好是要坐牢的。刘白条说你想不想让我坐牢？张五说我还没想清楚。刘白条说谁敢让我坐牢我就杀他全家。张五说你不敢。刘白条说你试试。

张五急步出村，要去乡里告刘白条，但走着走着脚步就放缓了。他不是怕刘白条杀人，而是觉得自己的心里不那么能见光。虽然推倒厢房是为了重建，但推墙的时候他确实希望趁机改路。虽然买好砖头不动工是为了等砌匠，但只要肯加钱砌匠还是随处可请。不得不承认，自从那堵墙推倒后，他的早蹲又变成了一种享受。他甚至有心情欣赏屋角李树上的残果，甚至能听出鸟们的嗓门一天比一天大。鸟们的嗓门为什么大呢？因为玉米和稻谷都先后成熟了，它们有足够的补给。他甚至还有心情观察山谷里腾起的团团白雾，茫茫一片，像白云，像魔女的白发。它们时而缠住山头，时而又把山头放开。雾填平了所有的沟壑，就像在村庄面前铺了一层厚厚的望不到头的棉花。谁看谁喜悦，谁看谁有做地主的错觉。这算得上是个美丽的地方。当初王冬就是用风景把汪冬从浙江骗过来的，据说王冬在"美丽"的后面还加了

"神奇"。张五笑了一下。他想一个人每天清晨能蹲在猪圈上看这么美的风景，想这么美的事而又不被打扰，应该算得上是一个既得利益者了，一个既得利益者为什么要去告一个欠债大户呢？如果刘白条家里不穷，他会架杆子收费吗？不会。张五自己把自己给说服了，从半路折回。

鲜花家的三条狗被毒死了。鲜花是在早上打开门的时候才发现的。狗们躺在门前，头朝狗洞，满嘴白沫。悲惨的场面使鲜花失控，她发出一声刺骨的尖叫，像死了亲爹那样当即晕倒。牛奋对嘴呼吸才把她弄醒。醒来后，她请木匠做了三口狗棺材，分别把狗装进去，然后又分别在棺材上盖了一块红布。灵柩一字排开，拦在门前的路中央。鲜花誓言不抓到投毒者决不下葬。她去了一趟莫光家，莫光说他结婚不久，还在蜜月期，傻瓜才惹这种麻烦事。况且鲜花早就赔偿过他老婆的药费和精神损失费，他还有什么理由投毒？莫光一脸真诚，弄得鲜花反而不好意思。会是谁呢？鲜花想得大脑都起了皱纹。

清晨6点，鲜花和牛奋爬过张五家墙头，三下两下跳到猪圈边。张五的身体一紧，说没看见我正在蹲吗？鲜花说就是看见你蹲我们才来的。张五说喜欢闻味或是寻早餐？鲜花说想问叔几个问题。张五说有这么急吗？鲜花说怕叔讲假话，所以才挑着时间问。张五说你叔什么时候说个假？鲜花问那你是不是讲过要把我家的狗灭了？张五说你听谁讲的？鲜花说你跟婶娘嘀咕的时候我正好路过你家门口。张五说这话我是讲过，但我没有做。刘白条讲他要杀人，你也信？鲜花问那你是不是有投毒的动机？张五说动机算个屁，最终还得看动作，而且村里的人、过路的人，这么多人，难道就我一个人有动机？鲜花说王冬与汪冬已经把经过他家的路拦死，他们不会投毒；刘白条已经架杆子收费，我家的狗叫得越凶他收的费就越多，他也不会投毒。张五说排除他们不等于就是你叔。鲜花说你一直想把路改从我家门口经过，当时我们同意了，但狗没同意，所以你就喂它们吃老鼠药。说到此处，鲜花顿了一下，眼泪吧嗒吧嗒的，她为那几只可怜的狗狗伤心地哭了。张五说你叔没这么硬的心肠，否则狗们活不到现在。鲜花抹了一把眼泪，说有人看见你去乡里了。张五说谁规定我不能去乡里了？鲜花说有人讲你去乡里是为了买"毒鼠强"。张五说放狗屁，人家只跟你讲我往乡里走，却没跟你讲我半路杀了回马枪。鲜花说原来你在半路买的"毒鼠强"？张五说我看你是"毒鼠强"吃多了。鲜花说那你为什么杀回马枪，难道是去散步吗？张五说我想去告刘白条乱收费，但走到半路气就消了。鲜花休息一会儿，问真不是你毒死的？张五说你去问问，看有谁在蹲坑的时候还有心情说假话？鲜花说叔，不管怎么讲，我家的狗被毒死，根源还是在你这个地方。张五说你这是突击审问、非法逼供、双规，还有完没完？鲜花说如果你不推墙拦路，刘白条就不会架杆收费，刘白条不架杆收费，王冬与汪冬就不会搞什么豆腐渣工程。都是你逼出来的。如果大家还有一条路可走，谁会狗急跳墙到下毒？张五说能不能反过来讲，如果你爷爷不养猎狗，不喂它们吃马蜂壳，那这条路是不是在你家门前？你不能光讲现实，也得讲点历史。鲜花说都几十年了，你家门前这条路也算得上历史悠久了。张五说你家那条路更古老，都有上百年的历史了。鲜花说报纸上不是讲不走老路吗？张五说还讲了不走斜路。知道什么叫斜路吗？就是不直的路，而你们家门前那条最直，最不斜。忽然，牛奋插话，说叔你弄错了，不是倾斜的斜，而是邪恶的邪。张五说一个音，意思差不多，各人根据各人的需要引用。鲜花说争来争去的，也不是个办法，叔，你看这样行不行？你把你家这堆废墙搬走，我把我家的狗狗埋了，让大家自由选择，爱走哪条走哪条。张五说若要讲公平，除非今后你家不再养狗。鲜花说先这么定吧。叔你要是同意我们就走,你要是不同意,我们就看到你同意为止。张五说简直是趁火打劫。鲜花说那你到底同不同意?张五说再不同意我都快憋死了。

  鲜花把三只狗埋进菜园。她家门前的路算是畅通了。但张五和他老婆一共才两个劳力,搬运废墙的速度就像蜗牛爬行。鲜花跟村民们打了一声招呼,除了刘白条家,家家户户都派出人力来帮张五搬运,甚至外村的人也纷纷加入。半天工夫,张五家厢房的旧墙就全部清理完毕。鲜花说叔,这就像投票,来帮忙的人越多就说明想走你家这条路的人越多。他们都是你的粉丝,代表民意。张五说讲好了,你不能养狗。收工后,鲜花把那块"前方施工,请绕道而行"的牌子拿掉。路人们又开始走回张五家这条路。十天过去了,一个月过去了,张五家门前的人流量同比上升百分之五,相当于当月的物价上涨指数。而鲜花家那条路始终无人问津,尽管她家已经不养狗了。张五蹲在猪圈上想什么叫习惯?这就是。人们习惯走老路,而我习惯敞蹲。正这么想着,他忽然听到从自家门前传来一串噗噗的脚步声……

2012 年 11 月 17 日

双份老赵

老赵其实不老,"老"只是一个亲切的称呼,相当于"阿"。他长着20多岁的头发,30多岁的皮肤,却具备了100岁的智慧。自打识字那天起,他的脸上就出现了思考的表情。这种表情一直保持到现在,如果不小心辨认,还以为来自他父母的基因,但实际上却是他勤于皱眉头的结果。

七年前,小夏婷婷玉立,说漂亮有漂亮,说气质有气质,是某家银行的职员。尽管追求她的男子排了长长一列,却没一个被她相中,原因是他们要么长得太白,要么显得幼稚,无法给她一种落地的感觉。直到老赵这张思考型的脸庞出现在窗前,她的心里才"咯噔、咯噔"。开始,老赵也不是来给她"咯噔"的,而是来存款,取钱。因为经常来,彼此由点头到交谈,渐渐地就混熟了。熟到差不多的时候,小夏劝老赵把钱全部存入本行。老赵说:"不能把所有的鸡蛋都放一个筐里,万一没拿稳,那就只剩下我这个蛋了,穷光蛋的蛋。"

这是排名数一数二的银行，哪怕所有的银行都倒闭了，也轮不到它倒闭。更何况老赵的那点钱就像沧海一粟，无论存进去或者取出来都不影响银行的总量。小夏觉得他多虑，甚至认为他不信任自己。老赵说："我可以信任一个人，但不可以信任一个集团。"而小夏偏偏把银行当亲爹，并用它来检验老赵的忠诚度。老赵问："难道喝一口茶，连杯也要一起吞下去吗？"

小夏说："单位就像我的衣裳，你不会只爱我的身体吧？"

老赵于是又存了一笔定期。小夏问他是不是把全部都存进来了？老赵气得直打喷嚏，忍不住给她上课："就像一个人不能只有一个信仰，否则，委屈的时候你都找不到安慰的理由。一家人不会同时上一条贼船，也不会同时坐一架飞机。为什么那么多人要找干爹？民间说法是保自己长命，而真正的原因却是多个干爹多条后路。"小夏被这剂猛药呛得连声咳嗽。她终于落地了，心像踩在水泥地板上那么踏实。不过结婚之前，她还得考验考验老赵。

小夏打开地图，指着最远的地方——麦哲伦海峡，说："怎么样？"老赵说："只要你开心，下个月就去。"小夏感动了，手指在地图上跳舞，舞着舞着，就舞到了夏威夷群岛。她说："我心疼钱，还是选近一点的地方吧。"老赵一拍桌子，整个太平洋都倾斜了。他说："看不起人是不是？知道吗，你花谁的钱，谁就是交桃花运。"小夏的手指立即从夏威夷起飞，这回跳的是芭蕾。手指优雅地滑过高山，越过海洋，像两只白天鹅落在桂林的山头。"就这吧。"小夏说。老赵被小夏变化的速度搞晕。他用一秒钟倒了倒时差，说："对我的钱包，请你务必做到浪费光荣、节约可耻。"小夏笑了："浪费你的，那不就等于透支我的未来吗？"

最后，他们选择了西部的一座山峰。那是个热门的景点，好多名人和有名字的人都去爬它。有位著名的董事长,每个季度都带着一群记者去爬,每爬一次,公司的股票就连续涨停三天。老赵和小夏也想让他们的感情股涨一涨,于是都跟单位请了假。登机之前,老赵为每人买了两份保险。小夏看在眼里,喜在心尖尖。她一坐上飞机,就把脸靠住老赵的肩膀,死心塌地做他的零件。渐渐地,靠的和被靠的部位都有些麻,但是,谁都舍不得动一动。他们只用一个姿势就完成了一千多公里的飞行。

到了山下旅馆,小夏惊呼:"糟糕,我只预订了一间房。"老赵说:"难道还需要第二间吗?""当然,我是有原则的。"说这话时,小夏把嘴认真地噘起来,不像是反话正说。老赵问总台还有没有多余的房?服务员说:"房间都必须在十天前预定。"老赵双手一摊,耸了耸肩膀,恳请服务员为他在走廊上加张床。服务员说:"不可以在走廊上加,但可以加在房间里。"老赵像领到结婚证那么高兴,扭过头来征求小夏的意见。小夏说:"我一紧张就会失眠,一失眠就没力气爬山。"老赵说:"出来就是想放松,你先别紧张,千万千万别紧张……"

晚饭后,老赵跟着小夏进了房间。他们一个坐在椅子上,一个坐在床头,面对面地聊了起来。老赵越聊越来劲,不仅语速加快,而且满脸通红,仿佛雄鸡高唱,仿佛要这么一直唱到天亮。但是,小夏却聊得很不专心,她在为老赵今晚睡什么地方而不停地开小差。老赵说:"既然当时你只订一间房,那就说明你早已默认同吃同住这一事实。"小夏摇头,两手紧紧地抱住自己的双肩,忽地就缩小了,小得像只蚂蚁,让老赵和她的距离顿时变得遥远。老赵问:"难道你真不希望我住在这里?"小夏的头立刻变大,它毫不含糊地点了一下。老赵又问:"你确定?"小夏连连点头。凡事都问两遍,这是老赵多年养成的习惯。他说了一声"晚安",便抬屁股,拉行李。小夏问他去哪?他说:

"睡觉。"小夏说:"不是没房了吗?"老赵说:"我就怕你在关键的时候讲原则,所以出发前也预订了一间。"小夏惊讶得眼珠子都快掉了。她佩服老赵,甚至崇拜。

爬山的时候,每人只带一瓶矿泉水。由于小夏没经验,每次饮水量明显偏多。还没爬到山的五分之一,她就把一瓶水全部喝干。老赵告诉她,凡是有爬山经验的人,只用水来润润喉咙,绝不能牛饮。小夏责怪他为什么不早说?老赵从包里掏出另一瓶:"因为我早有准备。"爬到一处陡坡,小夏的手被带刺的灌木划破,裂开的口子渗出血来。老赵赶紧从包里掏出创可贴,封堵她的伤口。小夏说:"你想得真周到。"老赵说:"必须的。"

一路上老赵连扶带拉,总算把小夏带到了半山。到了这个高度,他们的视线就开阔了,野心也开始膨胀。看着周围被比下去的山峰,小夏一高兴,嚷着要爬到山顶。坡越来越陡,脚下打滑的次数越来越多。有时,他们的一只脚上去了,另一只脚却滑下去老远,仿佛要分裂身体,闹"腿独"。这样劈叉多了,小夏的裤裆便"嗞"的一声裂开。"还名牌呢,这么不经劈。"她发着牢骚,赶紧蹲下,一步也不敢移动。尽管小夏已多次领教老赵的细心与周到,但这一次她是再也不敢奢望了。万万没想到,老赵竟然从背包里掏出了针线。小夏一边缝着裤裆,一边想还有比他更可靠的男人吗?没有,绝对没有。

当晚,小夏就叫老赵退掉另一间房。他们终于合并了。高兴的事大都相同,这里只说一件不高兴的。临回程的前一天,他俩到商店购物。老赵花了五千元为小夏买了一只玉镯。小夏当场把玉镯戴到手腕子上,频频摇晃,似乎要从上面摇出一首歌来。但是,没等小夏高兴完毕,老赵就偷偷地折回去,又买了一只和她手腕子上相似的镯子,连价格都一样。小夏想多买的这只肯定不是送给他亲人的,否则他不会偷偷摸摸。那么,只能说他还有见不得光的女友?小夏压住心中的不快,计划在回去半月之后再审他。半个月的时间,他要是真有"见光死",就会把镯子送出去了。到那时……哼,即使他的脑子转得比计算机还快,恐怕也很难狡辩吧。

旅游归来,老赵每三天就跟小夏提一次结婚,就像一只准时的闹钟。他一共闹了五次,小夏便说:"坦白从宽,抗拒从严。你能不能先交代那只镯子?然后,再来跟我谈婚姻。"老赵的脸红得比闪电还快,仿佛偷东西被人当场拿下。小夏真以为自己抓住了窃贼,心有余悸地说:"差一颗米我就嫁给你了,好险!"老赵额头上的汗"噌噌噌"地往外冒。小夏像猫看老鼠那样看着他,问:"是不是送给前女友了?"老赵抹了一把额头汗,支支吾吾地说:"从头到脚,我就这么一点秘密,你……能不能给我留住?"小夏说:"要么爱秘密,要么爱我,A或者B?你只能二选一。"

老赵只好从柜子里拿出那只玉镯。小夏说:"天哪,你怎么还没送出去?速度也太慢了吧。"老赵说:"为什么一定要送人?"小夏说:"难道就为了锁在柜子里?"老赵说:"我是怕你的那只丢了,或者碎了,才又买了这只。如果你高兴,一只手戴一个,两只手可以同时漂亮。"小夏的脊背轻轻一颤,那是被感动的信号,但她仍然强迫自己保持足够的警惕,说:"你骗人。"老赵把柜门敞开。小夏看见柜子里摆满物品,有小时候用过的布娃娃,有中学、大学的毕业证,有奖状、邮票、相册、移动硬盘、钥匙、存折、保险单、速效救心丸、相机和手表等等。凡柜子里的统统双份,只有手表是单身,因为另一只正戴在老赵的腕子上。小夏顿时结巴。她说:"原、原来你喜、喜喜欢收、收藏。"老赵摇头,说:"多年来,我像保护内裤一样保护这个秘密,没想到还是被你撬开了。我担心这些东西丢失,就多备了一份,这样心里巨踏实。"

还用得着考验吗？小夏心里现在是踏实的双倍。冬天，他们把婚结了。由于老赵还保持着买双份的习惯，所以他们经常要像资本家那样，把多余的牛奶或者豆浆倒掉。小夏看着白花花的液体，仿佛看到了奶牛和挤奶姑娘，甚至还想到了弯腰种豆的农民，心里实在不忍，于是就咬牙喝下去。天天这么喝双份，吃双份，她不仅口腔上火，还感到胃胀。一次，她稍微把嘴巴开大了一点，胃就撑得像个气囊。她站也不舒服坐也不舒服，胃是越来越痛。老赵不得不把她送去急诊。吃了药，打了针，她的胃才慢慢愉快。胃一愉快，她就拍老赵的头，说："你想让我胃下垂呀？我是来跟你生活的，什么叫生活？不光是吃吃喝喝，还包括精神内容。我又没两个胃，你干吗天天买双份？你要是再这么买下去，我就不让你上床。"

老赵响亮地答应，果断地执行。但习惯毕竟是习惯，它经常让老赵情不自禁。有时回到楼下，老赵才发现自己犯错。于是，他把多买的那份菜呀肉呀什么的顺手送人，也不管认不认识，人家愿不愿意，反正他见谁送谁。因为送得不合情合理，再加上他的动作有点神秘，人家还以为他想用小恩小惠勾引正经女子。一天傍晚，四下无人，老赵提着一堆菜站在凛冽的寒风中不敢上楼。忽然，他看见一女的从楼门走出来倒垃圾，便把多买的那份菜不分青红皂白地塞过去。那人问："什、什么意思？"他说："帮帮忙，别让我老婆知道。"那人一跺脚，说："我就是你老婆。"老赵这时才看清，原来真是小夏，吓得手里的菜全撒在地上。

小夏跳脚拍墙，震怒。她没收了老赵的工资本，取消了他的购物权。老赵一下就消极起来，连幽默都存了定期。他衣来伸手，饭来张口，家务基本不做，每天就懂得感叹："还能有什么作为？"小夏说：

"你可以跑步。"老赵说:"反正又跑不过刘翔,跑步干吗?"晚饭后,他躺在沙发上看电视。一个姿势,十个夜晚,皮沙发上留下了他臀部和肘部的凹坑。小夏说:"你还想不想当爸?"他说:"想呀,想得一听到有人叫爸我都答应。"小夏说:"那还不赶快起来培育种子?"老赵一激灵,从沙发上弹起来,发现还有一件人生大事没完成,当晚就跑了两公里。一连跑了几天,老赵觉得不能光有良好的种子,还必须具备优质的土壤。于是,他把小夏拉出来一起跑。除了跑步,他们还打羽毛球,做俯卧撑,引体上向,冬泳,爬山,骑自行车,好像不是在为造人做准备,而是要参加奥运会的全能比赛。

他们选好孩子未来的星座,掐准孩子将来入学的时间,然后倒推八个月,用发射火箭那样的精准态度,锁定一个夜晚。他们就要播种了!但是,当双方的情绪都高涨难耐的时候,老赵忽然罢工,从床上坐起来。小夏说:"是不是要我付小费?"老赵说:"我不能只有一个孩子。"小夏说:"计划生育,只准一胎。"老赵说:"再准备准备,也许你能怀上双的。"小夏说:"为什么非得双的?"老赵说:"因为一个孩子太孤单,因为我不敢保证孩子将来不患绝症、不被误诊、不出车祸、不遇自然灾害、不被误伤、不被误判、不被强拆……所以,我需要双的。"小夏听得脊背发凉,紧紧搂住老赵,说:"老公,我同意怀双胞胎,但今晚你必须把该做的事做完。"老赵戴上一个套子,想想,又戴上一个。小夏说:"有必要同时穿两双袜子吗?"老赵说:"谁敢保证戴一个不漏油?万一碰上次品,你就没怀上两个的机会了。"

除了继续锻炼身体,小夏还定时服用药片。资料表明,那些药片能促进排卵、增加激素,极可能为老赵同时提供两个靶标。但是,人不胜天。一年后,他们的孩子出生,不是双的,而是一个非常漂亮的女孩。老赵和小夏爱得不行,即使孩子睡觉也舍不得放到床上,而是轮流抱在怀里。从此，老赵不再买双份，而是尽量想法子把一块钱掰成两块钱来花。孩子犹如灵丹妙药，一下就把老赵的习惯治好了。

就像房价似的，孩子一天一长，天天长月月长，到她三岁的时候，原先可以买一套房的钱只能买一个客厅了。小夏指着孩子问老赵："你打算给她留点什么？"老赵满脸迷惘，说："还没到留遗嘱的时候吧？"小夏说："我是说房子，你能不能给她留一套房子？"老赵说："我想买房，但钱不答应。"小夏摊开手掌伸过来，像是乞讨。老赵的身子往后一闪，说："我真的没钱了。"小夏说："不是还有一本存折吗？我在柜子里看见过的。"老赵说："你怎么不按常理出牌？我现在已经不买双份了，按理你应该把工资本还我才是。"小夏说："房价飞涨，我们再不整合资金，将来连一间厕所都买不起。"老赵像性饥渴的男女那样不经劝，一眨眼就从手包里掏出存折。小夏把两个人的四本存折打了合计，然后递给老赵，说："选套房吧，不够部分到我们行去按揭。"老赵屁颠屁颠地选了一套现房，立即请人装修。他把新房的甲醛一放干净，就拿到了一张出租合同。合同上的收入正好填了按揭的窟窿。他们现在有收入，未来有投资，生活惬意，举止优雅，谁都不说粗口话，更不会骂房价上涨。

一天，小夏在打扫房间的时候，发现老赵柜子里的物品全都变单了，连那只玉镯也不见了。小夏问老赵："难道它们有脚，自个出门旅游去了？"老赵说："为了买房，值钱的都卖了，不值钱的都丢了。"小夏将信将疑，趁老赵不在家翻箱倒柜，寻找那些物品。越是找不到，她就越好奇越不服气，甚至连当侦探的念头都产生了。她把家里的抽屉全都拉出来，倒扣，发现一串崭新的钥匙被透明胶粘贴在底板背部。为什么要把钥匙藏在这里？显然是不想让我知道。为什么不想让我知道？肯定是有秘密。小夏一把扯下钥匙，反复地看了一会儿，转身冲出门去。

　　自从新房开始装修，小夏就没来过。她既是避甲醛，也是避噪音，更是因为照顾孩子没得空闲。现在，她急火攻心地来了，钥匙还没插进锁孔，魂已钻进房间。或许是着急的缘故，第一下，她手里的钥匙没把门扭开。她扭第二下，锁头不动。她真不希望锁头转动！但是，第三下，就在她准备高兴的时刻，门却"哒"的一声敞开。客厅里，所有的家具包括摆设都和她家里的一模一样，连窗帘、地板的颜色和款式都与那边的相同。不小心，她还以为自己碰上了那个家。她踮起脚后跟，轻轻地走进来。鞋柜一样，冰箱一样，橱柜一样，就连抽屉里装的东西也没多大区别。次卧一样。书房一样。小夏打开书房里的柜子，看见从那边消失的布娃娃、毕业证、奖状、邮票、相册、移动硬盘、钥匙、保险单、速效救心丸、相机和手表等等全都摆在这边。原来，老赵偷偷摸摸地把家给复制了。主卧的门关着。小夏来到门前，叮叮当当地选择钥匙。门忽地开了。小夏惊得一倒退，发现开门的竟是自己。天哪，她长得就像是我的亲妹妹！她们相互打量，仿佛在照镜子。照着照着，她们的目光都分别落在了对方的左手腕子上。

2010 年 10 月 28 日

溺

　　我们把在短促的时间里发生，出乎意料的称为突然。突然像身体的伤口和树木的结疤，是遭遇者面前的思考题水面泛起的涟漪。一个秋日的傍晚，关连被突然抓住，人们看见他从上坝水库的涟漪中消失了。

　　松林是现场目击者。那时西边的太阳快要落山了，松林、关连以及几个放学后的孩童全都赤身裸体，沐浴在霞光之中。关连是桃村的游泳好手，下水之前，他喜欢站在坝首活动四肢。松林看见关连弯腰踢腿，胯间的鸟仔像受了惊吓缩成一团。松林开始嘲笑关连的那个东西长得太小，形同虚设。

　　关连在松林的刺激下变得有些激动，说你这个卵包，游不到那边那棵歪脖子树就得吃水，你哪里有资格笑我？松林从水里爬起来，说那我们比试一回，看谁先游到那棵歪脖子树。一提到游泳，松林便流露出不服。不服是因为对手比自己强大，松林因为不服气，变得也有些激动了。

他们几乎是同时跃入水中，朝那棵歪脖子树游去。关连大约游出去二十米，身子开始下沉。松林听到关连喊救命，以为是关连开玩笑，想耽搁他的时间，所以并不理会。离那棵树越来越近，坝首上的孩童们发出一串惊叫。这时，松林才回过头，没有看见关连，只看到一圈水波。但接近目标的他已筋疲力尽，必须爬上岸喘一口气才能回头去救关连。

松林朝坝上的孩童挥手，两个孩童赤身裸体奔向村庄。松林看见水面上的波纹越来越细，正在往中间收缩。波纹像一张嘴把关连吞没了，这张嘴正在闭合。

若干年之后，人们已经淡忘了关连，却无法把打捞关连时的情景遗忘。记忆像一个势利小人，它记住或想起的总是最生动的章节。

听到关连沉水的消息，那些体魄强健的男人飞快到达上坝水库。他们剥光衣裤，一次又一次潜入水底寻找关连。当妇女、老人和小孩们到来时，十多位打捞者的裸体像一道彩虹，吸引围观者惊慌的眼睛。

站在上坝水库，你可以看见桃村清水似的炊烟，在夕阳的辚辚声中音乐一样地飘起来。炊烟、夕阳、男人们铜色的肉体组合成那个秋日黄昏的奇妙景象。未嫁的姑娘以关心溺水者为由，目光拼命往水面搜索。水面是她们日日照拂的镜子，但她们从这面镜子里看不到自己的面容，她们看到男人们水中真实的倒影。而妇女们的目光显得肆无忌惮，她们像打量西边的余霞，像打量质地上乘的布料那样打量男人。她们的目光吝啬于丈夫，却敢于铺张浪费给旁人。松林似乎是意识到了这一点，对其余的伙伴说，人死了不能复活，大家还是先把裤子穿上。

松林像是在庄严的场合打了一个喷嚏。男人们环顾左右，猛然知道了羞耻。但是人们很快发现，提醒大家穿裤子的松林自己也一丝不挂，而且等大家都穿好了他还一丝不挂，仿佛他从来没有脱过衣服。

关思德在别人的搀扶下最后到达水库。从水里捞起来的关连翻天躺在坝首，蝙蝠在黄昏的上空翻飞，死亡像黑夜已不容置疑从天而降。关思德推开搀扶他的人，走下水坝。他对跟踪他的人说给我一把斧头，我要报仇！忽然，关思德健步如飞，朝村庄奔去，他奔跑的姿态使人回想他的年轻岁月，奔跑的关思德和刚听到儿子溺水时的关思德判若两人。他把料理后事甩给媳妇及众乡亲，果断地逃离了喧闹与悲哭。

桃村上空的月亮像一把锋利的镰刀收割黑夜，树木禾草在风中呼呼作响，村庄在讲完一个突然的事故之后，逐步走向睡眠，趋于淡泊空静。只有关思德手中的斧头泛着冷光，仿佛事故的余音绕梁不散。

关思德站在十字路口，等候陈国兴的归来。陈家大门紧闭，有人对关思德说黄昏的时候，陈国兴出村了。但是夜虫潮水般鸣唱，露水已爬上关思德的布鞋，黑夜淹没他的脚踝、双膝，然后像一根绳索到达他的颈部。仍然没有看见陈国兴的影子，他突然听到身后传来哒哒的脚步。掉转头，他看见儿媳妇拿着一件棉衣站在不远的地方，脚步声显得孤单虚弱。媳妇说爹，回家吧。关思德没有应声。

儿媳妇把棉衣披到关思德身上，转身跑开了。棉衣从关思德的肩头无声地滑落。关思德蹲在地上，呜呜地哭起来。哭声像一丝轻微的风，在村庄的上空游荡。有人从床上爬起来说，听，关思德终于哭了。

时间一点一滴地从关思德的身边溜走。在关思德看来，时间就是斧头，总有一天总有一个时候，斧头会砍到陈国兴那颗不长毛发的头上。关思德深信如果没有陈国兴，就不会有上坝水库，没有上坝水库就没有关连之死。仇恨如鲠在喉，不吐不快。

关连从田野扛回来的一麻袋谷子还放在堂屋的中央。那袋谷子就像一个信号，代表昨天关连还活着的日子。它使关思德的时钟倒拨十六个小时。

关连放下谷子，从绳索上拉过一条毛巾，一边擦脸一边往外走。关思德拿着理发剪追出门来，说关连，趁现在有空，你帮我把头发剪了。关连用毛巾不停地拍打身上的尘土，说太热了，我先去洗个澡，松林在桥边等我。

关思德看见儿媳妇江春梅从厨房走出来，对着关连远去的背影喊：爹的头发那么长了，你一天推一天总不帮他理，要洗澡家里可以洗，有什么必要去上坝水库？关连回头说明天，我一定帮爹理发，去上坝水库是游泳不是洗澡，洗澡和游泳是两码事。关思德听到江春梅无奈地说了一声：这个天杀的，脾气那么犟，我说不动他。关思德知道这话是说给他听的，媳妇在为没有说动关连为他理发而抱歉。

然而现在看来，昨天的一切都变了味道，关思德想如果昨天天气不热，如果昨天能把关连留下来理发，如果江春梅不诅咒关连，如果松林不在桥边等关连，那关连就不至于走到上坝水库，就不会在陈国兴带头修建的水库里淹死。关思德朝那袋谷子愤愤地踹了两脚，麻袋像一个醉汉缓慢倒下，谷子撒了一地，屋子里飘荡着新鲜的酒一样的谷香。

关思德站在屋角解手，看见江春梅匆忙跑过屋角，又退了回去。江春梅说爹，陈国兴回家了。关思德紧好裤带，提着斧头朝陈家奔去。

陈家人把关思德挡在屋外，他们说陈国兴没有回家，他不知躲到什么地方去了，要等你在屋外等，要找你到那些草垛里去找。

关思德端坐在陈嫂为他准备的条凳上等陈国兴。午后的太阳照射屋前的草垛，草垛一片金黄，一些细小的虫子在太阳下振动翅膀。陈家屋前的石榴已经成熟，正裂开口子面对关思德笑。关思德想那石榴像陈国兴，笑得很得意。

陈嫂端出一盅浓茶递给关思德。陈嫂说你怎么能怪陈国兴呢？他带头修水库是为了灌溉农田，并不是为了害你的儿子。关思德接过茶，猛地灌入口中，蹲到屋檐下磨他的斧头。斧刃上映出秋日里的太阳，太阳随斧刃滑动而滑动。关思德不停地把嘴里含着的茶水喷到磨刀石上。没有人再敢对他多嘴多舌。

在陈家的门前静坐了两个下午，关思德开始感到无聊，与其说是在等待仇人，还不如说是在等一个老朋友诉说心中的苦处。他开始从陈家门口走向田野，拿着斧头朝稻草和田埂乱砍。人们看见他的头发长得更长了，白头发遮盖了黑头发。关思德很希望有人夺过他的斧头，但是没有人这样做。他不得不提着斧头，像提着一句诺言走家串户。有时，他把头埋在草垛里，从里面掏出老鼠啃过的玉米棒。一次，他还从草垛里掏出一个南瓜来。

松林看见关思德拿着南瓜朝家里走。松林说关伯，你的头发长了，让我帮你理一理。关思德笑了一下，说头发，我要等关连回来了才理。这是关思德在关连死后第一次笑。松林觉得他笑得十分古怪。

擦肩而过之后，关思德猛然记起了什么。他看着松林的背影想，要说仇人，松林也是一个，如果松林不跟他比赛游泳，关连也不会死。关思德叫了一声松林。松林回过头，看见关思德面带杀气，飞快地跑开。他听到身后传来南瓜被砍破的声音。

现在回想起来，关连有无数次逃脱死亡的机会，但是他没有逃避。没有逃避就等于被动接受，就等于在时间里随波逐流。几年前，关连曾参加县里的招干考试，但是第一科考试他就迟到了一个小时，结果不允许进入考场。他像一个逃兵在考场外徘徊,心急如焚。他迟到的原因极为简单,当时他患感冒,晚上吃了几片感冒灵,结果一睡不醒,直到服务员打扫房间才爬起来。他看过手表之后,说一声糟啦!这一声惊叹,似乎是一个起点,它预示了关连后来的命运。

尽管关连缺考一科,但他离录取线仅差两分。两分!如果他少填错一个空,少写几个错别字,少错一个汉语拼音,或者说评卷员稍微放松,关连就是县城的干部了。第二年,关思德曾劝关连再去碰碰运气。关连回拒了。那时,关连迷上了本村的姑娘江春梅,觉得爱情比当干部重要。任凭关思德怎么劝他,如何夸大当干部的好处,他都不听。

机会是无处不在的,只不过关连没有抓住它。就在他淹死前的一周,关连收拾好行李,准备跟随村里的王大庆进山烧炭。山上没有水库没有河流只有小溪,如果进山,关连自然不会被淹死。是江春梅阻挡了关连的逃避,她解开关连的背包,说这几天就要收谷子了,你去烧炭,谁跟我收粮食?

关思德很清楚江春梅的用意,她知道山上有一独户人家,独户人家有三个女儿,其中老大是关连从前的相好。江春梅并不是真心留下关连收粮食,而是怕他烧炭烧到了别的女人身边。这么漫无边际地想着,关思德觉得江春梅也是杀害关连的凶手。

关思德像一只老式座钟被一只无形之手任意拨弄。他的身体和斧头固执地前行,而他的思绪却在不断地往回走。在前行和倒退的拉锯战中,关思德似乎是苍老了许多。不过他乐于这样的前思后想,这样的前思后想使日子沉重,也让他看清时间的链条。有质量的日子就像一个比喻:一日长于一百年。

终于陈国兴在村头出现了，他那不长毛发的头像一颗成熟的南瓜，在太阳下泛着光芒。他在外面躲了一阵之后，沿着他千万次走过的路线回家。他听人说关思德已经不像先前那样仇恨他了。正如他的预想，时间会改变一切。

关思德蹲在陈家的门口磨斧头。他希望有一个人为陈国兴通风报信，不要冲撞他，以便给他一个下台阶的机会。但是对他嚯嚯磨亮的斧头人们已司空见惯，只把它当作日常生活用语，谁也没把它当凶器。关思德自己也发现磨斧头的意义正在发生偏差，有关报仇、杀人等已在时间的流逝中淡化，而为磨斧头而磨斧头的成分在不断增加。

阳光如水。关思德看见那个南瓜皮似的脑袋在水中浮动，愈浮愈近。关思德的斧头在磨刀石上机械地滑动，他感到手突然一热。收回目光，他看见一个小孩对着他的磨刀石撒尿。小孩说关爷爷，你的磨刀石上没有水，我给你送水来了。

关思德朝小孩露出笑容，笑容一闪即灭。关思德看见刚刚从娘身上落下来的关连一边啼哭一边屙出一泡热尿。在山区有个说法，说："下地一杆枪，不死老子就死娘。"要摆脱这个预言，唯一的办法就是用手掌从尿中间切下去，连切三次，如果尿停则万事大吉。当时，关思德在关连的尿路上连切了三下，尿没有停住。无计可施的关思德捏紧关连的鸟嘴，那些尿顺着他的手全部滴落在关连的身上。关思德的老婆脸色骤变，她无力地说你这是害他，尿洒在他身上，就不是爹死娘死，而是他自己死。

这么说关连出生的时候就注定了不会长命，关思德想，这么说我也是杀他的凶手。如果那些尿不撒在他的身上，他会早死吗？想到这，关思德的脊梁骨一阵发凉。

陈国兴走到家门，关思德从磨刀石旁站起来。陈国兴说老弟，你别糊涂，你要干什么？关思德把斧头举过头顶，说我要杀你。斧头划过一道弧线，最后砍在那棵裂开笑口的石榴树上，几个成熟的石榴悄然落地。关思德扶树而哭。陈国兴走到他的身后，说老弟，我知道你心里苦，走，进屋子里去喝杯茶。关思德跟随陈国兴跨进大门，斧头仍然吃在石榴树上。关思德说我的斧头举起来了，就没法收回去。

第二天中午，人们看见关思德和陈国兴朝上坝水库走去。关思德用一根竹竿戳穿了水库的出水口，他似乎是在为关连做最后一件事情。水从出水口喷薄而出，泥沙、枯草被它席卷而去，水力大无比。

看着水一点一点地消退，关思德想起修水库的那些日子。那时陈国兴号令全村群众云集坝上，挖基填土，号子声响成一片，晚上还留下精壮的汉子打着火把夜战。从那时起，人们就把陈国兴叫作电灯泡，因为他头上没长毛，因为他夜晚也不让人们休息，他像一个十足的灯泡，照亮上坝的夜晚。

水库里的水缓慢地消退。两个老人坐在坝首心事浩茫。关思德说电灯泡，你还记得电灯泡不？陈国兴用手摸摸他的光头，说记得，记得，但不知道是谁最先发明了这个绰号？他们开始回忆坝底下的情景，那时坝底留下了许多扁担、泥箕以及一个石滚子。关思德说他还丢了一把锄头在里面。他们不敢保证再能看到那些旧物，大水无情，时间如水。

水流了一天多时间才流干净。水库像一个巨人流尽了他的血液，变得奄奄一息。关思德和陈国兴在坝上坐了一天一夜，他们只看见稀泥和虫子，往日的脚印已无处寻找。关思德说找歌声，我们找一找歌声，当年是你带头唱的。陈国兴扯着嗓门喊：同志们加油干那么嗬嗨……歌声憋在喉咙，怎么也冲不出来。岁月如疯长的青草遮断了歌声和仇恨。

　　最后，松林终于能够拿着理发剪为关思德理发。那些花白的头发像音符像蒲公英像时间，随风消逝。

猜到尽头

1

铁流是突然被叫走的。当时他坐在沙发上频繁地打着哈欠,我和儿子铁泉抱着他的脑袋拔白头发。他才35岁就长了那么多白头发,看得我心里直着急。我说我们写了十多年,两人的稿费加起来还没有你的白头发多。他咧开大嘴,说为什么不反过来?如果把我的每一根白头发当一万,那我们该有多少稿费?铁泉听他这么一说,就像拔草那样使劲儿。他每拔到一根白的,就兴奋地叫道:我又拔到了一万。

正当我们一家子正忙着数铁流头上的"钞票"时,门铃忽然响了。铁流的舅舅腆着一个大肚子,夹着一个小包,屁股后面带着一个漂亮的姑娘,风尘仆仆地走进来。铁泉举起手里的白头发,对着舅舅喊:舅公,我从爸爸的头上拔到了十万。舅舅弯下腰,在铁泉红扑扑的小脸上掐了一把,说十万就十万,这可是你自己说的。

舅舅和那个姑娘坐到我们家的木沙发上,他从包里掏出一份合同递给铁流,说如果同意的话,今晚就得过去。铁流看着那份合同,眼球如同遭受重物袭击,一下就变了形,手也微微颤抖。看完,他把合同递给我。我没想到舅舅会给铁流开这么高的年薪,更没想到那个姑娘竟然乘我看合同之机,不停地给舅舅抛媚眼。舅舅悄悄地把手绕到她身后。她扑哧地喷出一串笑,扭动着腰杆子倒向沙发扶手,像是有人正在为她抓痒。

铁流找一个泡茶的理由离开了。铁泉在沙发前串来串去。如果不看合同的面子,我真想给舅娘打一个电话,但是合同上的数字太高了,高到超过了我们的所有存款。我把铁流从厨房里叫出来,让他自己拿主意。他的目光在我和舅舅的脸上穿梭,仿佛在寻找暗示。舅舅说是不是嫌少了?铁流摇摇头,张着嘴巴望我。我说答案又不在我脸上。铁流一咬牙,说就当是去体验生活,而且我妈也不是为了写小说才把我生下来的。舅舅轻轻一笑。铁流伏身在合同上签字。舅舅收下合同,屁股像着了火一般飞速地离开沙发,说我们走吧。我说铁流的行李还没收拾呢。舅舅说要不是那边急,我也不会上门来跟他签合同。话还没说完,舅舅已经到了门外。那个小妖精也走了出去。铁流跟在小妖精的后面,临出门时回头给我和儿子做了一个飞吻,脸上已经有了迫不及待的表情。

轿车的声音从楼下离去,我忽然感到家里空了许多,耳边重又响起和铁流讨论过的话题:如果突然有了一大笔钱,我们将用来干什么?铁流脱口而出:那就把你给换了。当时我们都整齐地叹一口气,为这种穷开心而发笑,觉得天底下哪会有那么好的事情。但是想不到那笔钱一下就让我们看到了,仿佛现在正叮叮当当地从天花板上往下掉。好事情说来就来,我没有一点儿心理准备。

夜深了才把铁泉骗上床,我却兴奋得没有一丝睡意,想想铁流空着双手出门,就打开脱漆的硬壳皮箱,往里面装他用得着的物品。装满了,我看一眼熟睡中的铁泉,就提起皮箱悄悄地出门,在院门口拦了一辆出租车,直奔路塘温泉度假村。仅仅是半个小时,我便站在度假村的总台前,向里面昏昏欲睡的两个女服务员打听铁流的住处。她们摇着头说,什么铁流铁牛?没听说过。我说就是你们的铁经理,今晚刚来的。她们摇着的头忽然停住,都扭头看着里间。里间走出一位睡眼惺忪的领班,她不耐烦地嚷道谁呀?这么晚了……嚷嚷声在她的目光落到我的脸上时戛然而止,她的眼皮猛地往上一跳,眼珠子刹那间明亮,瞌睡不见了,温和的声音从她的嘴里飘出:原来是嫂子。我这才看清楚,她就是舅舅带到我们家里去的那个小妖精。

她走出来接过我手里的皮箱,带着我穿过温泉旁弯弯曲曲的小径,朝一幢黑暗的楼房走去。在还没进入楼房之前,温泉的流淌声哗啦哗啦地响着,一股特别的香水味像温泉那样咕咚咕咚地从她脖子上冒出来,呛得我不得不放慢脚步。终于进入了楼房,我们来到305号门前。她放下皮箱,说铁经理就住在这里。我按响门铃,里面没什么反应。我再拍几下门板,里面还是没动静。她从裤兜里掏出一大串钥匙,说每个房间的钥匙服务员都有。她的钥匙在门锁里轻轻一转,门裂开一道缝,里面黑咕隆咚的。她抽出钥匙扭身离去。我提着皮箱走进房间,打开灯,里面连一个人影子都没有。

但是我看见衣架上挂着铁流的外套,真皮沙发的角落堆放着铁流身上的其他东西,什么衬衣、内裤和袜子呀乱糟糟的,像铁流褪出来的一层层皮,冒着酸菜的味道。那么,一丝不挂的铁流到哪里去了呢?他是不是泡温泉去了?我来到走廊上,俯视大院,除了水声就是从池子里腾空的蒸汽。蒸汽把那些路灯扩大了,使整个院子显得迷蒙潮湿。我站了一会儿,眼睛慢慢地适应这里,远处那排石头镶嵌的木门穿过水雾越来越明显。我跑过去，发现这是用鹅卵石砌成的独门独户的小间，每一间里都传出隐约的流水声。我侧耳听木门里的动静，听到第五间的时候，终于听到了铁流的声音。

我犹豫了一会儿，敲敲木门，木门一动不动，里面传来嬉闹声。我把木门推开，一团更为密集的蒸汽冲出来，热乎乎的水池里泡着两个光溜溜的男女。他们惊恐地扭过头，鼓着眼球看我。男的说我们可是货真价实的夫妻。女的骂道哪里来的神经病。那个男的不是铁流，我带着歉意退出来，为他们关上门，想这个刚刚上任的铁经理到底去了什么地方？

2

是铁流的声音把我吵醒的。睁开眼，我发现自己竟然合衣躺在铁流的床上。昨夜，我曾经反复告诫自己不要入睡，想不到竟然稀里糊涂地睡着了。窗外的曙光落到铁流锃亮的皮鞋上，和皮鞋一样锃亮的是他的头发，上面几乎可以倒影出天花板上的吊灯。一条乳白色的领带像上早班的，提前勒住他的脖子。电视机里天天做广告的那套深黑色西服，现在也跑到了他的身上。他的小眼睛在这些身外之物的衬托下，比过去明亮了好几倍。从整体上看，他已经鸟枪换炮了。

我从床上坐起来，用手摸了摸额头，说你现在才回呀。他的脸憋得通红通红，就连脖子上的领带都憋开了。我以为他要说出什么重大的事情，没想到竟然憋出一句你怎么会在这里？我还以为你失踪了。我说那你呢，这么好的床干吗空着？他说换了公司发给的衣服我就回家了，想让你看看身上的牌子，没想到白白等了一晚。我说从家出来的时候，我特意看了一下时间。他说我是12点27分回到家里的。我说我没走的时候你不回，我前脚刚走你后脚就回了，也不打个电话过来。他说我连这个房间的号码都还没记住，而且谁会想到你的动作那么快。我打开皮箱，说我可是来给你送东西的，不知道这些旧的你还需不需要？他瞥了一眼皮箱，说铁泉一个人在家，你得赶快回去叫他上学。我想都还没好好说上几句话，他怎么就下了逐客令？我把皮箱重重地关上。

回到家，我感到头有些晕，想再躺一会儿，发现被窝整整齐齐地搁在床上，它还是我昨晚出去时的模样，床单上也没留下任何被压迫的痕迹。凡是睡过觉的人一看就知道，这张床在两个小时之前，不可能有人睡在上面。我在床上躺了一会儿，怎么也睡不着，就爬起来到卫生间想洗把脸。毛巾经过一夜的冷风，干得有些刺手，我转过身，把卫生间里挂着的毛巾全都捏了一遍，没有一张是湿的。难道铁流已经养成了早上不洗脸的习惯？或者昨夜他根本就没回来？

这时电话铃突然响了，我抹着脸跑过去抓起话筒，才发现铃声是铁泉床头的闹钟发出来的。我放下话筒，走进房间，把正在熟睡的铁泉摇醒，说泉儿，快起来，你得上学了。他飞快地弹起来，打了一声哈欠又倒下去。我用手里的毛巾擦擦他的脸。他睁开眼睛，欠起身子，把毛衣套到头上。我为他穿好衣服，说从今天开始，得由妈妈送你上学了。他揉揉眼睛，说爸爸呢？我说爸爸不是当经理去了吗？他说当经理就不回家了。他的话像针尖那样刺了我一下。我让他重新坐到床上，问他昨夜看见爸爸没有？他摇摇头，说你不是说爸爸当经理去了吗？我说半夜里他回来过，你听没听到开门声？他摇摇头。我怕铁泉还没完全清醒，又用毛巾为他擦了一把脸，说儿子，你好好地想一想，到底见没见你爸爸？铁泉说没有。我说你不要急着回答，再想想。铁泉娇嫩的眉头渐渐拧紧，脸上出现了大人的表情。这种表情持续了一会儿，他吐出一串声音：我还是没看见爸爸。我想铁流干吗要骗我呢？

傍晚，铁流提着一个塑料袋出现在楼下。我看见他关了车门，梗着脖子走进楼道，然后就听到他的脚步声急迫地上来。我把铁泉推进房间，铁泉用手撑住门板，不让我关门。我说妈妈要跟爸爸谈谈。他勉强地松开手，让我把门拉上。

门铃响了，我坐在沙发上没动。铁流见没人响应就掏钥匙把门扭开，走到我面前想把手里提着的烤鸭放到茶几上。我说这是从温泉带过来的吗？他用轻快的语调说在食堂拿的，不花一分钱。我说快把它拿开。他转过身，想把塑料袋往餐桌上放下去。我说别把桌子弄脏了。他放下去的手快速地扬起来，回过头皱着眉头看我。我的脸如同掺了水泥一般硬邦邦的。他晃动着手里的袋子，说那你说我应该把它放在哪里？我说除了家里，随便你放。他把袋子重重地摔到桌上，说不知道又碰到你的哪根筋了？我说床没有动过，毛巾也是干的，昨天晚上你回的是哪个家？他的眼珠子像车轮那样转了几圈，说为了让你一进门就看到一个崭新的丈夫，我一直坐在沙发上等你，几乎一夜没合眼。我说但是今天早上，你的眼圈没红，我记得只要你熬上两个小时的夜，眼圈就会红得像出血。

铁流把上衣脱下来丢到沙发上，伸手松松领带，抬头望着铁泉的房间，说我只有熬夜写作眼圈才红，昨晚我只是看电视。我说那音量一定调得很小吧，要不铁泉怎么会什么声音也没听到？他说是吗？那我们问铁泉试试。他拍开房门，把铁泉拉出来，蹲下身子，用讨好的口吻说，儿子，别害怕，爸爸只想问你一件事。铁泉似乎从空气里嗅出了紧张的味道，惊慌地看着我。我对他点点头，说你是诚实的。铁流抓起铁泉的小手，说你还记不记得昨天晚上的事？铁泉结结巴巴地说记得。铁流说那你记得半夜里爸爸叫你起来拉尿吗？铁泉看着天花板，像是在回忆。铁流拉拉他的手，提醒道你记不记得？铁泉小心地摇了摇头。铁流的脸突然变了，撒开铁泉的手，呼地站起来，说你怎么就不记得了？当时我还问你爸爸的衣服漂不漂亮？你说帅呆了。我又问你妈妈到哪去了？你说不知道。你回答了我的两个问题之后，才重新回到被窝里的，怎么就不记得了？

　　铁泉被铁流越来越大的嗓门吓得全身颤抖。我对铁流说，你不要强迫他，更不能搞逼供。铁流绷紧的脸慢慢地松弛，他又蹲了下去，用手扶住铁泉的双肩，口气缓和了许多：儿子，你再想一想，因为你的回答太重要了，它关系到爸爸和妈妈吵不吵架。铁泉低下头。我说再坚持一会儿，泉儿，你得把我和爸爸的这个疙瘩解开，要不我们会不定期地争吵。铁泉抽了一下鼻子，带着哭腔说我不知道你们的事情。泪水漫过他的眼角。铁流在他流泪的地方抹了一下，说你再好好想想，即使是刚才说错了，爸爸也不会怪你，也许一时记不得了，但是你想一想可能会记起来，你再想想……铁泉像是不堪重负似的打着哆嗦，眼睛惊恐地张望我。

　　我说够了，你这是在逼他。没想到我脱口而出的声音把铁泉吓了一跳，他的脖子根突然缩进肩膀，双腿像站在钢丝绳上那样晃荡，仿佛再晃下去他的身子就得散架。铁流假惺惺地搂住他，用手轻轻地拍打他的后背，鼓着乒乓球那么大的眼珠看着我吼道，你的嗓门比高音喇叭还大，即使他记起什么也被你吓跑了。铁流的这一吼，音量不在我之下，把铁泉的尿都吼了出来。我看见在铁泉淅淅沥沥的裤管之下，已经积了一摊水，它正小心翼翼地向四周扩散。我把铁泉拉到怀里，说你就放过他吧。铁泉哇地哭起来。我说这下你该满意了。铁流狠狠地扫了我一眼,从鼻孔里哼出一句脏话,转身走出去,防盗门撞回来的巨响又吓得铁泉的身子一颤。

3

铁流在那边过着经理的生活,却没给我任何一点儿消息。我以为几天之后他会回家,没想到他连电话都没打一个。坚持了好些日子,我主动给他挂了几次电话,但房间里一直没人接听,甚至半夜里也没人接。我想也许是他的电话坏了。一个周末的晚上,终于有人在铃声响过五声之后,拿起了话筒。我说撒了谎就不敢回家是不是?他说工作刚开始,好多东西都得重新学,忙得头都晕了。我说再忙也得睡觉吧。他迟疑一会儿,说我怕电话骚扰,睡觉前拔了线。我说还有谁敢在半夜里骚扰你?他说这是度假村,什么电话都有。我们正说着,话筒里忽然传来一个女人的声音。我猛地警觉起来,问谁在你的房间?他说没有呀。我说明明听到一个嗲声嗲气的声音。他说可能是跳线了。我说不可能吧,我听到她说走了,拜拜。他发出冷笑,说你又疑神疑鬼了,不信你就过来看看。

我放下话筒,刚才跳到耳朵里的女声一直在耳畔缠绕。我掐掐耳朵,疼痛是真实的。我回忆了一下,那不像是跳线的声音。难道铁流又在骗我?我来到镜子前,看着里面那个因睡眠不足,脸庞稍稍显得浮肿的自己,用手指轻轻地按摩眼角,想把那些企图成为皱纹的小褶子按下去。在我没按它们之前,它们还老实地躲在光滑的皮肤下面,但是我一按它们，它们就像暴涨的河水顿时流淌起来，类似水波状的线条堆上眼角，让我不得不承认自己的魅力已经大大地打了折扣。我想我得找个人聊聊。

中午时分，我尽力挺直身板拉着铁泉站在海霸王大酒店门前。门童早早地把那两扇巨大的玻璃门拉开。我在准备进去之前左顾右盼，孔燕还没到来。那些车辆在冷空气中嗖嗖地奔跑，和我没有一点儿关系。行人们都缩着脖子。干爽的马路被突然砸下的雨点淋湿，原本寒冷的天气变得加倍寒冷。冷空气和雨点使我感到自己很可怜。我喷着热气，领着铁泉大步地走进去，来到一个事先定好的包厢，面对面地坐在一张宽大的餐桌旁。不知道这张餐桌的直径具体是多少，但是我感到它特别大，大到看上去坐在那边的铁泉比平时要小许多倍。

等了一会儿，我的好朋友孔燕来了。我把在跟铁流通话时听到的跟她说了一遍。她说这没什么奇怪，男人都这样，在条件没成熟的时候，他们总是装得很老实，一旦条件成熟……她摇摇头，撇着嘴巴，好像已经看到了一个不可收拾的结局。她的表情激起了我对铁流的进一步猜疑，我又狠狠地点了几个菜。什么螃蟹呀海虾呀红友鱼呀沙虫呀快都把我们给淹没了。我们在盘子的腾腾热气中埋头吃着。我说泉儿，你爸爸就要有钱了，不吃白不吃。铁泉吃得肩膀一耸一耸的，整张脸几乎装进了盘子。我又说如果今天我们不吃，没准儿明天他有了新欢，那我们可就没得吃了。铁泉从盘子里抬起沾满虾壳的脸，疑惑地望着我说，妈妈，新欢是什么？孔燕说是一个女人。铁泉说那我们能不能不让爸爸有新欢？我说吃就是一个办法，从今天起我们每天来吃一次海鲜，把他吃穷，只要他口袋里没有多余的钱，看他还拿什么去找新欢。铁泉点点头，像是忽然明白了，把脸重新埋进盘子叼起一只螃蟹，说这就是爸爸的新欢。说完，他发狠地嚼起来，嘴里发出咔啦咔啦声。孔燕和我都被他的吃相逗笑了。

菜还在源源不断地上来，餐桌上已经盘子叠着盘子。连我自己也不敢相信这些菜是我点的，有的我从来就没吃过，有的连名字也叫不上来。看着越来越多的盘子，我的胃口渐渐没了。我说小姐，你们是不是搞错了，我怎么会点这么多菜？小姐走过来，低下头，说我去帮你问问。小姐出去一会儿返回来，说这些菜都是你点的。我拍拍发热的脑门，想这重重叠叠的明明是钱，哪里是盘子。我说还有没上的菜吗？小姐说好像还有三盅鲍鱼汤。孔燕说能不能退了？小姐摇摇头，说我们这里点了就不能退。孔燕和小姐正交涉，包厢的门被人推开，三盅木瓜盛着的鲍鱼汤分别到达我们的面前。我问孔燕，刚才我点鲍鱼汤了吗？孔燕点点头说点了。我说我怎么不记得了，这汤一盅就要150元，我怎么会舍得点它？铁泉说你不是要把爸爸吃穷吗？我对着孔燕笑笑，说是呀，我怎么把这个给忘了。

我赌气地吃起来，不知不觉中感到肚子撑得难受，一看眼前，已经吃掉了三大盘。再看铁泉，他吃得眼睛都翻白了，还双手捂着肚子。孔燕打了一个饱嗝，用纸巾抹一下嘴，说为了对得起你的这餐海鲜，我得跟你说点儿实话。我侧侧身，倾听着。她说铁流干坏事的条件已经成熟，你得小心看着，现在危机离你就一毫米了。

到了下午四点多钟，我的胃才出现了缓和迹象。我提上从海霸王打包的海鲜，来到路塘温泉铁流的房门前，按了门铃，里面传来懒散的脚步声，猫眼黑了一下，门轻轻地打开。铁流穿着一套崭新的睡衣站在里面，说你怎么来了？我扬了扬手里的袋子，说给你送点儿吃的。铁流把我让进去，锁上房门，接过袋子放到茶几上，说你打断了我的一个好梦。我看见他的脸有些发红，眼圈也微微红了。我问他做了什么好梦？他一脸坏笑，一头扑过来把我按到床上，粗鲁地捏着，强行解我的纽扣。我在床上滚了好几圈才把他推开，说你是不是正在做一个下流的梦？他滚到一边嘿嘿地咧开嘴巴，说要不是工作忙，我早顶不住了。我说肯定是和做梦有关，否则怎么连一点儿过渡都没有。他伸手搂住我，把他的嘴巴凑到我耳朵根，说看你说的，我只不过梦见中了大奖，你想到哪去了？

我的耳朵麻酥酥，整个身体软了下来。我躲开他的嘴巴，说白天里睡大觉的人，怎么还整天喊忙？他轻轻地解我的衣扣，说特殊情况，中午喝多了。我伸手抚摸他的睡衣，问这也是单位发的？他说这是我在班木商场买的。我打开他的睡衣，看了看里面，说挺合身的。他笑了笑，扒光我的衣裳，猛地扑到我身上。我闪避没让他得逞。他变得急躁不安，在我的肩膀狠狠地咬了一口，就像馋了的小孩。我问他想要吗？他说想死了。我说那你得跟我说实话。他说我什么时候说假话了？我说告诉我，那天晚上你到底去了哪里？他说我哪里也没去，回家了。我说但是铁泉说没看见你。他说孩子睡着以后往往会犯迷糊，就像我小时候半夜起来撒尿，一边撒还一边睡。

他的解释再加上游动的手指，使我的身体慢慢地放松。我说你真的没骗我？他举起双手，说谁骗你谁就被车撞死。我怕他再诅咒下去，赶快伸手捂住他的嘴巴。他躲开我的手，透了一口气，在我的身上用力地扑着。扑着扑着，被窝里扑起一阵凉风，一缕似曾相识的气味蹿进我的鼻孔。我狠狠推开他，把被子捂到他的鼻子上，说这是什么味道？他扭过头，说我只不过洒了一点儿香水。我说怎么和那个领班的香水味一模一样？他的嘴唇抖了几下，说是服务员洒的，每天我这里都是服务员打扫。

我看着他撇撇嘴，外加几声冷笑。他说我们都生活了十年，你不是不了解我。我说人是可以变的，只要找到合适的土壤，坏念头就会像草一样生长。他摊开双手耸耸肩，说我们刚刚看到好生活的影子，你就来给我找麻烦，真是的。我说可是，只短短半个月，我已经摸不透你了。他跳下床，赤身裸体在地毯上走着，说你尽管大胆地猜疑吧，反正我可以发誓，我不会不爱你。

4

你听到过铁流发誓吗？他好像动不动就喜欢发誓，比如喝多了，他会发誓再也不喝，可是没过几天他又烂醉如泥。他跟我发誓不再跟你们赌钱，但是后来他还是跟你们赌个不停。现在我一听到他发誓，双腿就软得像没有骨头，身上就起一层疙瘩，生怕他一不小心发誓不近女色。你听到过他发誓不近女色吗？

坐在书桌前的李年，把头埋在铁流的小说集上，像没长耳朵似的对我的话毫无反应。我盯着他那张诚实的脸期待着。他肥厚的嘴唇微微张开，似乎就要说话了，但是他只翻了一页书，就把张开的嘴巴关闭。后来我发现他每翻一页书，就张一次嘴巴，这只是他的一种不良习惯，而不是要说话的标志。我没有心思这么干坐下去，于是进一步启发他：你跟铁流好了这么多年，难道还不知道他有没有外遇？他欠了欠身体，藤椅发出一声怪响，都到了这个份儿上，怎么样他也应该说话了，但是他只摇了摇椅子，又把头埋到小说集里。我想他假模假样地看书，肯定是在故意回避问题。

我的猜测变得越来越像那么回事，书页被他翻得哗啦啦地响，而且越翻越快，已经不像是阅读了。我说其实你不用为难，如果你怕背上出卖朋友的名声，那你能不能点点头？你只要点点头，我就全明白了。他咳了两下，像是要做点儿什么，但是咳完了什么也没做。我恳求道你总得表个态吧，这是我第一次求你，难道你就忍心让我白来一趟？他伏在桌上匆忙地写着，额头差不多碰到了面前那几本《英语大辞典》。我从沙发上站起来，说如果你连头也不想点，那能不能默认？在我离开之前，只要你不说话，就算是默认了。他把写满数字的稿纸举起来，终于打破沉默，说刚才我算了一下，还需要45天，我就能把铁流的小说翻译完毕，你能不能在这45天里，不让我卷入你们的纠纷？我说谁叫你是他的朋友？除非你给我一个答复，要不我天天都来烦你。他慌忙地晃动脑袋，说铁流有没有外遇我不敢百分之百地保证，但据我观察他不太像是有外遇的人，上个月23号，我们十几个朋友喝酒，他当着大家的面说，你为了给他生一个孩子，经历过五次习惯性流产，是个好母亲；还有在肾结石折磨他的那两年，你每天都陪他在楼道上跳几千次，直到把他所有的结石都跳出来，要不是你陪着他跳，他早就没信心了，所以你也算得上是好妻子……

李年的嘴巴迅速地翻动，一副滔滔不绝之势。我沉浸在他首先提到的两个事件中，岂止是流产，那简直是非人的生活，为了保胎，我整天躺在床上，连电视都不敢看，生怕肚子里的孩子被好笑的节目弄掉；更别说跳楼梯，好几次我都崴了脚，有一次还差点儿骨折……我在回忆中感到鼻子酸酸的，眼前的李年渐渐地模糊成一个轮廓，丝丝冰凉从两个眼角缓慢地往下滚。李年惊讶地把手伸过来，抹了抹我的眼角，说好好的你怎么哭了？

我忽然觉得李年的声音是那么好听，他的手比棉花还柔软。我的身子摇晃着，嘴里发出断断续续的声音：就是这个，我为他付出了那么多的人，在半个月前变了心。我还想再说点儿什么，但是哭声把我想说的压下去。李年的手从我的眼角移开，绕到身后搂住我，说别哭了，你这一哭，邻居们都听见了，弄不好他们会认为我欺负你。

我越哭越伤心，他的双手随着哭声增高搂得越来越紧，让我感到即使是这幢楼倒塌了，他的手也不会松开。我除了感到后背有一点儿紧之外，身体的其他地方全都变成了木头，突然嘴里有了一点儿感觉，发现进来了一根舌头。我的胸部隐隐作痛，那是因为他紧紧地贴着我。因为胸痛，我木然的身体忽然活了过来。我狠狠地扇了他一巴掌，用力推开他，说连你都这样，更别说铁流了。

他跌坐在藤椅里，捂着刚被扇过的左脸，吞吞吐吐地说既然你怀疑铁流，为什么不报复？我这样做是为了帮你报复。我对着他呸了一声，骂道还以为你老实，没想到你是狗屎。他双手脸捧着脸，说如今谁不在外面开点儿小差，想不到你还这么在乎。我说你们男人都是这样吗？今天我总算明白了。他发出一串怪笑，说明白就好，省得到处去问。我气得又想扇他一巴掌，但是却不想让他弄脏了我的手。现在才明白，原来我来到了一个最不该来的地方。我快速地摔开门，从他肮脏的屋子里逃走。

外面的空气格外新鲜，马路上的行人全都像我的救命恩人，那些往来的车辆似乎也是亲戚们的。我在温馨的街道上一路小跑，不时地抹一把泪水。被我不小心撞了肩膀的恩人们，纷纷侧过头奇怪地看着我，有那么几个毫不客气地骂我神经病。

5

我提着两盒快餐摇摇晃晃地回到家，看见铁流正蹲在客厅里给铁泉扣上衣。一套鲜艳的唐式童装套在铁泉的身上，把铁泉的小脸映衬得红扑扑的，使整个屋子都有了温暖的色调。沙发上坐着一个我从来没见过的人，他身穿一套摆在路边店里的那种西服，双手拘谨地放在膝盖上，嘴里不停地表扬铁泉身上的衣裳。当我的目光跟他的对接时，他略微欠了欠身子。铁流扣完最后一颗纽扣，摸摸铁泉的小脑袋说，爸爸一领到工资，首先想到的就是你们。铁流所说的"你们"，不外乎是铁泉和我。我的目光落到茶几上，发现上面有一个精致的纸盒。

铁泉笑着扑过来，接住我手里的纸饭盒，把它们放到餐桌上。铁流直起身拍拍蹲皱了的西裤，说这位是我的好兄长王义。王义向我点头，客气得有些过分。铁流脱掉上衣，挂在椅子上，伸手打一下偷吃的铁泉，说你不能等一等吗，我就去做好吃的。铁流走进厨房，把隔门关上，里面依次传来流水声、切肉声、炒菜声……

我递了一杯茶给王义。王义接过去喝了一口，说招科长，我读过你的散文，比铁流的小说写得有意思。我还没来得及判断，他便迫不及待地从衣兜里掏出一本书，让我签名。那是一本若干年前出版的书，里面收录我的五篇散文，在打目录的页面上，我的名字被几十个名字紧紧地夹着，连大气都不敢出。我说这本书不仅仅是我的，要在上面签我的名字，就好像偷了别人的东西，不太合适吧？

他把书强行塞到我手里，说这本书我找了好几年，直到上个月才在书城的角落里找到，买它就是为了看你写的这几篇。我看他不像是撒谎，就在扉页上签了名，但是一签完我立即就后悔了。我说你拿这个给我签，不是批评我还没出单行本吧？其实写作只是我晚上的事，白天八个小时我都要工作，我只是一个上班的，你可千万别把我当成铁流那样的大作家。他满脸不可思议，说单位的事还要你操心？我说不操心谁给我发工资？顺便纠正一下，我不是什么科长，只是一般的职员。他说拿你这样的才华，去做那些无聊的事真是太可惜了！

突然碰上一个不珍惜好话随便拿它们送礼的人，我感到头微微有些发晕，只见他的嘴巴像嚼瓜子那样不停地嚼着，却没听清楚他还说了些什么。在他含糊的声音中，铁流拉开隔门，端出一碗香喷喷的菜放到桌上，又把头缩回去，隔门再次关上。王义从口袋里掏出一张纸片，摆到我面前。我的注意力移到纸片上。他说这上面有十二道问题，如果你的回答完全符合标准答案，就能加入我们的俱乐部。我勾下头，尽量把脖子往茶几上延伸，我看见：

第一道问题：在跟朋友或者同事下棋、打牌和打球的时候，你是不是很在乎输赢？

第二道问题：如果你怀疑 A 偷了你的奶酪，那是不是在找到了真正的小偷 B 之后，你还是不肯相信偷你奶酪的人就是 B？

够了，再往下看就是傻×了。我压住胸膛里正在往外熊熊蔓延的大火，对着厨房叫道：你给我出来。隔门紧闭，铁泉跑过去拉开它，对着里面叫爸爸，妈妈叫你。铁流关了煤气，拧着一张擦手的毛巾走出来。我说铁流，不就是怀疑你在外面有个把女人吗，犯不着把康复医院的叫到家里来测试我的精神呀，如果你认为我的怀疑是神经质的，那我们就用事实说话。

铁流试图解释，但一时找不到语言，支支吾吾地愣在那里。王义抓起茶几上的那张纸片，说误会了误会了，便紧张地跑出去。铁流对着王义的背影喊：哎，你怎么走了？还没吃呢。王义说我有事，先走一步。铁流追出去，两串慌张的脚步声先后直扑楼底。我走到窗前往下看，那个叫王义的（也不知道他是不是真叫王义）对铁流比画着，他的声音隐隐约约地传上来：绝对有问题，这是那种病的典型前兆，不能再往下发展啦……

竟然认为我有病，真不负责任。我抓起铁流挂在椅子上的衣服，从窗口扔下去。衣服展开像一只翅膀，落到他们的身旁。他们同时抬起头，可能正在把我的这个行动当成有病的新证据。干脆、索性，我走到茶几边，拿起那个精致的纸盒，看都不看扬手甩出窗外。纸盒分成两瓣，里面的东西赶不上盒子的速度，在空中徐徐铺开，像一团火缓缓坠落。那是一块红色的丝巾，由于它价格昂贵，我曾经无数次和铁流一道在班木商场抚摸过它，没想到铁流还一直记着。我的心里一动，打开门，准备下楼去把他们叫回来，让他们好好地吃一顿饭。但是我的脚刚迈出一步就缩了回来，想这会不会是他的一种策略？也许做贼心虚了，才企图用丝巾来弥补，如果不是我怀疑他，这条丝巾肯定还挂在班木商场里。

这么一想，心里的感激顿时烟消云散。我回过头，看见沙发上多了一床棉被，它像是害怕了不停地颤抖。我走过去掀开它，铁泉双手捂着耳朵蜷缩在里面。我把他抱起来，让他哆嗦的身体渐渐地平静。

6

　　铁泉和我乘坐的出租车停在饮料厂门口，远远地就听到了从厂房那边传来的哐啷哐啷声，跟着声音到达的还有果子的香气。我打开车门叫铁泉下去。他扭了扭身子，把屁股牢牢地粘在座椅上。我说事情一办完我就回来，要不了几天，你不是跟我拉过钩吗？他说我不想跟小姨。我说小姨这里有饮料，随便你喝。他咂了一下嘴巴，舔了舔舌头，好像那些饮料的残汁就沾在他的嘴唇上。乘他还在回忆那些味道，我把他从车上抱下来。他挣脱我的手臂，双脚落在地上，看了我一眼，转身朝厂房走去。开始他还控制着前进的速度，一边走一边回头，但是这种习惯的速度只坚持了十几米，他便不再坚持，而是撒腿跑了起来。我看着他跑过操场，进入厂房，仿佛还看见他穿过厂房里排列整齐的饮料罐，扑入正在打包的小姨的怀里。

　　铁泉的小姨姓招，名玉立，现年21岁，中专文化，未婚，爹妈和铁流都说她长得比我漂亮，尽管我心里还有点儿不服气，但是他们毕竟是多数，而且在没有奖金的情况下，他们没有必要对这个问题不负责任。

　　我像个傻瓜呆站在饮料厂门口，朝厂房那边张望，出租车的喇叭响了一下。我钻进车里，心里老不踏实，总觉得不应该跟铁泉撒谎。我伸手捏住车门把想打开，但是车子已经启动。我摇下车窗盯住厂房的门口，希望能看见点儿什么动静，果然，从门口冲出一个人来。那是铁泉，他手里拿着两听易拉罐朝我这边奔跑，塞在衣兜里的罐子不时地从他奔跑的身上飞落,在地上滚动。我知道他是想送几听饮料给我,但是我怕他拿到饮料后不愿回去,所以没让车子停下。他跑到厂房门口,焦急地四下张望,胸口一起一伏的,嘴里喷出大量的热气。一辆又一辆出租车从他的面前晃过,他打开一听饮料喝了一口,很失望地走回去。

到了夜晚,我穿上一件厚衣服,挎了一个包悄悄来到路塘温泉,坐在院子里的一张石凳上,盯住铁流的那个房间。那个房间黑沉沉的,院子里和走廊上的路灯因为雾气的弥漫,光线不是很明朗。周围的暗影里晃动着成双成对的人,轻微的咂嘴声有时比流水还响,偶尔还听得到男人的哀求。谁都不会相信,在这样一个环境里做总经理的人,不是低级趣味的人。我感到越来越有把握,甚至开始设想抓到现场时铁流的表现——脸色惨白是肯定的,而且极有可能跪下来求饶。我当然是愤怒到了极点,对着他呸了一声,说都这样了谁还会原谅你。由于完全沉醉在想象中,我真的呸了一声,周围的人都扭过头看我,有的甚至跑开了。我笑了笑,想这仅仅是排练,好看的还在后头。

周围的人渐渐地散去。懒散的流水声和昏昏欲睡的灯光使等待经受考验,我的眼皮慢慢地沉重,不得不靠挎包里的风油精来撑开它。但是在擦了十几次的风油精之后,眼皮具备了抗药性,它越来越重越来越重,几乎就要睡去了,不过在每次即将睡去的一刹那,身体总会一激灵,被一种兴奋的东西惊醒,那种兴奋的东西不是别的,就是马上要抓到的现场。我靠这种兴奋维持了一段平庸的时间,忽然本能地警觉起来。

远处出现了动静,杂乱的脚步声中夹杂着熟悉的脚步,至少有三个以上的人,正朝着这边走来。我伸长脖子往那边张望,先是看见一盏汽灯在鹅卵石铺成的小径上晃动,接着就看见那个提汽灯的人弯着腰,把手里的灯差不多落到了路面。汽灯照着一双锃亮的皮鞋,那是铁流的。他挺着身板迈着方步,一副吃饱喝足的模样,身后还有一个人给他打伞。我举头看了看,路灯都还亮着,有必要再举一盏汽灯吗?一个小小经理都耍这样的排场,真是太过分了。抹了一把脸上的水雾,我打起百倍精神。

他们走完院子里的小径,登上那幢楼房。我把望远镜从包里掏出来,放到眼睛上,对着三楼的走廊观望。廊灯把他们照得更加清楚,甚至是雪白。快走到305号房时,那个撑伞的抢先一步,从铁流的手里接过钥匙打开房门。铁流走进去,屋子里的灯光亮起来,陪伴他的人站在门口跟他说了几句,便熄了气灯往回走。他们一边走一边交头接耳,在穿过院子时,我听到他们说都这么晚了,去哪里帮他找。他们去帮铁流找什么呢?

迷糊中有一点儿重量落在肩头,我揉揉眼睛,看见面前站着一位穿制服的姑娘。她在我身上披了一件刚织好的毛衣,毛衣还散发着崭新的气味。我说你是这里的服务员吧?她点点头,坐下来,指着那边的一株大树,说我一直在那边织毛衣,怕你感冒就给你披上了。我问她刚才我睡着了吗?她说你睡了大约一个钟头。我朝铁流的那个房间望去,屋子里的灯光已经熄灭。我又问刚才有人上楼吗?她摇摇头,说没有,自从那两个提灯和撑伞的回去以后,院子里就再也没有人来过。我说真的没人来过?她摇摇头,拿起石桌上的望远镜摆弄着,说你好像是在看对面的房间。我说我在证明一些事情,我不相信抓不到他。她用手掌捂住突然张开的嘴巴,说你是在这里抓犯人吧。我怕吓着她,就说只是开个玩笑,晚上睡不着,出来坐坐。她说吃安眠药能帮你睡觉,不过不能吃多了,我吃过一瓶,后来被他们送进医院,现在就是通宵合不上眼睛，也不敢吃了。我说肯定是跟男朋友翻脸了。她低下头，沉默一会儿，忽然抽泣起来。

她的抽泣让我不好意思，好像是我把她弄哭似的。我四下望望，生怕她惊动了别人。我说如果哭能解决问题，我早就哭了。她可能觉得我说的有一定道理，把抽泣停下，吞吞吐吐地说他跟别的姑娘跑了。我发出一声苦笑，顿时觉得她比我的亲人还亲。我跟她慢慢地聊，逐步知道她叫毛金花，来自农村，现在的工作是为温泉宾馆洗床单。她患有严重的失眠症，为了不打扰同宿舍的工人，每天晚上都躲到路灯底下织毛衣，然后再通过她开服装店的远房亲戚把毛衣卖出去，每一件可以挣50元人民币。

我们展开来聊，不在乎时间，聊得快要成为好朋友了，才发现天已经麻麻亮。但是铁流的那个房间还紧紧地关着，没有一点儿动静。守了整夜，竟然没抓到铁流的半点儿把柄，我失望地站起来，把望远镜砸进包里，说怎么会没动静，是不是已经知道我在这里了？毛金花安慰我说，没关系，说不定明天就有动静了。我挎上包，说哪会那么简单。她举起手里的毛衣说，如果你认为还需要好几个晚上的话，那最好是带上毛线，这样就能熬夜了。

回到家里，我感到微微有些头晕。准备倒头睡觉之前，我查听电话的留言，里面传来铁流的声音：婷婷，你去哪里了？都深夜两点钟了，怎么还不回家？回来后给我来个电话。接着传来铁泉的声音：妈妈，你出差回来没有？我想回家。听完他们的留言，我拔掉电话线，走进卧室一头扑到床上，仅仅几秒钟，我就什么也不知道了。

7

在后来的几个晚上,毛金花教会我许多种织毛衣的方法。我在她手把手的指导下,能够织出较为复杂的图案,而且能够织出手指、脚趾。

一个白天,我正在呼呼大睡的时候,铁流突然回到家里。他把卧室的门嘭地推到墙壁上。我被撞门声惊醒,吓得坐起来,一定神,看见是他,立即就把脸垮了。他背着双手进入卧室,阴阳怪气地说,能碰上你,算我今天运气好。我用手指梳理头发,扭头看着窗外。窗外正好起了一阵风,吹得树上的叶片哗啦哗啦地响。

他坐到床上,身子跟着席梦思沉下去。他说你不是跟铁泉说出差了吗,怎么还在家里睡大觉?我的手指摸到脸上的一颗痘痘,估摸着掐,没答理他。他把收在身后的手露出来,手里拎着我快要织完的一只带着五根脚指头的袜子,说前天晚上,我看见沙发上放着一顶织好的男帽,现在又在织袜子了,速度真是快呀,那顶帽子呢?我说送人了。他把袜子摔到床上,气呼呼地站起来,在床前来回走了几趟,然后指着我,说差不多一个星期了,每天晚上你都不在家里,原来是到外面给我织绿帽子去了。我打开他指着我的手,从床上跃起,站得比他还高出一大截。本来我想对他来几句带火药味的,但是就在那些话即将冲出嘴巴的时刻,我突然改变了主意。我做出一副无所谓的态度,在席梦思上晃悠着,说不能光你有女朋友,这就好像天平,只有两边都有了才不倾斜。

他的脸被我气得像涂了红墨水，脖子也憋粗了。我知道他是在憋一句话，可是那句话总也憋不出来。最后他不得不松松领带，凭借巴掌拍到衣柜上的那股力量，把话大声地抖出来：谁说我在外面有了？我说不用谁说，有那些迹象就够了。他说你怀疑来怀疑去，是不是神经出问题了？我说仅仅是差一点儿证据，等我拿到了，就知道谁的神经出问题。他说那你就去拿证据吧，恐怕你还没拿到，我已经先把你的给拿到了。我学着他举手的样子把双手举起来，说欢迎你拿。他怒气冲冲地转过身，像一团风卷出去，仿佛现在就去拿证据。我想他被激怒了，动起来了，尾巴就要露出来了。

　　招玉立打电话给我，说铁流已经到爸妈那里去谈了一次，他希望我们招家，能为我近一个星期彻夜不归的行为做出解释。尽管他动用了含蓄的写作技巧，使用了模棱两可的语言，但是多年来一直坚持阅读小说的招玉立，还是听出了他的弦外之音，那就是铁流已经反过来怀疑我了。玉立劝我适当地让让步，以免家庭破碎。我告诉玉立，再给我几天时间，如果他在怀疑我不忠的情况下，还没让我拿到把柄，那我将对他刮目相看。

　　晚上，我和毛金花并排坐在石凳上，盯住铁流的那个房间织毛衣。原先只有一双眼睛看着的房间，现在有了两双眼睛看着，而且毛金花还不停地提醒我，她的视力一流，过去在农村时可以清楚地看见几个山头之外的行人。有了她的这个保证，我想应该是万无一失了。但是11点钟之前，我们即使有再好的视力也没派上用场，流水的声音还是昨天的声音，行人也仿佛还是昨天的行人，不存在任何值得特别注意的现象。到了11点钟，两个像是喝醉了的人相互搀扶着，从那边歪歪倒倒地过来，给冷清的小径增添了趣味。起初我并不在意，但是当他们快走过我面前时，才发现那就是我等待已久的人，其中一个是铁流，另一个是铁流的朋友李年。他们摇摇晃晃地上楼，开门费去了一定时间。毛金花说起码试了四把钥匙，他们才把门打开。

李年的到来，使我觉得现场一下就近了。一个连朋友的妻子都想下手的人，怎么会不在夜里干点儿什么坏事，最好他能叫上两个按摩小姐，让我一下逮住四个，那才叫意外收获。但是他们像死人一般并不理会等待者的心情，我都已经为即将抓到的场面激动不已了，他们的那扇门却如同一块石头，毫无表情地摆在那里，使我和毛金花成了欣赏门板的木匠。第二天晚上，当我举着被瓷瓶划破的手指，再次坐到这里的时候，才知道门板一动不动的奥秘。毛金花告诉我，一大早，领班就叫她去收拾铁流的那个房间。她一进去，就闻到了铺天盖地的酒气，床单上沾满了他们吐出来的脏物。原来他们是真的喝醉了。

大约就在毛金花收拾房间的那个时间，我回到家里。客厅里到处都是破碎的瓷片，有的钻到了沙发底，有的飞上了酒柜。结婚十年来，我不间断地在铁流的每一个生日，送给他一只属于他生肖的瓷羊，而他也在我的每个生日，送我一只属于我生肖的瓷狗。那些羊和狗一年一个式样，摆在架子上是20种栩栩如生的姿态，可是现在它们全都被铁流砸烂了。

我站在色彩缤纷的瓷片中间发了一会儿呆，然后慢慢地蹲下去，把碎了的瓷片一块一块地捡到手里。每捡一块，我的脑海就浮现一次铁流送礼物时的模样，耳边甚至回响起铁流好听的声音。他一直喜欢从后面搂着我，喜欢把嘴巴贴着我的耳朵根，悄悄地来那么一句，似乎是要让那句话得到麻酥酥的耳根帮助，长久地保存在我的记忆里。他曾经说过一句最好听的：拥有你一次我就够了，多出来的全都是你对我的恩赐。这个声音好像还趴在客厅的墙壁上，现在正回荡在客厅里。我的身体为之一颤,瓷片划破手指,一股鲜血涌出。奇怪的是我一点儿也不觉得痛,只是觉得很伤心,我看见一滴泪打到我手里的瓷片上,它就像是大雨来临时的第一个雨点。

8

如果不是做好了充分的准备,铁流是不敢砸那些生肖的。我和衣倒在床上,不吃不喝,抱头想着家里发生的事情,想得头像撞了墙壁那样使劲儿地痛。从早想到晚,又从晚想到早,我的肚子首先发出了妥协的信号,它叽里咕噜地叫着,像是在跟我讨饭吃。我真想爬起来再到海霸王大吃一顿,才不管他在外面有没有女人。他连我们过去的感情都不要了,我还有什么必要把精力放到他的身上。这些破罐破摔的想法,使我的身体忽然松弛下来,心胸顿时开阔得像篮球场。

但是我只吃了一碗快餐面,就把刚才的想法给否定了,而且突然明白人在饿着和饱着时的想法是有巨大差别的。我为了抓到他的现场,已经好几个通宵不知道睡觉的滋味了,如果现在放弃,那前面的工作岂不是白费?况且事情往往都是这样的:越到想放弃的时候,越有可能是接近目标的时候。新的想法像虫子咬着我的脑神经,我重重地放下碗筷,再也没心思吃了。一股强劲的力量把我推出家门。

这是个在冷天里难得一见的好天气,温泉的上空晴朗透明,蒸汽里竟然出现了浅浅的彩虹。一些身体泡在温泉的大池里,只露出透气的小洞和眼睛。我提着布袋绕过大池旁边的小径爬上楼房,对着铁流的门板拍了几下，里面静悄悄的。走廊上也没有声音，安静得都想哭。我回头看着院子，院子里的水面、树叶和草片把亮光强烈地反射上来，照得我的眼睛阵阵生痛。我在走廊上站了一会儿，提着布袋下楼，到总台打听铁流的去向。其中一个服务员对我摇摇头说，一般我们都不知道经理去哪里。我说你手上不是有他的手机号码吗？她翻翻本子说，我们没有他的号码，除了领班，很少有人知道他的号码。我说领班呢？她说领班也不知道去哪里了。另一位服务员突然插嘴说，好像领班跟铁经理一起坐车出去了。

我又回到铁流的门前，坐到地毯上等他。走廊外侧栏杆的影子投射过来，我倒出布袋里的瓷片，光线里浮起一层细小的灰尘。我的手指，包括一只还贴着创可贴的手指，开始在凌乱的瓷片中寻找相关的瓷片，然后凭借记忆用万能胶水把它们粘在一起。慢慢地，我的手掌上出现了一头伤痕累累的瓷羊。我从不同的角度看它，觉得挺不错，就把它摆在面前的栏杆上。这样栏杆的影子上多出了一头羊，后来又多出了一只狗，再后来又多出了一头羊、一只狗……如此一头一只地摆下去，它们当然没有摆在家里时那么生动，甚至我有可能把1998年的狗腿粘到了1995年的狗身上，也不可避免地把一块狗肚当成了羊背，色彩出现了错乱，但它们似乎更加五彩斑斓。

渐渐地有人把头从温泉里抬起来，往我这边张望。看的人越来越多，包括一些服务员。我没理睬他们，把那些能粘的都粘好。铁流还没有回来，我从地毯上直起身，感到腿脚有些酸麻。我伏到栏杆上，俯视楼下众多的人头，看见那个领班也挤在里面，而且正拿着手机说话，好像在搞现场直播。小妖精都回来了，怎么不见铁流？我分开栏杆上重新粘好的羊和狗，坐到它们中间，朝温泉的大门瞭望。底下的那帮人以为我要跳楼，不约而同地发出惊叫，混乱的声音像苍蝇遇到了拍子,从他们的头顶四处飞散。一种叫作刺激的东西如同冷风,灌进我的脖子,让我的身上冒出了许多鸡皮疙瘩。我突然有了跟他们玩一玩的想法,当然也包括跟铁流玩。

　　楼下出现了一阵小小的骚动,我看见毛金花这个大傻瓜扛着五床棉被,挤到楼前,把它们铺在地上。两个保安扯起一张雪白的被子,对着我正在晃动的双脚,做出一副舍己救人的架式。几位刚从温泉里跳出来,腆着大肚子只穿着三角裤衩的游客走近保安,一起把被窝拉得像绷床。他们的身体挂着水珠,只一眨就把站着的地方淋湿了。我在心里暗暗叫苦:毛金花啊毛金花,你这不是明摆着要我跳下去吗?

　　小妖精的手机又响了,她仔细地听着。直觉告诉我,这是铁流打来的。她听了一会儿,叭地合上手机,从人群中撤出去,慌张地往宾馆那边跑。我对着她的背影喊:快去把你们的铁经理叫来。她像是被我的声音绊住了,双腿一闪,几乎跌倒在路上。但她毕竟有经验,声音吓不倒她,很快她就稳住身子,回头扫了我一眼,接着往前跑。这时我才看见铁流正拉着铁泉跑过来。

　　铁流把铁泉丢给小妖精,自己跃过几个路障,以短跑运动员的速度跑到楼前,还没把气喘顺,就对着楼上举起双手,说别别别,千万别跳,婷婷,我们可以商量。我拿起栏杆上的一只瓷狗,举到阳光里看着。铁流说我错了,我不应该砸烂它们,但是必须说明一下,砸它们的时候我喝了很多酒。我晃动双脚,连看都不想看他,一只高跟鞋从我的脚上落下去,掉到他们拉开的被窝里。人群一片喧哗。铁流紧张地昂着头,说我明白你的意思,我不应该找理由。他的检讨并没能阻止我的另一只高跟鞋,它从我的脚上滑下去,和它的同伴躺在一起。

楼下变得繁忙了，被窝移动着，人群晃动着，好多嘴里发出更为强烈的惊叫。忽然我听到一个亲切的声音，从嘈杂的声音中脱离出来，那是带着哭腔的铁泉的声音，他在大声地喊我。我扭头看下去，他站在最前面，抹着眼泪说，妈妈，我记起来了，那天晚上爸爸是回家了。我说泉儿，这里不用你管，叫你爸爸说话。铁流结结巴巴地说，只要你不跳，什么条件我都可以满足你。我说没别的条件，只希望你说实话，你在外面到底有没有？铁流低下头。我说求你别再骗我。铁流说如果你不跳，那我就认了。

他终于承认了。要不是给他一点儿压力，他会承认吗？我把垂着的双脚收回来踏着栏杆，准备结束这场快要变成真实事件的游戏。忽然我像被棍子敲了一下，轰地倒到走廊上。

9

铁流的305号房现在被我占用了。床头柜上除了摆着那些重新粘好的生肖，还放着一篮多少有点儿夸张的鲜花。我像一个病人躺着，手背处吊着针。一位刚刚从国外回来的医生在敲过我的手指，翻过我的眼皮，刮过我的脚底，测过我的血压，摸过我的脉搏，听过我的心脏之后，撇撇嘴，露出一丝难以觉察的怪笑，似乎怎么也不理解我为什么还要躺着？他把听诊器从耳孔移到脖子上，转身对铁流一张嘴，立刻就印证了我的猜测。他说她的生命指征没任何问题，可能是过于紧张了，休息休息便没事。铁流放心地点点头，把医生礼貌地送出去。我的脑海里突然跳出一首诗歌的标题——送瘟神。我知道这个时候，不应该突然想起这样的标题，但是它就像喷嚏一样让你无法阻挡。

看着滴答的药水，我感到百无聊赖，忽然铁泉斜挎着书包跑进来，他的小脸蛋被风吹得红扑扑的。擦了一把额头，他从书包掏出一块巧克力递给我，说一放学，爸爸的司机就把我接过来了。我把巧克力推回去，说你吃吧。他剥开巧克力，塞到我的嘴里。我闻到了一股令人讨厌的气味，嘴里的巧克力全都吐了出来。我说这是什么味道？铁泉抽了抽鼻子，说没什么味道。我四下张望正在寻找味道，味道就出现在门口了。

小妖精提着一袋水果来到床前，脸上的每个地方都是笑的。她把水果放到茶几上，坐到床边，亲切地喊了一声嫂子。如果不是她身上那股特殊的香水味，我真愿意被她的那声喊好好地感动一番。但是，她的香水味让我产生了不愉快的联想，所以我对她声情并茂的喊，不仅不感动反而排斥。也许她从我皱着的眉头上看出了我的情绪，原本过于亲切的语言慢慢地缩回去，问候越来越格式化。她的声音被我忽视，而她的香水味却在我的脑海渐渐膨胀。那气味重重地压下，几乎把室内的氧气挤光，呼吸变得困难。我抬手掩住鼻子。她被我的这个动作弄得脸红了，知趣地走了。

我叫铁泉马上打开抽风机，还叫他把窗口最大限度地敞开。我举起巴掌不停地驱赶面前的空气，小妖精的香水味像退潮的水，从我的鼻尖前一点一点地隐退。

铁泉坐到我的床边。我问他刚才闻到了什么？他摇摇头。我抽抽鼻子，把盖在身上的被窝拉到鼻孔底下闻了闻，一股类似于小妖精的那种香水味扑面而来，好像那味道能够传染。我怕是一种错觉，就把被窝递到铁泉的鼻子前，让他闻。他闻了一下，木然地看着我。我说这上面是不是有一股阿姨身上的味道？铁泉说我的鼻子还没长大，闻不出来。我又闻了一下被窝，不是无中生有，那种味道千真万确地贴在上面。

我问铁泉，你是怎么突然记起爸爸回家的？他说是爸爸提醒的。我说那你认真地想一想，那天晚上爸爸到底回没回家？以前你是说爸爸没回家，现在怎么又改口了？他想了想说好像回了，又好像没回，我都被你们问迷糊了。我说爸爸是怎么提醒你的？他离开床，笔直地站着，摆出讲故事的姿势，清了清嗓子，用手比画着说了起来。

他说那天，爸爸把我从小姨那里接到车上，车子就呜呜呜地跑开了。我问爸爸去什么地方？他说妈妈生气了，要跳楼了，都怪你没跟她说清楚。我听说妈妈要跳楼，就哭了。爸爸抱着我说没关系，只要你跟她说我记起来了，那天晚上爸爸回家了，妈妈就不跳楼了。

想不到铁流这么卑鄙，我气得拍了一下床铺。一拍完，我就知道这一巴掌拍错了，它仿佛拍中了铁泉的身体，吓得他双眼紧闭。我说儿子，妈妈不是生你的气，而是被你的故事打动了。他的眼皮跳开，黑漆漆的眼珠子飞快地转动，像是获得了一份意外的奖赏，脸上不再有害怕的表情，嘴唇颤动着似乎还要说话。我说你讲得不错，继续吧。他又清了清嗓子，比画起来，说还有一个夜晚，妈妈你不在家，爸爸要我和他一起回忆那个晚上。他把我放到床上，给我盖上被窝，还让我假装打呼噜，然后，他从客厅走进来，掀开我的被窝，把我抱到厕所，为我把了一泡尿，又把我抱回床上。他说那天晚上，我就是这样给你把了一泡尿，你怎么记不得了？

铁泉学着他爸的腔调，双手像为孩子把尿那样把着书包，在我的床边走来走去。没想到他把他爸学得那么像，我差一点儿就笑起来。我想铁流明摆着是在给儿子灌输，哪里是在回忆。我说你和爸爸就回忆了这些？他说就这些。我说没再回忆别的？他点点头，没注意我板起来的脸，又开始学他爸爸把尿。突然，一声呵斥从门口传来：铁泉，你在干什么？铁泉一扭头，慌张地丢下书包，倏地钻进我的被窝，用发抖的身体紧紧地搂住我的身体，仿佛一只刚刚从冷水里逃出来的小狗崽，一头扑到热乎乎的母狗身上。铁泉在发抖，我在发抖，被窝也在发抖。从他抖动的身上我知道他有多害怕，而我的发抖完全是因为气愤。

铁流沉着脸走进来，忽然又咧嘴一笑，说儿子毕竟是儿子。我说你都已经承认了，何必还要吓唬他。他说那都是你逼的，如果不是怕你断胳膊缺腿，我何至于当着那么多人的面说假话。我说你就不要再狡辩了，告诉我，她是谁？他说我正想问你呢，她到底是谁？

10

知道这个问题的重要，所以我在做出决定之前犹豫了好几天。我先是问来收床单的毛金花，然后又分别问了送开水、吸地毯和抹桌子的服务员。我问她们路塘温泉是不是统一发香水了？她们都摇摇头说没有。我又问她们谁给铁经理的房间洒香水了？她们还是摇头。

就在第五天，当铁流提着鸡汤走进来的时候，我突然从床上欠起身子，拔掉了扎在手背上的针头。他放下鸡汤蹲到床边，按住我流血的手，说你这是干什么？我说不干什么，只想和你商量一件事。他说我照办就是了，还需要什么商量？我说这段时间以来，我对你确实有点儿过分。他咧开大嘴说哪里哪里。我说我也不想再这样下去了，但是你能不能答应我一个条件？如果你能答应，那就说明我对你的猜测完全是发神经。他仍然保持着笑容,像逗小孩子那样拍拍我的头,说即使我答应了你的条件,也不能说明你过去的猜测没道理,现在的这种风气,没理由不让你猜测,好多女人就是因为没看好自己的老公,最后飞了。我说你尽捡好听的说,是不是还在把我当那种不正常的人?他退回去,端过鸡汤,用勺子喂了我一口,说谁把你当那种人,谁就是那种人。我说那你能不能把那个领班给辞了?他手里的勺子一晃荡,鸡汤洒到床单上。我说我就知道你会为难。他说这是个大事情,得问舅舅。我说就不相信你把她辞了,舅舅会拿你怎么样?他面露惊讶的表情,说你不知道吗?她是舅舅的人。我打落他手里的勺子,把头扭向一边。他放好鸡汤,在房间里走来走去,像是面临困难的大人物那样思考着。尽管我看不起他的思考,但我还是从床上下来,走到屋外的走廊上,让他单独待一会儿。

  他以舅舅还没从香港回来为理由,对我交代的事情一拖再拖。我告诉他随你拖多久,反正我也需要在温泉疗养,你什么时候把这事情办了,我就什么时候回去上班,如果你不想办,那我就辞职陪着你。他以一种商量的口吻问我,如果把她辞了,那去哪里找一个像她这么能干的领班?我说已经为你想好了。他说谁?我说招玉立。

  一个太阳炽热的下午,我坐在房间里一边织毛衣一边看着那些酸不溜丢的电视剧,突然一位服务员跑进来通知我,要我赶快到温泉的8号山庄。不用说,我就知道是舅舅从香港回来了。8号山庄被围墙严密地圈住,后面是住的,前面是露天小院,院子里有一口鹅卵石砌成的池子,里面长年流淌着温泉。我站在院门前犹豫了一下,推开门,看见舅舅像一只癞蛤蟆泡在池子里,淡淡的雾气从水面腾起来。铁流西装革履端着茶杯蹲在池子上,俯身对舅舅说着话。两位着装整齐的女服务员垂手立在一旁,随时听候吩咐。

舅舅听到了推门声，微微扬起头，说婷婷来了。我走过去，服务员给我端了一张椅子。舅舅在水里改变一下姿态，把不太雅观的部位沉到较深的水里。我坐到椅子上。铁流对服务员摆摆手，她们低头退出去，把门轻轻地关上。舅舅说你的要求铁流都跟我讲了，但是这个领班跟了我那么多年，你干吗要跟她过不去？我看了一眼铁流，说他不是跟你全都讲了吗？舅舅哎了一声，说怎么会呢？我是看着铁流长大的，他即使有这个贼心也没这个贼胆呀。我说事情都是在不断变化着的，就像过去我一直崇拜你，但自从那个晚上，你在我们家当着我的面跟领班调情之后，我对你的看法就不再是过去的那种看法了。铁流呼地站起来，对我一瞪眼，说你瞎说些什么呀。舅舅摆摆手，说没关系，你很真实，既然你那么痛快，那舅舅就直话直说。

我盯着舅舅，看他能说出什么直话来。他双手掬起一捧水抹到脸上，仿佛要抹掉脸上不好意思的那一部分。铁流递了一张毛巾给他，他接过去擦干脸，说你已经知道领班跟我的关系了，为什么还怀疑铁流？难道我们舅甥俩会同时去争一个女人吗？我说舅舅，这也不是什么稀奇的事。铁流跳起来，抓起我胸口的衣服，想把我推出去。舅舅抬手制止他，说你让她把话讲完。铁流看了一眼舅舅，松开手。我拍拍被铁流弄皱的衣服，再次坐到椅子上，双手轻轻地压住膝盖，目光从我的脚尖摇到水池，摇过舅舅宽大的肚皮，摇到铁流的脸上。我盯住铁流，说就像铁流的那个朋友，他一直崇拜铁流，说是要把铁流的小说翻译出去，铁流当真了，经常带他到家里来吃吃喝喝，我也觉得这个人挺诚实厚道，可是……就在我和铁流闹事以后，我去找他打听铁流的情况，他竟然，想占我的便宜……

我说得眼泪都想流出来了。铁流的手一颤，说你是说李年吗，他怎么会这样？舅舅扭头瞟了一眼铁流，又瞟了一眼我，似乎现在才明白我和铁流的问题远没有他想象的那么简单。我咬了咬牙，说所以，现在谁也不敢保证有些事情不会发生。舅舅说铁流，既然事情这么复杂，你的意思呢？铁流像被谁戳了一下，慌忙地弯下腰，说什么意思？舅舅说就是换领班的事，我想听听你的意见。铁流支支吾吾，一时找不到主意。舅舅说你就说你最想说的。铁流说如果单从家庭考虑，我是想把她换掉，但是她很能干……舅舅说但是什么？就这么定了。

铁流抬头看着我，说这下你该放心了吧。我说这也不只是为了我。舅舅突然打了一个喷嚏，说我也得给你们开一个条件。铁流把腰弯得更低，我的身子往前倾了倾。舅舅说从今以后，你们就不要吵了。铁流不停地点头，一副听话的样子。我说谢谢舅舅，你不是在开除一个领班，而是在挽救一个家庭。舅舅露出一个笑，又飞快地收回去。我觉得舅舅笑得不是时候，而且这像是一个非同一般的笑，里面有一种饱经风霜的气质。

11

招玉立意外地做了温泉度假村的领班，她每天都给我打一个电话汇报铁流的表现。在她的嘴里，铁流不仅是一个有才能的人，还是一个脱离了低级趣味的人。她说姐夫从来都不把那些漂亮的姑娘放在眼里。随着电话次数的增加，招玉立把铁流捧上了天，甚至认为我对铁流的怀疑是多余的。有了招玉立的这句话，加上铁流每个星期都回家报到一至两次，我的心里呈现了一种大风大浪之后的彻底平静。

　　每到月中，铁流的存折上就会多出一万块钱，我开始用这些钱更换家具。我买了一套真皮沙发，一张橡木茶几，一台34英寸的彩电，一组红木矮柜，一张雕花玻璃餐桌，一台电脑……它们一件是一件，像尊贵的客人来到我家。那些从前到过我家的朋友，现在基本上都认不出我的家了，它的变化似乎比中国股票的变化还要快。当然变化着的还包括我花钱的心理，过去我每花一分钱就心如刀割，现在我花钱越多心里就越痛快，好像那不是在花钱，而是在告诉人们有钱的人也会幸福，并不像书上说的，幸福只属于那些没有钱的人。

　　后来季节发生了变化，秋天来了，天气逐渐转凉，一个重大的日子正在临近。我利用时间的缝隙，把过去没织完的毛线捡起来，断断续续地织下去，赶在那个日子到来之前把它织完。然后我就坐在家里等待消息，以为铁流会记住那个日子。但是电话像是坏了似的，一天比一天沉默。我想一定是太多的工作，让他忘记了自己的生日。于是我和铁泉达成协议，决定给他一个意外惊喜。

　　下午，我们换上新装，买好了蛋糕，准备到路塘温泉去。我看了看墙壁上的电子钟，发现时间还很宽裕，就把包里的东西掏出来检查一遍。铁泉好奇地看着，我把那些东西一件一件地往铁泉的身上贴。那是一些米黄色的东西，是我为铁流织的一顶帽子，一个围脖，一件毛衣，一副手套，一条长裤，一双带脚指头的袜子。铁泉把那个围脖从头上套下去，围脖遮住了他的脸。他说爸爸如果把你织的全部穿上，那他就连一个地方也不能露出来了。我笑了笑，想这正是我的意思，我要用这些东西把铁流从头到脚严严实实地罩住，让他不再有多余的想法。

　　出租车停到温泉门口，我们提着蛋糕、毛线织品从车上下来，就像游客那样一边走一边欣赏路旁的树林和花草。走了十多分钟，我们到达目的地。我掏出偷偷配制的钥匙朝305号的门锁戳进去，扭了扭，门锁没有动。我把钥匙掏出来仔细地看了一遍，再次戳进去，门锁稍稍动了一下，但像是被什么东西卡住了没法扭开。我产生了一种不好的预感，想铁流是不是和什么女人待在里面？我按着门铃不放，还用脚不停地踹门板。表面上屋子里静悄悄的，但仔细一听却有轻微的忙乱声，甚至还夹杂着马桶的冲水声。这些不容置疑的动静，坚定了我的想法，或许我一直想抓却始终没让我抓着的现场就要出现了。我变得异常兴奋，把门拍得比放炮仗还响。

突然，门板闪开一道缝，铁流乱蓬蓬的头发从里面伸出来，接着我看到他慌张的脸，还看到他衬衣扣错了纽扣，没有系领带。我推门想进去，他顶住门板说，我们正在谈工作，能不能过一会儿再来？铁泉举起手里的蛋糕说，爸爸，祝你生日快乐。夹在门缝里的铁流看了一眼铁泉，发出一丝苦笑，哀求你能不能让儿子回避一下？我巴不得铁泉也看看现场，好让他将来为我证明，反正迟早他都会知道，晚知道不如早知道。我强行推开门，铁流闪到一边，说不管发生什么，我都希望你能冷静。我对着他大吼：我不想冷静。

我冲进房间，没看到预料中的女人，只看到乱糟糟的被子搭在床上。我掀开被子，床上有两个枕头斜躺着，一筒卫生纸夹在枕头中间。床单皱巴巴的，只铺住半边床，显然刚刚遭遇过蹂躏。我抬起头在房间里寻找，屋子里除了我们一家三口没有多余的人。铁流忽然笑了起来，说刚才我是故意演给你看的。我不信，打开衣柜，没看见人。我冲进卫生间，里面也不见人影。阳台的门敞开着，我冲到阳台上朝楼下张望，楼下是两排浓密矮小的冬青，它们在风中微微地颤动，像什么事也没发生。我被眼前的现象给弄糊涂了，从阳台慢慢地走回来，想这到底是怎么回事？

铁流绷紧的脸忽然松弛下来，眼睛里出现了看到希望时的那种光芒。铁泉问妈妈，你在找什么？我没回答，目光像尖刀那样盯着铁流。铁流把手搭到铁泉的头顶，说你妈妈又犯病了。我指着床铺说，你怎么解释？铁流说不就是一张床吗，还需要什么解释？我说这就是现场。铁流说这怎么是现场？我一个人睡觉就不能把它搞乱吗？难道你连床单也要管吗？我说卫生纸呢？他说卫生纸也不能说明什么问题，我的鼻子发炎了，有时需要它来擦鼻涕。我说你抽鼻子给我听听。他说抽就抽。他真的抽了抽鼻子，鼻孔里没发出什么惊天动地的声音，不像是患鼻炎的人。我说这样的鼻子怎么会在睡觉时流鼻涕？他说我的鼻子又不是你的鼻子。我说不管，反正我认为这就是现场。他说那另外一个呢？至少得有两个人才算是现场吧。我说干吗一定要同时抓到两个才叫现场，没有杀人犯的现场就不叫现场了吗？他说那你还得补充大量的证据。

我伏在床上找着，没有发现所谓的长头发。但我不相信他们没留下任何蛛丝马迹。我拉开左边的床头柜，没发现什么，又拉开右边的抽屉，一盒避孕套赫然扑来。我抓起它，打开，看见里面有三个空壳，也就是说在我进门之前他们已经做了三次。我气得全身哆嗦，抓起那盒已经放在茶几上的蛋糕朝着铁流的头部狠狠地砸去。蛋糕涂在他的脸上，把他的眼睛全都遮住了。他伸手抹了一把脸，说不知道是谁要陷害我，竟然在我的抽屉里放那些东西。我拉着铁泉冲出房间，想都到了这个份儿上，他还在撒谎。

12

当我的泪水差不多流干的时候,门铃被人按响了。透过猫眼我看见妈妈站在外面,就找了一副墨镜戴上,让妈妈进来。妈妈说你的眼睛怎么了?我说得了红眼病。妈妈说叫你不要熬夜,你硬要熬,现在把眼睛都熬坏了,那点儿稿费还抵不上买药的钱。妈妈说着,弯腰收拾乱糟糟的茶几。我想把发生的事情跟妈妈详细地说说,但是妈妈却直起腰来,告诉我一个不幸的消息。她说玉立住院了,她怕影响你写作,没让我告诉你。

为了不让玉立看到我哭肿的眼睛,走进她病房时,我仍然戴着墨镜。她躺在洁白的床上,脚上打满了石膏。一看见我,她想坐起来。我用手止住她。她拉住我的手,哭着说都怪那辆摩托车,如果不是它的刹车有问题,我就不会把脚给摔了。我安慰她,为她掖了掖被子,无意中发现她的身上布满了树枝划破的纹路。她慌忙地把衣角压住,脸上顿时浮起一层红晕。我的脑袋轰的一声炸开,顿时感到房子像发生了地震那样转动。

我摇摇晃晃走出病房,扶着走廊的墙壁站了一会儿,然后来到医生的办公室。翻开招玉立的病历,我看见她住院的时间是10月7号下午6时,那正好是我离开铁流房间后的一个小时。应该说一切都真相大白了,招玉立的脚不是骑什么摩托车跌断的,而是从铁流的那个阳台上跳下去时跌的,要是没有那些冬青树,也许她会伤得更厉害。

这样的猜测遭到了全家人一致的臭骂,除了铁泉,他们都不相信我。我只好躲开他们，带着铁泉到莲花河谷去旅游。在莲花河的游船上，我无心于风景，只是不停地跟铁泉说话。我说，其实我也不想怀疑你爸爸，但是他的漏洞太多了，比如他的那件睡衣到底是谁买的？为什么要砸那些生肖？送他回房间的人半夜里去给他找什么？他床上的香水味和小妖精的香水味干吗要一模一样？他咬定说那个晚上他回家了，还问你他的衣服漂不漂亮，可是后来他跟你一起回忆的时候，只是说帮你把了一泡尿，并没有提起问过你问题。铁泉铁青着脸倾听，随着谈话的深入，他仿佛一下就长大了，变得成熟多了。他咬着牙齿，说妈妈，我突然记起来了，那天晚上爸爸真的回过家。

  我抚摸着铁泉的脸蛋，说你又瞎说了。他说这次不是瞎说，是我真的记起来了。我说泉儿，我明白你的意思，你是害怕爸爸和妈妈离婚。他摇摇头，说不是，是因为出来旅游突然就记起来了。我扭头看着流淌的河水，几片黄叶在水面漂荡，就像我的往事。我轻轻地说儿子，即使你记起了那个晚上也没有用了，因为和后面的事情比起来，那个晚上比鸿毛还轻……我，我和你爸爸已经没有爱情了。铁泉紧紧地搂着我，这是他平生第一次搂着一个人。他说我要你们像过去那样还有爱情，我叫爸爸爱你。我摇头，看着那几片黄叶漂远，泪水涌出眼眶。我只知道抓住现场，却从来没想过，抓到现场以后该怎么办？

  铁泉一个劲儿地催我回家，他说他不想旅游了。但是我不愿意那么快回去，我需要把乱麻般的思绪整理整理。大部分时间我躺在宾馆的床上看天花板，上面有几只蜘蛛我都数清楚了，却还是不想回去。铁泉不时地问我要钱去买零食。他要的次数太多了，我就吼他，说你真不懂事，妈妈都这样了你还来烦人。铁泉的眼眶一下就潮湿了，最后竟然哭了起来。我把一沓钱给他，说都拿去吧，别来烦我。他抽泣着，从里面抽出几张小票，走出房间。我悄悄地跟踪，看见他进了电话亭。原来他是用吃零食的钱给他爸爸打电话。铁泉在电话里争辩着,还像大人那样一边说一边打着手势。我冲过去,叭地挂断电话,把他从电话亭里拉出来,双手搁在他的肩上,说泉儿,这种事太重了,你还挑不起。

晚上,我木然地躺在床上,电视屏幕闪着雪花点。我也没心思管电视,只是为了让它开着而开着。铁泉从门外走进来,关掉电视机,说妈妈,我已经把回去的时间告诉爸爸了。我说干吗要告诉他?铁泉说我想试试,看他还爱不爱我们。我说这还用试吗?他爱的话,就不会做那些对不起妈妈的事。铁泉说如果爸爸到火车站来接我们,就说明他还爱。我说你认为他会来吗?铁泉点了点头,像是很有把握。我拍拍床铺,说除非他的脸皮比棉胎还厚,要不他绝不会来。

出门后的第十五天傍晚,我和铁泉回到生活的城市。走出火车站,铁泉的目光在攒动的人群里飞快地搜寻,没看见那个我们拔过白头发的脑袋,也没有那张被我用蛋糕涂抹过的脸。铁泉垂头丧气,跟着我往前走。突然,他的脸绽开了。他指着一块巨大的崭新广告牌叫道:爸爸。我抬头看去,那是一块新立的广告牌,以路塘温泉湛蓝的水池为背景,前景是一个和广告牌一样高大的,从头到脚都套着米黄色毛线织品的男人,一看就知道那是铁流。他把我给他织的全都套在了身上,连眼睛都没露出来,那些毛线像水一样紧紧地缠绕着他。他的身旁有一行广告词:拥有你一次我就够了,多出来的全都是你对我的恩赐——路塘温泉。

我的头一下就大了,耳朵燃烧起来。我用双手不停地搓着耳朵,似乎要把铁流说过的话一一搓掉。铁泉昂起头,咧开嘴,说爸爸原来是用广告牌来迎接我们。我说你理解错了,这是出卖。铁泉说我不明白,他不是穿上你给他织的衣服了吗?我说泉儿,你一定要记住,有些话只能说给一个人听，有的衣服只能穿给一个人看，当一个人把最秘密的都亮了出来，那和公园里翻开屁股的猴子就没区别了。铁泉点点头，说妈妈，我好像明白了。

　　铁泉拉起我的手。我紧紧地牵着他，坐上一辆出租车。没想到马路两旁，还立了不少路塘温泉的广告牌，爱的悄悄话变成了公开的叫卖。忽然，窗外闪过人民法院的牌子。我说停车。飞奔着的出租车滑出去十几米，才怪叫一声打住。司机问干吗在这儿停？我走下去，嘭地关了车门，对着大街上那些陌生人喊道：我要离婚。

原始坑洞

谋子从对方身上拔出凿刀时，周围的声音全都消失。他感到手上一阵湿热，凿刀离他而去，像鸡毛那样轻轻地掉在地上。

发生在这个秋夜里的案件，仿佛没有任何声音作为背景，没有惊叫声绝望声，没有女人的慌乱声和油灯的破碎声。屋外屋内漆黑如墨，只有微风在门缝间静静地穿梭。谋子像一截木头那样站着，似乎站了很久很久，才有一双手摇晃他的肩膀，恨不得连根拔起。渐渐地，谋子被那双手摇松了，双腿开始颤抖，开始发软。终于，他发出一声惊叫，打破了深夜的寂静。

他先是听到自己的惊叫，然后听到孔力的叫喊：杀人偿命。孔力一丝不挂地伏在门板上，不停地喊"杀人偿命"。谋子想她连衣裤都还没穿上，就想到给丈夫报仇，真是个良心媳妇。孔力的喊声此起彼伏。谋子感到失望，他走过去，哗地推开大门，凉风像一盆冷水泼过来。孔力转身从床上捞起一团衣服，砸在谋子的头上。

谋子抱着衣服朝后山奔跑，跑了好远，才听到孔力的哭声像一场大火在身后嘹亮。她的哭声把整个村庄都点燃了。

　　六小时前，谋子的母亲秦娥迈过了五十岁的门槛。儿女们为她摆了十桌寿宴。在寿宴的喧嚣中，秦娥心烦意乱，好像是讨厌自己的衰老，又好像是担心儿女们出事。她在酒席间穿梭，像母鸡看护雏鸡一样看护着她的儿女。尽管儿女们笑脸相迎，尽管儿女们说了许多吉祥的话，但秦娥依然感到心里慌乱。饭后，祝寿的客人们相继离去。秦娥在打扫杯盘碗盏的时候，失手摔烂了一个酒杯。

　　或许是因为寿宴做得像婚宴，秦娥的男人八贡有些兴奋。满屋还飘浮着酒席的余香，那些粮食、肉类的气息残剩在夜的角落。八贡忽然想起三十年前他娶秦娥的那个日子。那个日子，实在寒酸得不像是个结婚的日子。现在什么都有了，而女人却已经不再是当年的女人。八贡看着床上的秦娥，她的身体像一只空了的布袋，不仅粗糙，还松松垮垮。这个身体，八贡已经好久没打理了。但今晚趁着酒兴，他扑到了秦娥的身上。

　　秦娥说都老了，你还这么喜欢。八贡说难得有这么一次想头。秦娥想把八贡推开，但八贡紧紧地贴着，一点也不服老。秦娥说我累得全身都快散架了，没吃一口饭，你就饶了我吧。八贡把右掌捂到秦娥的嘴上，生怕她的声音被儿女们听见。儿女们似乎都进入了睡眠。在风的嘶吼声中，从萧家那边传来一声门响，谁也没有在意。秦娥说你把灯吹了吧。八贡噗地吹灭油灯。忽然就听到孔力的哭喊：杀人啦，杀人啦，快来救命呀……

　　秦娥跑到孔力家，拨开人群，看见萧玉良倒在血泊中，右手死死地捏着床单。一把沾满鲜血的凿刀横陈地面。两行带血的脚印从萧玉良的身边走向大门。秦娥一惊，意识到那是三儿谋子的脚印。天气这么凉了,他还光着脚板。他往哪里去了?秦娥整个下午的慌乱终于停泊。这时她才记起寿宴的后半截没看见谋子,当时她总觉得少了点什么,现在才明白原来是少了谋子。秦娥喉咙一紧,哇地呕吐起来。由于她没吃东西,呕出来的全是黄水。哇哇,哇哇……她像刚刚怀孕的女人那样干呕,整个人瘫坐在地上。

谋子蜷缩在后山的坑洞里。黑夜已经过去,天空已经泛白,四周都是鸟声虫鸣。茂盛的茅草密封了洞口,一团雾在洞外的沟畔起起落落,阴沟里浅水浸泡着枯藤,一潭静静的水面浮动着黄色的铁锈。谋子想只要我不出去,谁都不会知道我在这里。

太阳慢慢升上山梁。透过茅草树木网状的空隙,谋子看见母亲秦娥手挽竹篮,在对面的山坡上走着奇怪的路线。她像一只负重的虫子,步子凌乱神色慌张,一会儿没入苍黄的玉米地,一会又浮游在厚实的茅草上,衣服和裤子全被早上的露珠打湿了。噗的一声,谋子再也看不到母亲的身影。母亲似乎已经跌入沟底。重重叠叠的树木藤蔓,遮挡住谋子的视线。静静地听了许久,突然传来一丝尿响。谋子看见母亲已经来到洞前,头帕在坑洞的边缘晃动,身子埋在草丛里。母亲害怕别人跟踪,故意用屙尿来掩人耳目。风从母亲的身边吹来,谋子闻到了尿的气味。

母亲把竹篮塞进坑洞,说吃吧,谋子。母亲的双眼像沤烂的蜜桃,快要从眼眶流出来了。谋子问警察来了吗?母亲说还没来,他们到镇上报案去了,萧玉良还倒在血泊中,要等警察来验尸。说完,母亲站了一会儿,用手扯扯衣襟,退出洞口,钻进沟底,说我得回去了,恐怕警察已经进村了,再不回去就引起他们怀疑了。母亲的声音听起来虽然很小,却像锋利的刀片割着谋子的耳朵。谋子停止嚼食,含着一口饭看母亲爬上沟坎，没入草坡，直至消失，他又才开始吃起来。他觉得嚼食声特别响亮，仿佛铺天盖地，仿佛能把警察引来。于是，他放慢了咀嚼的力度和速度，轻轻地慢慢地吃。

又是一个太阳天，但阳光看上去显得有气无力。秦娥打开那些常年紧闭的木箱，晾晒衣物，泡桐板的沉香和秦娥的干呕交集在一起。八贡在秦娥的干呕声中病倒了。他说你又没怀孕，为什么会不停地呕？你以为呕就能解决问题吗？

从木箱里拿出来的各色衣物，现在全都晾到了竹竿上。秋风牵动它们，就像牵动往事。秦娥看着不同年代里曾经包装过她的衣物，心里充满悲凉。秦娥手里捏着一团布带，这些布带过去总被她悄悄地挂在屋后，慢慢阴干。它们羞于见人，也从来没见过阳光，是成年女性的专用品。秦娥离最后一次来红已经四十多天了，她知道自己已进入更年期，再也不需要这些布带了。她拿起剪刀，把布带剪成一团毛茸茸的布球。她想现在谁也看不出它是什么，它还可以用来做拖把。秦娥把布球挂在竹竿上，终于让它晒了一回太阳。

孔力惶恐不安，她的身子正在发生变化。她厌食，呕吐，例假不来，跟秦娥构成一种微妙的呼应。孔力的家婆，也就是受害人萧玉良的母亲六甲暂时忘了失子之痛，把中医金光请进家门。金光微眯双目，把他那三根干瘦的手指搭到孔力的手腕子上，细心谛听孔力的脉搏。像是过足了烟瘾，金光长长地吐一口气，说六甲，你的儿媳妇有喜了。六甲的眼球突地定在眼眶，然后缓慢地上移，移到不能再移了，才对着屋梁叫了一声：苍天有眼。

六甲掀开被窝，把孔力扶下床来，说快给金医生磕个响头，是他给了我们希望，是他告诉我们玉良没有绝后。六甲的双手不停地压迫孔力的头。孔力的头磕了四五下，六甲依然没有放手的意思。孔力想你只管叫我磕头，却不知道是谁真正医好了你的心病。六甲的声音在头顶嗡嗡盘旋，像一堆马蜂同时振动翅膀。六甲说孔力一直都怀不上，我都盼了几年，要不是吃了你金医师的药，她哪会有今天。六甲一边说一边按压孔力的头，孔力的头就像水里的浮标，按下去又浮上来。金光张着一嘴黑牙，满心承领六甲的献媚。金光说六甲，你松手吧，孔力的头都快要磕破了。这时，六甲才记起手里还按着一颗人头。

金光说我走啦。六甲说别急，再喝一盅。金光把手一挥，酒盅滚落，酒水慢慢地浸入地面。金光说我醉了，不能再喝了，六甲，你看泼在地上的酒多像一摊娃崽的尿，再等九个月，你的屋子里到处都会撒满你孙子的尿。六甲哎哎地应着，把金光扶到门外。秋阳之下，六甲看见对门的晒楼上，秦娥正在晾晒衣物。这么高兴的一个下午，偏让她看到了仇人家晾晒的黑黑白白红红绿绿的衣物，心口猛地痛了几下。六甲在仇恨中松开手，金光摇摇晃晃地告辞。六甲忽然想起没给金光带礼物，转身进门，拿出二十个鸡蛋，说孔力，快给金医生送去。孔力没动。六甲就把鸡蛋塞进孔力的衣襟，轻轻地推了她一下。孔力的身子一歪，倒在门边，破碎的鸡蛋染黄了她的衣襟。

你以为我的病真是金光医好的吗？他有那个本事吗？孔力一边抱怨，一边扶着门框站起来。蛋白蛋黄沿着衣襟滑落，画出奇形怪状的图案。

谋子去向不明。警察龙坪时不时出现在谷里村。谷里村有龙家的亲戚，他们悄悄跟龙坪说谋子绝对不会离开村庄，他一定在方圆十里之内的某个地方藏身。龙坪对这一点坚信无疑。

只要龙坪一来，就坐在窗下与卧床不起的八贡聊天。龙坪说你老人家有三男两女，是最好的福气了，只可惜你的三儿子糊里糊涂，犯了人命。如果他自首，恐怕罪责要轻些。龙坪的话像锯子在八贡的脑海拉来拉去。八贡有时大号不止，有时又低声抽泣。八贡把成串的眼泪和鼻涕毫不吝啬地抹在被子上。龙坪发现床上的这个老人在案件的打击下，已经变成了一个小孩。

　　龙坪从来没有放弃对秦娥的监视。村前屋后的庄稼都已经收割干净，树叶也在慢慢地变黄，任何一个可疑的黑点，都走不出龙坪的视线。日子久了，龙坪看见八贡被窝上的鼻涕全部结成了硬块，闪闪发亮。窗口的光线或明或暗。八贡说谋子还年轻，还不满十八岁，他还没有结婚就要去坐牢，真是遗憾终生……每当他唠叨的时候，秦娥总是把一团抹布递到八贡手上，说你拿这个抹抹鼻涕吧，你怎么像娃崽一样把鼻涕抹在被子上，真恶心。八贡从秦娥手上接过那团毛茸茸的浅灰色的抹布，拿到嘴鼻处擦了又擦。打了一个喷嚏，八贡说快煮饭吧，龙警察饿了。秦娥说下多少米？八贡说两碗，煮两碗米就够吃了。龙坪知道八贡强调两碗米，就是为了表明他们没有煮多余的饭。没煮多余的饭，就意味着没有窝藏谋子。每顿饭，龙坪都会把锅头刮得干干净净，一口吃的都不剩。

　　龙坪还留意深夜里的各种响动。八贡再也承受不了失眠的煎熬，双手抓住秦娥的头发摇来晃去。秦娥的哀鸣穿墙而过。八贡说你叫他出来吧，我受不了啦。我一天要哭三到四回，还要整夜整夜地失眠，你是留着你的崽呢，或是让我就这样活活地被折磨死？秦娥说我去哪里叫他？我和你一样不知道他的下落。八贡说你知道的，你一定把他藏在什么地方了。我记得你曾经说过后山有一个洞，你一定是把他藏在那里了。你这样做是害他，你知道吗？如果你不叫他出来自首，那就救不了他了。秦娥说你疯了吗？你怎么血口喷人？秦娥把八贡的头捂到充斥着鼻涕和泪水的被窝里。八贡在被窝里呻吟。他的呻吟一声比一声小，好像马上就要断气似的。忽然，他把手伸到秦娥的胯下，用力地抠了起来，好像这么抠着就能抠出谋子。秦娥感到一阵剧痛从两胯间出发，快速扩散到全身。

伴随下身的刺痛，秦娥听到时断时续的蟋蟀声。蟋蟀声有气无力，却永不歇息，一直叫到天亮。已经几天没给谋子送饭了，秦娥担心，着急。她拉开房门，看见龙坪坐在门外，双眼充满了血丝。龙坪问谋子藏在什么洞里？你告诉我吧。秦娥说你问八贡，我不知道。龙坪说昨晚你们说的那个洞，在什么地方？秦娥说昨晚我们说的是脏话，昨晚我们说的那个洞在我身上，你想看一看吗？龙坪的脸刷地红了。秦娥说这么丑的话，你竟然也偷听。龙坪说今天别煮我的饭了，我想到桃村谋子的女朋友家里去看看，说不定他藏在那里。秦娥说你去吧，但你放得下心吗？你不要半路杀回来吓死八贡，他的神经绷得差不多要断了。

谋子缩在坑洞的角落，已经饿晕了。秦娥说谋子，我来晚了，警察和你爹天天都把眼睛放在我身上，我没有自由。谋子把一只拳头伸出洞口，打开，手心里伏着一只蟋蟀。蟋蟀从手心跳落到他的肩上。秦娥想难怪这几天我的耳边全是蟋蟀的叫声。谋子说妈，让我出去吧，我饿，我怕。秦娥舀起一勺饭，喂到谋子的嘴里。谋子的牙床像家里那副用了多年的老磨，慢慢地磨着粗黑的饭粒。秦娥说你再挺一段日子吧，警察已经走了，他们有许多案要办，说不定一忙他们就把你忘了。用力地咽了几口饭，谋子吐了。他说妈，你怎么拿臭馊的饭给我吃。秦娥说他们不让我多煮米饭，他们想把你饿出去，这些饭全是我从嘴里偷偷省下来的，每餐省一点，才省出这么一碗。我怕你吃不下，还放油炒了，还放辣椒。听妈的话，你千万别出去，一出去就没命啦。

说完，秦娥退出洞口。谋子说妈，你不能陪我再坐一会儿吗？秦娥说待久了，他们会怀疑。谋子问桃村的腊妹呢，她好不好？秦娥说好，她三两天来一次我们家，她说她爱你。放心，妈一定帮你看住她，将来把她娶进家门。谋子想这句话很勉强，她是在安慰我。秦娥转身，窸窸窣窣地爬上沟坎，回身把刚才拨开的茅草复原，生怕留下什么破绽。谋子说妈，你给我买一块手表送来，我不知道现在几点了。

清晨，拖拉机慢吞吞地爬进村庄，驾驶座挤着两个人，拖斗里是空的。近了，秦娥才看清楚驾驶座上的那两个人一个是腊妹，一个是桃村的拖拉机手向阳。腊妹从驾驶座跳下来，准确地说是从向阳的屁股边跳下来，转身从拖斗里捞起一个包袱，摔到秦娥的脚边，说这是你们家的聘礼，现在我把它还给你，这样谁也不欠谁了，没想到谋子这么坏，几个月前我还和他约定到县城去照相，现在永远去不成了，你告诉他，我不会爱一个有野老婆的男人，更不会爱一个杀人犯。秦娥说你现在不是也有野老公了吗？腊妹说就算我有野老公，但我没杀人。说完，她跳上驾驶座，和向阳紧紧地挨着。停在门前的拖拉机始终没熄火，一直突突突的，好像在催促。向阳轻轻拐了一下腊妹。腊妹忽然记起什么，又跳下来，从左手取下一块女式手表，说还有这个，是谋子送我的，差点忘了。秦娥没接。腊妹把手表放到包袱上，又跳上拖拉机。拖拉机掉头走了。秦娥觉得包袱上的手表像一只睁开的眼睛。

几个想搭便车的村人挽着口袋跑出家门，追赶拖拉机。但向阳一轰油门，拖拉机跑了，只留下几团黑烟。黑烟喷在追赶者的身上。他们纷纷开骂：狗日的，不得好死。

不幸言中，腊妹和向阳离开谷里三里多地便车翻人亡。有人跑来把这个消息告诉秦娥。直到这时，秦娥才颤颤巍巍地打开腊妹送回来的那个包袱。包袱里整整齐齐地叠着两年来他们送给腊妹的布料，一块也没少。布料上放着一双还没完工的布鞋，那是腊妹给谋子做的，可惜谋子没有福分享用。秦娥想腊妹你又何必送这些布料回来？不送这些布料你就不会坐拖拉机，不会死，哎……原来你不是退彩礼，而是来跟我们讨一口棺材。

秦娥敲开大儿张双的门，看见儿子儿媳妇正围着火炉吃早饭。张双说妈，有事吗？我吃完饭想去赶街，你想买什么吗？秦娥说腊妹死了，你和张单把你爹的棺材送过去吧。张双说那可是爹的棺材，你问过爹了吗？爹的身体也不好。秦娥说你爹一时半会儿死不了，你把棺材送过去吧。张双说腊妹是自讨苦吃，你不见她和向阳坐在一起吗？她和他两人挤坐在驾驶座上，那是违章驾驶，死有余辜，不关我们张家屁事，再说，她没过门，今早上她已经把婚事退了。秦娥说谋子做了对不起她的事，你照我说的去办吧。

张双和张单把那口漆黑的棺材从厢房里抬出来。八贡哎呀一声，从床上跌到地上。八贡扶住墙壁，迈着虚弱的步子，走到大门边，说逆子，你们怎么把你爹的寿木抬走了，要知道我油过三道生漆，是本村最好的棺木，你们不问问我，就敢拿去送人？张双和张单把棺材停到门口，目光在爹与妈之间移动，他们不知道听谁的。秦娥说听我的。棺材于是离开地面，慢慢上升。八贡扑到棺材上，说你们硬要送给腊妹，还不如我先死，我舍不得这口棺材。秦娥说要不是谋子犯事，腊妹也是我们家的人，你要是真死了，我再打一口比这个大的，帮你上五道生漆。秦娥像诓娃崽那样把八贡从棺材上诓下来。张双张单抬起棺材走去。八贡靠在门框，直看到棺材消失，才瘫坐到门槛上。

秦娥把腊妹留下的布鞋和女式手表送到谋子手里。谋子说她还记着我？秦娥说记着呢，她要你好好活下去。谋子的脸上浮起一层薄红。

他把手表贴到脸上，好像是把腊妹的手贴到脸上。他说妈，我好糊涂，如果我没杀人，那才像个人。秦娥说腊妹还等着，等某一天跟你去县城照相。谋子叹了一声。秦娥想如果谋子没杀人，他今天会和腊妹一起进县城吗？他们也会坐向阳的拖拉机吗？拖拉机会翻下路坎吗？谋子会像向阳那样被拖拉机砸成肉酱吗？这么想着，秦娥吓了一跳，说这都是命呀。

谋子人去床空，只有一床暗黄的蚊帐像一张破网，在床板上随风晃动。冷风从北窗吹进来之前，八贡便把谋子的被窝卷到自己床上。八贡像一个保安，终日看守那床厚实的棉被。

秦娥想趁八贡熟睡时，拉出一床被窝。但只要她一拉被窝，哪怕是轻轻地拉，八贡也会醒来。八贡说你拉被窝干什么？想冷死我吗？秦娥说我想做一件棉衣。八贡说给谁做？秦娥说不管给谁做，家里总得有一件厚实的棉衣，天气越来越冷了。八贡说我不需要棉衣，我只要这么躺着，一直躺到你的三儿子出来。秦娥说你像个爹吗？你还有没有一点良心？八贡说你像个妈吗？你这是害他，纸是包不住火的。

整个冬天，秦娥在为一件棉衣坐卧不安。树木由黄而黑，田野上的禾蔸在每天早上结出淡白的霜花。金光以恩人的身份，常常出入六甲家。孔力的腹部在冷风中慢慢撑大。每当看见孔力，秦娥总下意识地摸着自己的腹部，好像怀孕的不是孔力而是她自己。她听到手表的嘀嗒声从腹部深处传来。她相信时间会改变一切。

一天，秦娥来到金光家门前。金光正低头拔着鸡毛，身旁放着一盆热水，水汽弥漫。鸡毛已拔去三分之二。秦娥站在他面前耐心地看着。鸡毛终于拔完了，金光的目光在地面找来找去。秦娥估计他是在找刀子，就从金光的屁股后面捡起一把小刀，递到金光的手上。金光说你找我有事吗？秦娥说八贡的病一直不好，想请你扯几服中药。金光说你为什么不早点来找我？秦娥说你是六甲的恩人，我怕你跟她一样恨我。金光说六甲哪有你长得好看，她的声音也没你的好听。秦娥忽然感到害羞，一时找不到话说。金光甩了甩手上的水珠，站起来，进屋拿出一张凳子，说你坐吧，我一会儿就干完了。对啦，听说你需要一件棉衣，我这里有一件军用的，是别人送给我的。秦娥说多少钱？金光说不要钱，要你就行了。秦娥说开什么玩笑，我们都老了。金光说谁说我老了，孔力的不孕症就是我治好的。不孕症用药是治不好的，得用人来治，你知道吗？

秦娥说你开玩笑我陪不起，我走了。金光看见秦娥从凳子上站起来，身子晃了两晃。金光说晚上我送药送棉衣给你，人心都是肉长的，你不能让谋子冻死了。虽然我是一个孤人，但我知道做娘的心。秦娥在金光的声音里像鸡毛那样飘起来。她想金光真是个懂得爱的男人，自从谋子出事后，这是我第一次听到这么中听的话。想着想着，她的眼里噙满了泪水。

金光没有送药来。秦娥在呼啸的冷风中想金光一定是开个玩笑而已，他已经把八贡的病和谋子需要的棉衣忘了。张双和张单在八贡的隔壁，与几个年轻的小伙搓麻将，油灯的光亮和咒骂声飞越窗口。他们已经搓了一个白天，现在还没有停止的意思。骨牌声吸引八贡，他裹着被子，把脑袋从窗口伸出去，指挥张单出牌。张单不听，说输了你又不替我出钱，你看看得了，嚷什么嚷？在八贡的意料中，张单又放了一炮。八贡说败家仔，你怎么就不听我的。说完，他缩回脑袋，在床底摸了一阵，摸出两张票子，砸在张单的头顶，说老子给你钱，但你得听我的。张双把目光丢过来，说爹，只要你肯拿钱，我就帮你赌。八贡说我没钱了，这几块是拿来买药的，我连药都舍不得买，你可不能输。听到他们的对话,秦娥把八贡从窗口抓回去。八贡说让我再看一局,这局可是我的钱。秦娥说还没看够呀?你从早上看到中午,从中午看到晚上,怎么一看赌博,你就没病了?你看看这些败家仔,从秋天到冬天都没出过屋子,整天都在赌,有什么出息。张单说粮食收完了,年猪养肥了,妈你还要我们做什么?一年不就一个冬闲吗?秦娥说我要你们明天帮我找牛,家里的那头母牛已经好几天没回来了,它肚子里还怀了个牛崽,再不找恐怕就要冷死了。张双说我的那头牛夜夜都懂得回家。

秦娥怒气冲冲地离开窗口,向八贡丢了两个白眼。窗口泻过来的灯光扑到秦娥的肩膀上,腰肢上,小脚上,最后灯光再也追不上她。八贡说我连管他们出牌都管不了,难道还能管他们找牛吗?他们翅膀硬了。秦娥摔门而去。门板来回晃荡。

清晨,秦娥拉开大门时,隔壁张双、张单他们才开始收牌。他们打着哈欠,排在屋檐下,对着阳沟拉尿,尿声像一阵急雨声。秦娥想再也别指望他们找牛了。

金光抱着军大衣走到门前,犹豫了一下,再走到八贡的床头,把草药放在枕边。八贡还在睡觉,呼吸均匀。金光说你睡得这么安稳,恐怕病要好了吧。秦娥说他看了一夜麻将,刚刚才合眼。金光说棉衣送来了,现在没钱不要紧,杀年猪的时候砍一半给我就行了。秦娥接过棉衣,说先欠你吧,你又是抓药又是棉衣,砍一半年猪不过分。秦娥转身欲走,八贡突然从床上坐起来,抢过棉衣,说这个你不能拿走,既然是用猪肉换的,就得留给我穿。秦娥说你穿吧,但你得穿着它去找牛,这么冷的天,你不能让我冷着身子满山遍野地跑。金光说一头牛可比一件棉衣珍贵,更何况牛还怀着一头牛崽。八贡想想也是,就把棉衣抛过来，说既然你要找牛，那就穿吧。

秦娥穿着黄色的军用大衣，在落满枯枝败叶的山坡走来走去。大家都不认为她是在找牛，而是在找她的三儿子。

第五天，秦娥还没找到那头母牛。夜幕降临，秦娥扑进家门。八贡发现她身上少了那件棉衣，就问你是不是找到谋子了？你把棉衣给谋子了？秦娥摇摇头，说我饿了，眼睛一黑，打了一个趴扑，从半坡滚到沟底，醒来时才发现身上没有棉衣。不信你看我的脸，上面全是伤口。八贡看见秦娥的脸上纵横几道紫色的口子，鲜血结成硬块变了颜色。八贡说是谋子害了你，你不要管他了，现在他还不如那头母牛重要，你快去把牛找回来吧，明年我们还指望它犁地耙田。

第八天正午，山区下过一场薄雪之后，慷慨地有了一片阳光。秦娥看见自己的右脚拇指像一枚紫姜，撑破胶鞋露了出来。为了找牛，她把这双厚实的胶鞋跑破了。正当她在惋惜胶鞋时，忽然听到一声牛哞。抬起头，她看见自家的母牛横卧在沟坎上。一刹那，她竟然没有勇气走过去。

定了一会儿，她看见母牛的身下有一团活物。秦娥看到了希望，走过去，一头牛崽从母牛的身下昂起头来，轻轻地叫唤。秦娥用手搭在母牛的鼻穴，母牛已经断气，它的身上覆盖着一层白雪，但还残留着余温，像是刚死不久。母牛用它的身子挡住寒冷，保住了它的孩子。真是一头善良的母牛呀。

秦娥抱着牛崽走走停停，脚上的胶鞋不堪重负，最后彻底地破裂了。秦娥像抱自己的娃崽那样抱着牛崽，光脚走了四里地，在太阳西偏时回到村庄。张双和张单从麻将桌边挪到门外，他们像是第一次走出冬天的大门，不停地打着寒战。张单看见秦娥的双脚变成了乌黑的洋芋，说妈你这不是抱牛，而是给我们抱回了一个弟弟。八贡焦急地把头从窗口伸出来。秦娥说我把棉衣搞丢了,但我找回了一头牛崽。八贡问母牛呢?秦娥说死了。八贡像被抽了骨头,一节一节地从窗口矮下去。张双和张单返身进屋,各人拉出一把大刀。张双说妈,牛死在什么地方?我们去剥它回来。秦娥说在交怀沟。张双、张单挥舞着银光闪闪的大刀,朝交怀沟飞奔而去。秦娥想只有去剥牛皮的时候,他们才舍得丢下他们的麻将。

张双和张单挑着殷红的牛肉,从白雪上走回村庄。他们夜夜翻动大铲,炒出鲜美可口的牛肉,为麻将桌添了许多活气。八贡常常在夜深人静的时候,把一只大瓷碗伸过窗去,那边的人便给他装上一碗满满的牛肉。八贡不用筷条,在窗口漏泄的微光中,用五只手爪贪婪地抓食,吧唧吧唧的咀嚼声像水波在家里荡漾,就像一只猫在吃一只耗子。

秦娥从来不吃牛肉,更不吃死牛肉,但她经不起气味的诱惑,把碗伸过窗口。打麻将的人们以为这是八贡的碗,都惊诧他的食量。八贡说我的碗是黄的,白瓷碗是你妈的。张双说妈,你开戒了?也吃牛肉了?张双不知道,秦娥碗里的牛肉都送给了谋子。

吃了四天牛肉,八贡开始了长达半个月的呻吟。他因吃了过量的死牛肉,病情加重,脸色憋得一会儿青一会儿紫。他说我要死了,你们得给我做一口棺材。张双和张单在八贡逼债似的声音里,丧失了玩麻将的斗志。张单说爹,我们欠了好多赌债,哪里有钱给你做棺材。张双说棺材已经做过了的,妈拿去送人了,你问妈要吧。八贡在两个儿子的牢骚声中惊叫,说我不能死,我连棺材都没有,我不能死呀。

秦娥抓起桌上的骨制麻将,撒豆似的丢进火盆,一股呛人的烟弥漫在灯光里。另外两个赌客悻悻地迈出门槛。秦娥说你们怎么这样对待你们的老爹，明天，你们把山上的那棵枫树砍了，为你爹做口棺材。

张单和张双在屋檐下搭起木架，枫树被切为三节，地面铺满枫树皮，白生生的树干在张单和张双的锯子下，分解成一片片木板，木板泛起木香。八贡在木香和锯声的包围里渐渐平静。秦娥看见宽大的木板像白生生的布或者纸，摆在晒楼上，觉得很不吉祥。几个孩童手持牛肋骨，像挥舞大刀一样在屋檐下对打。牛骨头和枫木板一样惨白。秦娥想一头活生生的母牛就剩下那么几根骨头留在世上，慢慢地孩子们玩腻了骨头，最后连骨头也将消失。

随着八贡病情的好转，枫木板被冷落在晒楼上，任风吹雨淋日晒，木板的颜色渐渐变得暗淡无光。张家两兄弟像探子在后山进出。秦娥听人说这是六甲的诡计。六甲说了只要他们找到谋子，她就替他们偿还那一千块钱赌债。

秦娥从桌子下面拖出那个被冷落了的火盆，在灰烬里翻找烧焦的骨牌。很快，一桌麻将找齐了，秦娥把它们码在桌上，说你们怎么不打麻将了？两个儿子都不回话，脸上挂着不便公开的秘密。秦娥失眠了，除了为谋子担心，还有另一个原因，那就是谋子杀死的萧玉良在年关来临之际，不时光临她的脑海，啃咬她，咒骂她。秦娥想我还欠萧玉良一个猪头。

萧玉良的坟头插了一挂硕大的白纸，风吹起来像一只大鸟在舞动。秦娥在坟前摆了半边猪头，跪下，把头磕到地面，然后一动不动，仿佛一尊赎罪的塑像。她不知道该说些什么。当初她和六甲先后只差一年嫁到谷里村，张双和萧玉良就像是孪生的兄弟，奔跑在年轻的妈妈们的目光里……正回忆着，她听到一阵轻轻的脚步走过来，停在她身后。不用看，她就知道那是六甲的脚步。六甲从竹篮里端出半只猪头，摆在萧玉良的坟前。

秦娥说我的猪头一半给了金光,他换棉衣给我,猪身上的每个器官他都要分走一半。六甲说金光医好了孔力的病,快过年了,我得谢他半只猪头。秦娥发现金光要了自家的右边猪头,要了六甲家的左边猪头,坟前的两个半只猪头刚好可以合成一个完整的。秦娥把自家的猪头移到六甲的猪头边,因大小不一,合起来的猪头像一张扭曲的脸。猪头虽然扭曲,但毕竟完整了。秦娥站起身,说这下,玉良总算吃到一只完整的猪头了。说完,她便挽起空篮子轻步离开。六甲对着秦娥远去的背影说,我只有一个儿子,他却死了,你有三个儿子,全都活着,太不公平了。

秦娥走到村头,迎面碰上几个扛枫木板的。由于枫木板宽大,他们的脸都被挡住了。秦娥问你们扛的是谁家的木板?木板后面回答,扛张双家的,他把枫木板全卖了,要钱还债。秦娥想也好,卖老子的棺材板还债,总比出卖亲兄弟领赏强。

过年的气氛还没完全消失,村里就来了一批干部。他们穿红戴绿,走家串户,一边工作一边散步。开始秦娥担心他们是冲着谋子来的,后来发现他们的目标是孕妇。经过几天的调查,摸底,比对,他们把三个超孕妇集中在村口,准备带她们到县城去做人流。但是,干部们觉得还不够圆满,还在对另一位超孕妇的家属做最后的努力。他们说坦白从宽,抗拒从严;少生孩子多养猪,少生娃娃多种树;计划生育好,国家来养老;一人流产,全家光荣……家属们通情达理,纷纷表态支持,可是他们也不知道贵英躲在什么地方。

干部们分头去找贵英。秦娥也跟着他们找。她一边找一边喊贵英,快出来吧,别冷着了,流了一次还可以怀,冷坏身体划不来。秦娥比干部们还着急的原因,是怕他们在找贵英时找到谋子。秦娥对着高山喊贵英呀贵英,别学我家母牛,为了孩子连命都丢了。贵英在秦娥的喊声中从茶林里钻出来。她像个害羞的新媳妇双手蒙脸,斜着步子走到村口。这样,谷里村的所有超孕妇全部到齐。其中一个孕妇问做人流痛不痛?过去我们只晓得张腿就生,从来没见过铁器刀叉。一位干部说不痛。孕妇说你也没做过,你是男人怎么知道不痛?人们就笑。笑声冲淡了紧张气氛。孕妇们像鸭群似的被干部们领出了村庄。看着他们远去,秦娥松了一口气。

秦娥赶到后山坑洞,看见谋子的头已伸出洞口,棉衣斜挂在他的右膀上,随时准备掉落。谋子用微弱的声音说妈,你怎么现在才来?秦娥把手贴到他的额头。他的额头像一团火,把她冰冷的手板都烫热了。几个月来,谋子浓密的头发一点一点地掉,现在已全部掉光,头皮秃得像濯濯童山。秦娥把谋子推回坑洞,说这两天村里来了干部,我得躲着他们。谋子说我看见二哥张单了,整个上午他都在山腰上转来转去,像是在找什么。他从离我十丈远的沟里走过,我叫二哥,叫得很大声,他却没有反应。怎么我看得见他,他却看不见我呢?秦娥说你别叫他,他心术不正,想害你。

秦娥感到下腹越来越重,越来越胀,就像当年怀孕那样。她常常听到谋子的胡言乱语从子宫里传来,即使谋子不在身边。过去她听到的是蟋蟀声、手表声,现在她听到的是谋子的胡言乱语。谋子的身体严重衰退,牙龈红肿,牙齿松动,进食困难,身子越缩越小。

金光正在家里捣草药。秦娥走进来,把门关上。金光说大白天的,难道你不怕别人说闲话吗?秦娥忽地跪下,说求你救谋子一命。金光说这种事最好别找我,救了他,我就是窝藏犯。秦娥说天知地知,你知我知,求你躲在远处偷偷看一眼,然后再给谋子开个药方。只要我不讲,就没人知道你见过他。

金光远远地跟在秦娥的身后。秦娥的手上仍然挽着她常挽的那个提篮。金光想虽然她的臀部肥大，但时间这把刀子迟早会把她削得骨瘦如柴。秦娥蹚过阴沟。金光看见沟畔的衰草伏在泥浆里，坑洞的边缘布满了秦娥的脚印。突然，秦娥警觉地回头，看见张单像一只狗那样，正抽着鼻子朝沟底走来。秦娥说金光，你不是说要我吗？现在我就把你想要的给你。金光从树后闪出，说开、开什么玩笑，我早就不行了。秦娥说不行了你可以摸一摸，摸你总还可以吧。金光走过来，伸手在秦娥的身上摸了起来。张单在沟边看了一会儿，折断一根树枝，转身走了。

谋子靠在洞口。泛黄的皮肤，秃顶的脑袋，软弱无力的身板，看上去就像一个婴儿。秦娥先给他把尿，再给他擦身，然后再喂他吃饭。饭是干的，硬的，秦娥要把饭先放到自己的嘴里嚼碎，再吐出来喂到谋子的嘴里。金光看着秦娥的嘴巴，觉得她的嚼食声响遏行云，感天动地。金光说我一定要救活谋子。金光把手搭到谋子的手腕上。谋子感觉到这是陌生人的手，微微睁开眼皮，目光里有强烈的求生欲望。金光说孩子，你要挺住。谋子轻轻地点了点头。

秦娥走出后山，看见张单坐在路边的一个树桩上。秦娥不想跟他打招呼，昂头走过去。张单拦在路上，用脚拼命地踢那个干黑的木桩，声音愈来愈响。秦娥说你为什么像狗一样跟着我？张单说大哥把棺材板卖了还债，我的债还没有还。秦娥说你跟着我就找得到赌债吗？你以为六甲真的拿得出一千块钱吗？等你把谋子交出去，那就由不得你了。到时，连我这块老骨头，也跟着进牢房。张单说妈你不是人，你对不起我们兄弟。秦娥说我怎么对不起你们了？养大你们我错了吗？张单说你偷人，大白天的也敢偷人。秦娥说我不偷人，谁救你弟弟？张单的脚停在半空中，片刻，又踢向那个木桩。木桩终于哗的一声飞离地面，滚了好远。

龙坪再次进入村庄，寻找谋子的下落。他把摩托车直接开到秦娥的家门口。八贡说你来啦。龙坪说叫你家里的准备衣裳日用品，跟我去一趟县城。说着，他从摩托车上跳下来。摩托车弹了几弹，断了气，没了声响。秦娥说我一闻到汽油就想吐，我坐不得车，你叫八贡跟你去县城吧。八贡说我连床都不能下，怎么去得了县城？

龙坪没有理会八贡和秦娥的争执，拍了拍屁股上的手枪，甩手朝六甲家走去。等龙坪从六甲家走出时，那团昏黄的太阳已升起两竹竿高。这时节，村子里还显得懒散而没有活力，只有村旁刚刚绽开的几树桃花，露出了一点儿生机。龙坪从六甲家屋角的树上折下一枝桃花，一边走一边闻。六甲从家里扛出一袋黄豆，紧紧跟在龙坪身后。龙坪看见秦娥站在家门口伸长颈脖遥望，远远地便喊上车，上车。

六甲把黄豆放到摩托车的拖斗里，说龙公安你辛苦了。龙坪没有搭话，摩托车在他的摆弄下吼叫起来。秦娥正要上车，腰杆突地弯下，一摊黄水从她嘴里喷射出来，全部溅落到拖斗里的口袋上。龙坪蹙了蹙眉头，说吐也得上车，你把头伸到外边，吐一会儿就好了。

看着龙坪和秦娥渐渐远去，六甲的双眼忽然潮湿。六甲觉得眼睛有些痛，便把目光落在自家屋角的桃树上。她看见孔力站在桃树下唱歌。六甲说你就那么高兴，人家龙公安还记着萧玉良，你却好像早忘了。孔力说记着又有什么用，记着他能活过来吗？我好好帮你生一个孙子，就算对得起萧家了。

六甲的眼睛本来就有病，常常莫名其妙地眨个不停。自从秦娥被龙坪拉走以后，她的眼睛眨得更频繁了。天一黑，她便眨着眼睛出门，中途眨着眼睛折回，跟孔力没头没脑地说几句之后，又眨着眼睛出去。

她不停地出去，不停地回来，像个幽灵。她说他们在打麻将，八贡在床上哼喊，没有可疑行为。孔力听烦了，就看火坑边的那只猫。猫被炉火烘得暖暖的，伸了伸懒腰，弯身如弓，叫了一声，跑到楼上捉耗子去了。孔力说妈，你给我烘一下床铺。说完，孔力才发现六甲又出去了。屋子里只剩下她和那只猫，她有些空慌和烦躁。

六甲再次推门进来时，村里已没什么响动。深夜了，动物和植物都在静静地养精神，所以，六甲的推门声异常清脆。孔力说你这样整夜整夜地让风吹，就不怕吹出病来吗？六甲把脑袋凑到孔力的床头，说奇怪了，他们谁都没离开家门，如果谋子真的还藏着，那他们应该有人离开家门，他们一个都不离开，等秦娥回来谋子还不得饿死呀……孔力说他死了或者活着，对你已经不重要了。你还想不想抱孙子？想抱孙子，你就给我烘床铺。

六甲从床底提起一个小小的烘笼，走到火坑边，用铁钳夹起明亮的火子。火子映照她苍老的面容。她夹完火子，提着烘笼回到床前，把烘笼塞到孔力的脚边。她看见被窝烧了一个洞，说你怎么把被子烧了？孔力说谁叫你总不回家，我提心吊胆地等你回来，在被子里放了烘笼却忘记拿开，后来闻到焦味，才记起被子里还有一盆火，差一点就把整个床铺都烧了。六甲说你怎么连烘床铺都不会？你怀孕以后就不再把我当妈了，而是把我当你的仆人，不是叫我帮你捏腿，就是叫我帮你捏背，我怀萧玉良的时候，哪有你这么娇气。孔力说我不叫你做点事情，你总是溜出去，把我一个人留在家里，我害怕，你要是再出去，我也跟你出去，难道你就不怕你的孙子冻坏吗？六甲说你知道什么狗屁？这是一个千载难逢的机会，是逼谋子自投罗网的机会，只要张家没人送吃的，谋子就得出来，萧玉良的仇就可以报了。孔力说那我跟你一起去监视他们，一起去后山帮你找凶手。六甲说你想害死我孙子呀。

谋子在半梦半醒之中，看见孔力从沟边走过，她的肚皮圆得就像成熟南瓜，饱满透亮。她的白脸上有两团粉红，就像那个晚上害羞时起的红晕，现在都还没有褪去。孔力艰难地迈动双脚，爬坎时慢慢地把那盘肥大的屁股挪上土坎。谋子忽然有了一丝冲动，几个月来自己要死不活地待在洞里，不明不白地渴望活下去，现在似乎有了答案。他想孔力是让他活下去的一条重要理由，而腊妹是虚幻的影子，孔力才是实实在在的女人。谋子对着孔力大声喊叫。孔力似乎没有听到他的喊声，默默地从草丛滑过。

谋子突然听到金光的声音在头顶炸响。金光说你喊什么，你想死吗？谋子说为什么孔力听不到我喊她？她隔我隔得那么近。为什么张单从沟底走过，我喊他他也听不见，而你却听得到我的声音？金光说因为你妈托付我照看你。谋子说我妈怎么了？金光说你妈被警察叫走了，你这样活着真是害了你妈。谋子把金光篮子里的药汤和饭食掀翻在地，装药的瓷碗一直滚到沟底，斜卧在水边，药汤像尿泼洒在草尖。谋子说金伯，你走吧，我知道我应该怎么做了。金光说你可别糊涂啊。金光拾起药碗，留给谋子一个古怪的笑。谋子轻轻地说，你不是希望我糊涂吗？

七天之后，秦娥由县城直奔后山坑洞。谋子没有饿死，这在她意料之外。秦娥说是谁送饭给你吃？谋子说是金伯。秦娥说金伯是个好人。谋子的眼眶里滚出两串泪，吊在下巴尖。谋子说我想死却死不成，我的双脚不听我指使，连走出坑洞的气力都不够。我对着那些找牛的孩童喊叫，对那些打柴的人喊叫，他们都听不到我的声音。金伯一天来一趟，见我没有死，一定很失望。妈，他也是为了你好。秦娥说他说了些什么？谋子说我连脚都指挥不动了，活着又有什么意思？秦娥说我一定饶不了金光，一定不饶他，他到底对你说了些什么？

谋子看见周围的青草冒出了泥土，蚂蚁和蟋蟀在坑洞频频往来，各种春天的声音从沉睡中拱出来了。村人背着背篓扛着柴刀，在山坡上开荒，劳动的声音飘来荡去。人们穿着黑色的厚实的衣服。黑色的身影走在青色的草坡，就像是走动的老树桩。烧坡的浓烟散发出陈旧的草香，草灰漫天飞舞，像有无数飞鸟的羽毛从天而降。

秦娥把张双他们丢弃的麻将带到坑洞来。谋子握着麻将仿佛握住往昔的自由。春天不是玩麻将的季节，但谋子却靠麻将打发日子。他闭着眼睛摸麻将上的纹路，然后猜牌，猜对了得意，猜错了再猜。在这种小小的刺激里，谋子还学会了吸烟。秦娥把八贡的烟叶偷出来，送到谋子的手里，说谋子，你闷了就吸烟，男人是靠烟来解闷的。烟雾轻轻飘出洞口，谋子的身子也似乎随烟而去。谋子想爹一定还蒙在鼓里，不知道我已像一只家鼠开始侵吞他的烟叶。

谋子渴望说话，他对秦娥说想见腊妹。秦娥说这样太危险，你躲了这么久，现在被人抓走，不划算。谋子显得急躁不安，说你让我偷偷地看她一眼吧。

某些晚上，秦娥把谋子背上山梁，让谋子从她的肩膀上瞭望村庄黄色的灯火，静静地听村庄杂乱的声音。谋子似乎只剩下一副骨架，趴在秦娥的背上一动不动，细心体会从村落传递上来的生活气息。无数个深夜，谋子看着村里的灯一盏一盏地熄灭，秦娥的头发却雪亮起来。谋子说妈，你的头发全白了。秦娥说我老了，再过几年就背不动你了。

阴雨连绵的春天，八贡闻到谷种霉烂的气味。张双和张单都在自己的田里忙，秦娥慌慌张张地进出家门，却没有把那箩筐泡胀的谷种撒到田里去。八贡说该撒谷种了。秦娥说没有牛耙田，没有秧田，谷种没地方撒。

谷种的霉烂味一天比一天重，最后连谷子的味道都没有了。秦娥把箩筐端出家门，说我现在就去播种，你安心地躺着吧。八贡说秧田耙了？秦娥说耙了。八贡的脑海浮现汪汪的水田，仿佛看见秧苗茁壮成长。

晚上，秦娥回来了，她的双脚沾满泥浆，小腿大腿以及上身全被泥水泡过似的，连那头白发都沾满了泥浆。八贡说你跟谁去撒种了？秦娥说腊妹，我跟腊妹一起撒谷种。八贡没有听出什么反常，这种对话在去年的春天曾经进行过。但片刻之后，八贡发觉不妙，想腊妹不是死了吗？八贡于是捶响了板壁。张单把头伸过窗来，问爹，有什么事？八贡说吃完饭你给我准备一副担架，我要死了，你们把我抬出去埋了。

张双和张单放下手中的农活，开始为八贡编担架。他们摸不透八贡的心思，尽量把担架编得精心一点儿，以此消磨时光，好让八贡打消出游的念头。但八贡一声强过一声，丝毫没有放弃的意思。担架只编了八成，八贡便扑到窗口上喊，快，把我抬出去。

午后的田野上，到处都是劳作的人。人们看见张单在前张双在后，抬着八贡从村庄慢慢地出来。阳光放大他们的身影，牛尾巴甩起的稀泥溅落到担架上。担架穿越牛群田埂，最后落到八贡家的田边。八贡看见自家的田里荒草茂盛地摇动着，蟋蟀和飞虫在草间跳跃飞翔。八贡双手不停地捶打担架，说明年，我们吃什么呀？说完，便开始呜呜地哭，声音像荒草一样杂乱。人们在八贡的哭声伴奏下，紧张地耙田播种。

看看八贡哭得差不多了，张双问爹，想回家了吗？八贡没答应。

张双一挥手,张单回到担架边。张单说别哭了,有我们两兄弟,饿不死你。八贡说你妈为什么骗我?田里的活她一点都没干,她到底在做什么?

快要进村时,八贡从担架上跌下来。张单说担架本来就没编好,爹,你的心也太急了。要是等担架编好了再抬你出来,那你就不会挨跌了……

秦娥冬天里抱回来的那头牛崽愈长愈壮实,但壮实的牛崽在春天的一个早上突然死去。天刚麻亮,秦娥端了一盆豆浆让牛喝,牛崽喝得正起劲,突然就栽倒在地上,那些白色的豆浆沿着它的嘴角流出来,流了满满的一地。牛崽断气了却睁着眼睛,死不瞑目。秦娥想是因为前世欠了牛的债,所以它来折磨我。它把债收完了,就死了。

秦娥把牛崽埋到路边的土坡上,像是埋自己的小孩,很认真地垒了黄土砌了石头。秦娥想牛就这么断子绝孙了……正想着,秦娥听到身后有响亮的牛蹄声走来。一转身,她看见腊妹的爹带着他的三个儿子,牵着三头强健的水牛走向她家的水田。秦娥想腊妹爹还记着那口棺材的情。

中午,秦娥把饭送到田头,还专门给腊妹爹带了一壶水酒。秦娥本来是满脸微笑地叫他们吃饭,但眼圈却不争气地红润起来。看见腊妹家的人和那些牛,如见故人往事,秦娥想这种帮工,也许是最后一次了。

趁腊妹爹他们吃午饭,秦娥赶紧提着镰刀到田埂边割草。秦娥把鲜嫩的草抱到牛的面前,牛们便争抢着吃。腊妹爹想秦娥还是那么善良那么爱畜生,过去帮她做活,人没有亏畜生也没有亏。秦娥在田埂上来回割了三趟草,便像一只鸟扑到水田里,整个身子呈大字摆着。

腊妹爹以为是她不小心跌了一跤,但好久还不见她起来,便丢下饭碗跳进田里,看见秦娥双目紧闭,嘴唇发白。秦娥轻声地说,我眼睛一黑,就栽倒了。

秦娥和八贡都卧床不起。腊妹爹和他的三个儿子在田里忙了一天,便悄悄地离开谷里村。他们没有跟秦娥打招呼,生怕给她添麻烦。秦娥的目光越过窗口,看着他们在暮色中走远,心想等我能够下床了,一定做一餐好饭好菜请他们来吃。

谋子再次见到秦娥时,秦娥手里多了一根拐棍。秦娥的步子迈得慢迈得艰难,走路的姿势像个临产的妇人。秦娥没有丧失警惕,在山坡上走着奇怪的路线。谋子看见秦娥摔倒了,像一截木头那样轰隆隆地滚到沟里。

寂静,寂静了好久,谋子才听到一阵轻微的响动。谋子听到秦娥说,崽哎,我要死了。循着声音望去,谋子看见秦娥顶着一头白发朝自己爬来。离坑洞还有一丈远,秦娥抬起头,说崽哎,你怎么像泡在血水里?这个洞怎么会是红的?我的眼里怎么全是红色?谋子打了一个寒战,看见秦娥的左眼角流着鲜血。一根细木棍扎在她的眼角上,随着她的爬行而摇晃。谋子说妈,你别来了,你再爬我就死给你看,你别管我了。

秦娥爬到洞口,说谋子你看看妈的眼睛,快瞎了吧?你千万别死,你死了我就没想头了。谋子说反正我迟早都得死,活着只是暂时的。秦娥说要死,也要让妈先死。秦娥从衣兜里掏出一团饭,递到谋子的手上,说快吃吧,我已经几天没来了,你一定饿坏了。谋子说你走吧,你走了我再吃,你快去找金伯帮你治眼睛。秦娥不停地抬手抹眼角的血。谋子从胸口摸出那块女式手表,塞到秦娥的手里,说妈,我再也不需要时间了,你拿去卖一点钱,买药治你的眼睛吧。秦娥滑向沟底,带着满头的鲜血爬过草坡。她爬过的地方，草都变成了红色。

八贡用他高亢的哼喊声与家庭的灾难对抗，他的声音常常把秦娥淹没了，使人们忽略秦娥的存在。串门的村人走进八贡家，一听到八贡的哼喊，便飞快地逃离。再也没人来串门了，只有金光进入秦娥的房间，为秦娥治眼伤。

面对金光的喂药熬汤，秦娥再也拿不出什么来感谢他，家里再也没值钱的东西了。秦娥说金光，现在我就指望你了，八贡他喊得那么厉害，恐怕挨不过几天了，你这辈子也没找个伴，等八贡死了我就去陪你。金光说八贡一时半会儿死不了，他是心病。秦娥从衣兜里掏出那块女式手表递给金光，说这个你拿走吧，虽然不值多少钱，但是我的一点心意，现在我就指望你了，还有谋子也指望你了。金光把手表掂了掂，说我只能给你治病，别的你就别指望了。

离那个灾难的日子已经八个多月了。孔力走路越来越吃力，但孔力却不爱惜自己的身体，频繁出入后山，去摘野果子吃。一天，孔力用树枝和野花编了一个花环戴在头上，花里胡哨地又朝后山走去。六甲说你去后山做什么？孔力说去玩，去会野汉子，去偷人。

六甲远远地跟在孔力的身后。孔力一边哼着山歌，一边捧着肚子漫无目的地游荡。孔力走过草坡，走过山沟，最后停在一棵酸杨梅树前，像一只笨熊把手伸了许久，仍然够不着杨梅，险些跌倒了。六甲站在山这边喊别跌坏宝贝，别摔坏我孙子。她一边喊着一边朝孔力跑来。孔力顿时没了兴致，一屁股坐在树下。乌黑的杨梅在阳光照射下，像一盏盏小小的灯笼挂满枝头。六甲来到树下，说我爬上去，我去帮你摘。说完，六甲吐了一口酸水，开始朝树上爬。孔力觉得她像一只苍老的母猴。

秦娥在六甲和孔力进入后山的这个中午，腹部开始疼痛。阳光从窗口打进来照到床上。秦娥在床上滚来滚去，感到腹如刀绞，剧痛从身体的内部传出，一阵强过一阵。她终于呻吟起来。

八贡听到秦娥呻吟觉得奇怪，想多少苦她都熬过来了，多少痛她都没有呻吟，为什么今天却呻吟不止？八贡头皮发麻，脊背发凉，他想下床过去看看秦娥。他刚这么一想，竟然就坐了起来，竟然就能下床，竟然不用扶墙也能行走。八贡弄不明白自己为什么在这个中午病情突然好转。

秦娥见有一个人跨进房门，以为是金光。但当她在疼痛中再次睁开眼时，看见站在床前的却是八贡。她吓了一跳，连呻吟声都被吓跑了。她想难道八贡卧床不起是装的吗？如果不是装的，那是什么妖魔鬼怪让他忽然站起来？秦娥有一种不祥的预感。

后山，孔力捡了一衣兜杨梅，欢天喜地地往回走。阳光愈来愈刺目，孔力头上的花环已经晒蔫了。六甲一边走一边捡地上的干柴。谋子看见手里抱着干柴的六甲，身影酷似母亲。他好像听到了母亲的呼唤。母亲好像在山坡上喊谋子，谋子，多好的太阳呀，你出来晒晒吧。谋子把六甲的声音和母亲的声音混为一谈，最终被温暖的呼喊牵出了坑洞。

孔力，慢点儿走，别摔坏我的宝贝，别摔坏我孙子。六甲对着孔力的背影猛喊两声，突然看见谋子像一个未足月的婴儿，从坑洞里爬出来。谋子像是不适应阳光的照射，对着太阳厌恶地眯上双眼，然后摇摇晃晃地朝六甲走来。六甲全身发麻，惊叫：凶手，杀人犯，鬼……慌乱中，六甲举起木棒朝谋子的头部劈过去。谋子像一根朽木，扑倒在沟里，鲜血涌出他的鼻穴嘴巴，锃亮的头皮裂开了红色的笑口。

孔力在惨叫声中回头，看见六甲的脸都变形了。六甲对着谋子不停地劈，一下两下三下……孔力喊别杀啦，杀人是要偿命的。愤怒的被惊吓了的六甲没有听见孔力的喊声，机械麻木地挥动着木棒，仿佛在劈南瓜。孔力惊叫着从草坡奔向坑洞。六甲突然回过神来，软坐在血泊上，哇地哭了。孔力看见坑洞周围泅满鲜血，血光笼罩整个山沟。孔力在血红色的波涛中，看见了去年秋天的那个下午……

那天，萧玉良肩挑做木工的各种用具，离开谷里去帮桃村的王本超做衣柜。眼看萧玉良就要出村了，孔力忙从屋角拉出一张塑料布追上去。孔力把塑料布放到萧玉良的担子上，说你把这个带上，可以遮风挡雨，可以垫在地上睡觉。萧玉良感动地望着孔力，说到了年关，我会把做木工挣得的钱带回来，你好好服侍妈。说完，萧玉良肩披塑料布，像一只鸟飞出孔力的视线。

萧玉良外出做工，是迫于母亲六甲的压力。那时孔力已开始服用金光的草药，六甲希望他们夫妻分开一段日子。孔力嫁过来三年，一直没怀上小孩。金光悄悄告诉六甲，孔力怀不上不是孔力的原因。于是，六甲就想给孔力一点自由，或者一些机会，好让她借别家的种子为萧家传宗接代。孔力送走萧玉良，转身看见谋子站在她身后。谋子露出一张诡秘的笑脸，说他走了。孔力说你笑什么，你怎么笑得像个小偷？有本事你晚上来偷呀。

那天夜晚，谋子爬窗进入孔力的房间。谋子说小偷来了。孔力一听到谋子的声音，全身就软了，好像一件物品任凭谋子偷盗。谋子钻进被窝，按亮了手电筒，看见孔力的脸颊泛起一阵红潮。孔力说你开手电筒干什么？谋子说平时见你那么漂亮，想看又不敢看，今晚我要看个够。谋子一边在孔力身上动作，一边把手电筒晃来晃去。孔力那张好看的脸像秋天的苹果，在手电光里慢慢地熟透。

萧玉良在谋子和孔力完事后，摸进了房间。谁都没想到，萧玉良会杀一个回马枪。孔力庆幸萧玉良没早点回来,否则萧家便真的断子绝孙了。她不知道,其实萧玉良早就回到了门外,他一直在等他们把事情办完。谋子被响声惊吓,跳下床。萧玉良像一堵墙堵住他的去路。谋子打开手电筒,看见萧玉良手里捏着一把寒光闪闪的凿刀,朝他戳过来。显然,萧玉良是想要谋子的命。谋子躲闪,夺过萧玉良手里的凿刀,反向萧玉良戳去。打斗中,萧玉良一声不吭,不喊不叫,原因是他怕惊动母亲六甲,他以为他打得过谋子。

盛夏,孔力的儿子出生了。六甲还没见到孙子的模样,便被龙坪带走了。六甲出村的这天,拼命地对着萧玉良的坟墓喊:崽哎,妈给你报仇了。喊过之后,人们看见六甲用手抓自己花白的头发。大家都说六甲已经有了疯子的迹象,总有一天,她会变成一个疯婆娘。

为孔力操办满月酒的是她的母亲以及兄弟姐妹。村人都早早地收工,挤进萧家的大门道喜。秦娥也随人流而来。金光高坐在萧家的堂屋,以一副恩人的面孔俯视众生。秦娥抱着小孩坐在门口,每个进出的村人都在小孩的脸上轻轻地摸一把。襁褓中的婴儿睁开眼睛,像是被秦娥瞎了的左眼吓怕了,大声地哭喊起来。秦娥想难道连婴儿也懂得记恨仇人?但是,就在婴孩哭喊的瞬间,秦娥记忆深处的一些东西被唤醒了,她觉得这张婴儿的面孔似曾相识,长得像她的谋子。

金光喝多了,提着裤带从宴席上退下。金光刚一走出后门,尿便从裤子里漏出来,他一边屙尿一边往茅厕的方向走。秦娥紧跟在金光的身后,说金光,你不是人。金光说你是指我把尿屙在裤裆里吗?秦娥说你出卖了谋子,是你告诉六甲,谋子藏在什么地方的。你害了谋子,也害了六甲。金光说笑话,孔力早就知道谋子藏身的地方了,他们的关系早就不一般了。你以为孔力的病是我治好的吗?我有那个能耐吗？告诉你，孔力的病是谋子治好的。今天是你的孙子满月呢。猜测终被证实，秦娥愣在茅厕旁。金光屙完尿，收了工具，紧了裤带，又朝宴席走去。秦娥抬头看着满天的星光，轻轻地说：苍天保佑……

写于 1994 年

祖　先

　　船泊在枫树河湾，冬草吐了一口长气。冬草对船上的那口棺材说，光寿，到家了，我们下船吧。

　　四个船工剥光上衣，夏日的阳光仿佛火辣的箭头，击落在他们的背膀。他们的皮肤上镀了一层油亮的汗水。冬草立在船头，看船工把一块木板从船头架到岸上。他们都用一只手捂着嘴鼻，腾出另一只手来把棺材抬到跳板上，小心地缓慢地向河岸推去。冬草不高兴，对船工们说我拿钱雇你们，你们怎么能这样对他？你们，不许捂鼻子。船工们把手从鼻子上拿开，一脸的不快。

　　枫树河湾是一条长长的平潭，现在静静地展现在冬草眼前，像一匹光滑的绸布。冬草看着岸上那棵巨大的枫树。枫树枝干裂着粗皮，老气横秋，起码有几百岁了。一只小船横在渡口，船头坐着一张塌鼻梁宽嘴巴的丑脸，他目光冷冷地看着这边船工们的动作。冬草想这么好的水土怎么会养出这么丑的人？冬草对着那人喊哎，劳驾你告诉一棵枫田家，光寿回来啦。那人往烟斗里填烟丝，没抬眼皮。他点燃烟丝，吐了几口白烟，说我不叫哎，我叫扁担。

冬草踏上摇摇晃晃的跳板，寸步寸步地往河岸移。扁担问光寿呢，光寿在哪里？冬草指着棺材说在这里。扁担抬抬下巴，说你是他什么人？冬草说我是光寿家里的。扁担像被针戳了一下，站起来，跳下船，朝村庄跑去。

村庄冒出一群黑点，黑点越来越大，脸越来越清晰。他们参差不齐，衣冠不整，来到岸边，抬起棺材往回走。人群如黄蜂回巢，嚷闹着，却没有谁叫冬草和船工同行，好像他们是多余的。眼见人群又变成了黑点，密密麻麻地缩回村庄，冬草回过神来，望了望水面，跺了跺脚，确信自己已站在岸上，便迈开步子朝村庄走去，脚下扬起一阵尘土。冬草看见天空浮着一层青色的淡烟，像薄薄的塑料布把村庄包裹得严严实实。船工们簇拥着冬草，为的是要半个月来的工钱，也为了进村填饱肚子。冬草忽然觉得船工们就像娘家人，把自己送到一棵枫来了。

棺材被众人抬进村庄，就像落叶回到树根，仿佛和冬草再也没关系。冬草觉得路上的石子特别硌脚，有意欺负她。好几次，她的脚都差点崴伤了。她看见棺材摆在大门旁的草棚里，几盏桐油灯和一堆人守护着。她席地坐在棺材前，像一条忠实的狗守护主人。四周是陌生的目光，目光落在她身上，她感觉到痛。

天色近晚，一位双眼红肿的妇人被搀扶着出了大门。她丢给船工们一把赏钱，说你们辛苦了，回吧。冬草看见那双丢赏钱的手起了很深的皱褶，就像是枫树上的老枝。冬草想这个伤心的女人一定是光寿的妈妈。

妇人走到棺材边，没给冬草好脸色。她说开棺。有人打开棺材，人群像被拍打的苍蝇轰地散开。妇人哇的一声,吐出一摊秽物,溅落在冬草的脚尖。因为半个月的陪伴,冬草已适应了光寿的异味。她看见光寿静静地躺在棺材里,像一条泡胀的死鱼,五官消失了,脸不见了。妇人吐过后直起腰来,久久地盯住冬草,问他是怎么死的?

冬草说他去收账,左胸吃了一枪。

他留下什么话,留下什么东西?他不可能就这么不明不白地死了。

他是被欠债人杀死的。

你在他身上灌了什么?

水银。

你灌的是毒药。烂货,是你害死了他。

我害他就不送他回家了,连同这些银两。说完,冬草举起包袱。妇人把包袱夺过去,说光寿出门时鲜鲜活活一个人,怎么就吃了枪子?是你,是你害了他。

冬草说你是他什么人?心肠这么狠。

我是什么人?妇人冷笑,我是光寿的老婆,明媒正娶的。

冬草的脑袋轰的一声。她像被人敲了一棒倒在棺材旁。她想天杀的光寿,原来你家里还有一个老婆,你竟然没告诉我,你竟然骗我……

冬草是被饿醒的,她听到腹部咕咕地响,想喝水,睁开眼,床边没有人。阳光从窗格子照进昏暗的房屋,光线里尽是些飘动的尘土。窗外响着锣鼓钹,道公正在给光寿做道场。冬草喊我要喝水。她的声音淹没在响器里。冬草听光寿说过,山区给死人做道场要七天七夜。七天之后,光寿恐怕连身形都保不住了。冬草的脑海中浮现她的家乡桂平,浮现枫树河两岸的壁画。壁画上的先人们举着手蹲着腿,有的拿兵器,有的吹响器,一路上都仿佛在催促,在命令,在吓唬。冬草被崖壁上的那些先人吓得心惊胆战,她叫船工划快一点,再快一点。

在她的催逼下，船的速度一再加快，让回到家乡的光寿保住了完整的躯体。冬草想我对得起你了，光寿，可是你的大老婆，她对不起我，她连一杯水都舍不得给我喝……

冬草又晕了过去。不知多久，她感到某个部位的神经正在慢慢苏醒，身体像从很深的地层浮上来。睁开眼，她看见一个男人骑在身上，喘着粗重的气息。冬草动了动嘴唇，声音在喉咙里滚了很久，才轻轻地滚出一声：狗！男人一边动作一边说你别怪我，是竹芝叫我来的，她要了我一亩水田。

竹芝就是光寿的大老婆。在冬草昏迷的时候，她细心地打量了冬草的身体，不得不承认，这个被光寿睡过的女人比她漂亮十倍，甚至一百倍。冬草的皮肤比她的白，胸口比她的大，身材比她的匀称。冬草细皮嫩肉白里透红，不要说光寿，就是她如果是个男人也会被冬草勾引。一瞬间，她忽然意识到冬草是一笔财富。

男人完事之后，竹芝走进来，手上端着一钵蛋汤。冬草看见竹芝的眼圈不红不肿，伤心像一片云已从她的脸上飘走。冬草说你是一条毒蛇，你进来做什么？冬草说完，又晕了过去。竹芝坐在床头，用蛋汤去湿润冬草的嘴唇。冬草感觉一丝温热慢慢滑进食道，一路欢畅地流进胃里。冬草想我这是自作自受，便轻轻地说我不怪你，要怪就怪我自己。竹芝继续喂她喝汤。冬草说我爹……我爹说百多里黔江，再有几百里红水河，还有枫树河，你送一具尸体到那么远的地方去做什么？你真要走，算我没你这个女儿。我说爹，我是为了爱情。爹说我跟你妈就从来没有爱情。

竹芝说爱情能顶得几亩水田？

冬草说你把银元还给我，我要跟船工回家。

钱是光寿的，我要留给见远。

什么见远见短的，她又是光寿的第几房老婆？

他是我和光寿的崽，已经十五岁了。

钱是我爹给我和光寿的。

全部都是光寿的，就连你也是光寿的，还有你手上戴的这对玉镯，也是光寿的。既然你爱他，嫁给他，你的全部都应该给他。

那钱我不要了，我要回去。

回不去了，船工们已经走了两天啦。

冬草闭紧嘴巴，泪水滚出眼眶。光寿的死让她哭干了眼泪，她以为自己没有眼泪了，没想到还有。

冬草说我要洗澡。有人提进一桶凉水。冬草说我要热水。热水被人提进来，弥漫着白汽，和窗格子里的光柱打成一片。冬草脱得光溜溜的泡在热水里，用力地搓洗自己的身体。竹芝站在隔屋的木板缝前窥视。她的脑海不停地浮现光寿和冬草媾合的画面，心里阵阵刺痛。她逢人便说冬草是个妖精，洗澡时变成了一条鱼，不信你们可以偷看。她的这些言论，不仅挑起了男人们的好奇心，连女人们也感到好奇。

埋葬光寿之后，冬草的情绪渐渐稳定。她既不能扛锄下地，也不会喂猪煮饭，整日闲着。竹芝看见她闲，就像自己闲着一样难受，就像看着水田闲着不种粮食。福八总不见上门来，他那三十亩水田里的秧苗，一天比一天葱翠，扎得人眼馋心馋。

中午，竹芝走过福八的水田，进了福八的家门。福嫂在墙根下专心地选黄豆。竹芝说福嫂忙呀。福嫂板着脸，说你来做什么？又想来要我们家的水田吗？竹芝的眼睛直往屋里瞄，高着嗓门叫福八呢？窗口传出声音，我在这里。竹芝看见福八的脸贴着窗格子，举起烟枪，说我正忙着哩。竹芝说你忘了。福八说大地方来的就是不一样，哪能忘呢？一辈子也忘不了。竹芝说那你怎么总没有动静？福八指了指房门，说我被锁住了。

竹芝转脸来看福嫂，福嫂的手指像鸡嘴似的啄在黄豆里，专啄哪些有缺口的黄豆和小石子。福嫂说你就这么狠心看着我家败下去？他吃大烟，如果再嫖女人，那我这个家就要毁了。一根烟枪从窗口抛出来，叭地落在福嫂面前。福八在屋里喊我宁可不吃大烟，我再也不吃大烟了。福嫂说你真不吸大烟，我就放你出来。竹芝捡起烟枪，转身走去。她一边走一边说，我不管你败家不败家，一个愿打一个愿挨，气不能出在我身上，人家可是干等着。这烟枪福八不要，我拿回去给见远留着。

傍晚，福八烟瘾发作，他像条疯狗似的在屋里乱蹦，嘴里哼哼呀呀，没一句话说得清楚，就连手脚也跳兮兮。福嫂说不是说戒烟了吗，你发什么号？

福八说我要去光寿家。

福嫂说你敢。

我去要烟枪。

你只要忘了那个婊子，我就去把你的烟枪要回来。

忘不了。我要去光寿家，去要烟枪，也要女人。

福八说着冲出大门。福嫂追上去，把福八拉回来。福八抓住福嫂的头发，往门框上撞。他的手上像吊着一个南瓜，在墙上撞出脆生生的响声。福嫂说你去你去，这个家我不要了，一把火烧了。福八松开手，说烧你就烧。他拍拍衣衫上的尘土，走上村道。

福八在前面甩手，福嫂在后面号啕，一群孩童围着他们看热闹。福八远远地看见竹芝站在大门口朝他招手，便一路小跑。福嫂看见福八进了竹芝的家门，绝望袭上心头，高喊一声天杀的，你回头看看，老娘也有那个东西,你为什么不喜欢?福八从门框里回头,看见福嫂脱了裤子,双脚叉开成一个八字,嘴巴一张一合叫骂。福八从墙壁上扯下烟枪,跳出门来,扬起巴掌往福嫂脸上一阵乱扇,说羞死你先人了。福嫂见福八只拿烟枪,没留恋女人,像吃了止哭药,突然刹住哭声,双手战战兢兢地捞起裤子,扎紧裤头,跟在福八的身后回家。

早上,竹芝起床去开大门,发现门闩已经拨开。竹芝转身进入冬草的房间,看见床上是空的。竹芝想冬草从来没起得这么早过,一定是跑了。她呀地推开大门,一团浓雾冲进来,数只麻雀叽叽喳喳地从屋檐上飞走。天正下着牛毛细雨,细雨打湿了地皮和树叶。竹芝在屋前屋后寻找,没看见冬草的身影,便朝河边赶去。

河边的雾更浓,浓得就像在水面捂了一床厚实的棉絮,连水流声都听不见了。竹芝停住脚步,屏住呼吸谛听,忽然听到捣衣声撕破浓雾从码头传来。竹芝叫冬草冬草。捣衣声没了。竹芝走近码头,看见捣衣的是福嫂,说福嫂,你这么早呀。福嫂说不早不行,上午要耘田,贪睡太阳就晒背了。竹芝说你看见冬草了吗?福嫂说她跳河了。竹芝说开什么玩笑。福嫂说她专门勾引男人,跳死了才好哩。竹芝知道福嫂不会给她好脸色,便转身往回走。福嫂的捣衣声又响在石板上。竹芝走了几步,被捣衣声牵住似的,突然停下,转身看着福嫂。福嫂把捣衣棒举得高高的,来回画着漂亮的弧线,胸口小碗那么大的奶子随着棒槌的起伏剧烈颤动,水桶似的腰,磨盘似的屁股,这一刻全都动起来。竹芝想她真是个好劳力。

福嫂把一件洗干净的补丁裤子用手扭干,往后一丢,即便没回头,那裤子也准确地落在背篓里。她接着捣面前的衣服。竹芝想你不是想跳河吗?那我就让你跳。竹芝悄悄地走到福嫂背后,猛地一推,福嫂从石板上扑过去，栽在水里。福嫂把头露出来，竹芝捡起水上的棒槌，对着她的脑袋捶下去，水面溅起一团团水花。福嫂的头顶了几顶，整个人便沉了下去。一件她顺手带出去的衣服在水面慢慢地漂远。

　　救人啊，救人啊，快来救人啊……竹芝大声地喊着。她只有不停地喊着，才能把心里的恐慌压下去。感觉喊了许久，她才看见扁担的船从下游划上来。扁担说是谁跳河了？是冬草吗？竹芝说是福嫂，快救命啊。扁担脱掉衣服，对着河面扎下去。小船被扁担一次次扎下去的波浪推到岸边。竹芝看见船舱里堆着一张渔网和几条亮晶晶的鱼。

　　人群拥向码头，几个后生剥光衣裤赤条条地扎入水底，寻找福嫂。福八前脚绊着后脚跑到河边，看到他家的衣物和背篓，眼珠立即呆定，整个人像一袋粮食倒在岸边。福八呜呜地哭，说冤家呀，你怎么就想不开呀？不就是打了你几巴掌吗？以前又不是没打过，这次你怎么就想不开了？冤家呀，我对不起你呀……

　　竹芝看见冬草挤在人堆里，眼睛眯着，蔫得像早晨耷拉的树叶。竹芝走到她面前，说刚才你去哪里了？我还以为是你跳河。冬草说我去蹲茅坑你也要管？竹芝说出来时我专门看了茅坑，你不在。冬草说茅坑那么臭，我蹲不下去，我到坡上蹲去了。竹芝说你到处乱蹲，小心哪天掉到河里。

　　晚上，冬草在床上绣花，忽然听到门吱的一声，抬起头，看见福八堆着笑脸闪进来。福八背靠门板，把门推回去，眼珠子一阵乱转，目光最后落在冬草身上。冬草说你别这样，你老婆刚死。福八说活着的时候她管我，难道死了也还管吗？说完，他吹灭油灯，扑到冬草身上。冬草感到重，就像一座山那么重。她举起针，朝福八的屁股戳去。福八尖叫，说老子出了一亩水田，不是来讨针扎的。竹芝在门外喊，福八,她要是不听话,你尽管收拾,她又不是你老婆,你不用怕她。

竹芝的话音刚落,就听到漆黑的房间里响起噼里啪啦的声音,那是扇耳光的声音。冬草不停地骂着畜生,畜生……骂声愈来愈弱。之后,屋内有了半小时的安静,又有了几分钟的不安静,接着又是安静。冬草喊见远,你进来帮我点灯。见远举着火子,推开门来到冬草床头,噗噗地吹着。火子在见远的嘴前一闪一闪,一连闪了几下油灯哗地点亮了。见远看见福八睡在冬草的身边,低头往门口退去。冬草说站住。见远站住,不敢抬头。冬草说你妈既然喜欢,你就不要怕。这只狗总有一天会把水田嫖完,嫖完了他就没戏了,我就给你嫖。你是自家人,我不要你的水田。见远抬起头,把火子朝福八砸去,福八骂骂咧咧地跳起来,光着身子去追见远。见远跑出门,跑上村道,蹲在河边抱着头莫名其妙地哭。他的哭声像雨一样落在河面。

到了冬天,福八的脚步声已没先前的雄壮,他只剩下最后两亩水田了。竹芝看见福八像避瘟神似的关紧房门,说福八你别嫖了,你才两亩水田了,你还要吃饭。福八说竹芝,你莫狗眼看人低,我连那两亩水田一起嫖完,然后就去走四方,我不白占你家的便宜。竹芝说败家仔,你还是走吧,免得人家说我心太狠。竹芝打开门,推福八。福八不动,站了一会儿,忽然推开竹芝,跑进冬草的房间。门哐的一声关过来,竹芝听到福八嘿嘿的笑声。

每当福八走进冬草的房间,见远就莫名其妙地紧张,他的脑海就浮现第一次看见他们睡在床上的情形。每次,他都忍不住蹲在门口谛听。他听到蚊虫般的声音飘来:见远……见远……这是冬草的呼喊,好像来自天上,又好像来自脚底。见远站起来,蹲下去,嘴里喃喃:我要杀人啦,杀人啦。竹芝看到见远像条疯狗在原地打转,就说没出息,你喊什么,你过来。见远没有听到竹芝的喊声,依然在原地跺脚踏步。

竹芝说你一个嫩娃娃，被一个婊子弄成这样，你划算吗？见远说是你害了她，我知道是你害了她。见远正喊着，福八推门出来。见远扬起拳头。福八嘿嘿地干笑，一脸鄙视。见远迈进门去。竹芝追上来抓见远，只抓住见远的一只布鞋。见远把门狠狠地摔过来，闩上。竹芝举起布鞋，叭叭地拍门，说没出息的，脏呀，没出息的。

　　隆冬时节，天上飘着雪花。见远蜗居在冬草的房间，懒得出门。雪在桂平不常见到，冬草便趴在窗口，有时一看就是一个下午。冬草看见福八手拿着烟枪站在雪地上，对着大门喊：竹芝，发发慈悲，给点烟钱。竹芝听到福八的声音，哐地关紧大门。福八在雪地上踏跺，脚印窜来窜去，已窜成一团簸箕大的圆圈。福八抓起一把雪，喂进嘴里，呀呀地喊几声，便倒在地上。要到雪下密了，冷醒来，福八才跌跌撞撞地回家。一天这么来回几趟，福八失去耐心，彻底地不来了。雪地上的脚印慢慢地被新雪填平。

　　冬草不时发出干呕声，但她什么也吐不出来。竹芝说你恐怕怀孕啦。冬草将信将疑。竹芝叫她把衣服脱了。冬草说脱衣服做什么？竹芝说我这手有仙气，人家不孕我一摸就孕了，人家有病找我一摸病除了，你被人颠来颠去的，我怕你的胎坐不稳，给你摸摸，稳胎。

　　竹芝伸手在冬草腹部摸着，像一条毛毛虫那样爬来爬去。冬草全身起了一层鸡皮疙瘩，身子发冷，像打摆子似的颤抖。竹芝说你为什么发抖？

　　冬草说我突然感到害怕。

　　见远站在一旁观察，他的目光落在竹芝的手上。他说妈，几个月了？竹芝说两个月了。见远说那是福八的种，打掉算了。竹芝说傻仔，打掉做什么，生下来是个好劳力。见远的脸色慢慢地青，青到不能再青,便向后转,跑出大门,摇进雪地里。

深夜,见远回来,冬草和竹芝都在火塘边等他。见远坐到火铺上,脸和脖子红得像鸡冠。竹芝说你喝酒了?

见远说喝了,还嫖了。竹湾最上边的那丘田,明天起就划给金元家。

见远说得很响亮。他嘴角的胡须一根一根地竖起来。竹芝说金元,才几大的姑娘?见远说管她多大,人家愿意。冬草觉得自己的头快要炸了,慢慢地挪下火铺,回自己的房间去。

你要败家的,你没看到福八的下场吗?竹芝说。

我不管。你这田来得不干净,怎么来就怎么去。

你气死我了。

竹芝抓起一块柴,欲朝见远砸来。见远立即抓住柴的这一头,往那边推,结果把竹芝推倒在火铺上。她的一只脚卡在板缝里,好久都爬不起来。见远假装没看见,低头看着火塘,里面的柴块噼噼啪啪地燃得正欢。

屋子里很少看到见远。水田一亩一亩地被见远划出去,竹芝的心都差不多痛烂了。见远只要跟村里的女人睡过,第二天便有人在田头标号,到家里来拿地契,水田另异其主。

吃晚饭的时候,冬草和竹芝对坐无言。筷条在碗边碰出叮当之声,像她们的对话。冬草明显感到饭桌上的菜少了,越来越难吃了。她知道竹芝在为即将到来的苦日子而节约。冬草敲打着碗边,说见远这个败家仔什么时候才收心?你也不管管他?

竹芝说又不是你的水田,你着什么急?

水田难道是你挣来的吗?

两人正在斗嘴,见远破门而入。竹芝没给他好脸色。他径直撞入竹芝的卧室,乒乒乓乓地翻找,说地契呢?地契在哪里?

你还让我活不?竹芝离开饭桌,走进卧室,看到见远已经从枕头底下翻出那个锁着地契的黑匣抱在怀里。

我给你讨个老婆,见远,就给你讨金元好不?竹芝近乎哀求。

不稀罕,我不稀罕金元。

竹芝扑向见远,去抢黑匣。见远的胳膊肘一拐,把竹芝拐在地上。见远从竹芝的身上跨过去,出了房门。冬草拦在见远的面前,说把黑匣子留下。

又不是你的匣子。

那里头锁的,都是我用身体换来的。你给我留下,我要吃饭,还要养崽。

见远不理睬,绕过冬草。冬草拦腰抱住见远。见远弓身前扑,栽倒在饭桌边。一只瓷碗摔碎了,瓷片扎入他的手臂,流出一股鲜血。见远站起来,抓住黑匣子往冬草的腹部不停地砸,说叫你养崽,我叫你养福八的崽。冬草一声惊叫,翻天倒在见远面前。见远看见冬草的两腿间流出血来,染红了地面。见远一愣,想想还有个女人在等着他,便站起来迈向大门。

竹芝说败家仔,你再走一步,我撞死给你看。

见远固执地迈出门槛。竹芝把头咚地扎在饭桌上。见远听到声音闷闷的,响得一点也不清脆,就知道木头扎进肉里了。他丢下匣子,回头抱起竹芝,看见竹芝张着嘴巴,额头上的血流过脸庞,流到嘴唇,流在白生生的牙齿上。见远说妈,我不嫖了,我再也不嫖了。

冬草流产。竹芝卧床。家里像闹鬼似的,人人都不自在。见远半月不敢出门。傍晚,他坐在门前看落日一点一点地落下去,心里又空又慌。他好像听到有人唤他的名字，脚板底痒得难受。他想拿地契，但地契这一刻压在竹芝的枕下。

见远甩着空手，晃进金元家的大门。金元的爹说你来做什么？

找金元。

做梦。没有水田你敢动金元一个指头，老子打断你的腿。你回去问你老娘，当年她是怎么收拾福八的。

见远退出来，站在壁根下喊金元。金元从窗口伸出半个身子。她揭开上衣，露出两个白糍粑似的奶子，说你没有水田，我只能给你看看。金元只让见远看了一眼，便拉下衣服，把那两团白色罩住，做了一副鬼脸。见远口干舌燥，心都快从胸口蹦出来了。见远说金元，白糍粑你给我留着。

见远扑哧扑哧地回到家，像斗红眼的公牛，从竹芝的脑袋下拉出黑匣子，磕在床方上。黑匣子破裂，滚出一些银元和几张地契。竹芝说老娘求你了，见远，要嫖你就嫖家里的吧，嫖家里的不挨水田。

不稀罕。脏。

见远捡起地契，出了门。竹芝透过门框，看着他宽大的背膀，第一次发觉他已长成大人。竹芝对着隔壁说冬草，完啦，败家仔抢走地契啦，我们今后拿什么养家糊口呀？

那时候的南方大地生长着一种叫魔芋的植物，它的扁球形块茎，常常能激起人们的食欲而又食之不能，必须经过磨细加灰水漂煮方能食用或酿酒。这种植物制成的魔芋豆腐，至今仍风行于一些南方山区。

竹芝和冬草吃完存粮之后，开始用灰水漂煮魔芋充饥。冷天的水刀子般割人，磨魔芋是最苦的差事。竹芝打好一盆冷水，在盆中斜搁一块石板，叫冬草手拿魔芋在石板上来回地磨。水里漂浮阴毒的泡沫，冬草磨了一阵，手指如同针扎似的又麻又辣，指节都肿成了红萝卜。

竹芝，我受不了啦，要磨你自己磨。

不磨你吃什么？不磨就把你卖了，换十亩水田。

冬草低下头，接着又磨。冬草感觉到手像下在油锅里。她把手抽出来放在衣襟上擦干，说卖就卖，你发一回善心，由我选个好主。

冬草像一件物品坐在家里，等着买主上门。

男人来了几个，冬草大都没好印象。光圈提着一罐盐出现在门口时，冬草开始有了一丝欣喜。光圈长得方方正正，手大脚粗，全身透着力气，是个能干活的。他看了一眼冬草，低下头，对着门里叫大嫂。竹芝听到有人叫，在里面应，什么人？躲躲闪闪的，有话进来说。

光圈进门，把盐放在桌面，说大嫂，我给你送盐来了。

是光圈呀，你也愿意出十亩水田？

愿意。

冬草看见光圈的脸刷地红了，心想他还是个害羞的男人，这样的男人真是不多了。冬草说竹芝，就让我嫁给他吧。

竹芝说光圈，你先回去。

光圈激动得说不出话来。他的嘴唇颤抖着。他的两只手搓来搓去，一直搓出大门，搓出冬草的视线。

有不少人打冬草的主意。竹芝像嫁女那样扬扬得意，她陪冬草坐在门口，迎来送往。没人的时候，她就打量冬草。她想一个从大地方来的千金，硬是被我捏成了软糍粑。别人看中的是她，求的却是我，总算解了一点心头之恨。但是，她那副娇里娇气的模样，还是令人不快。不知道她在光寿面前撒过多少娇？不知道光寿给过她多少温存？他们不知道演过多少风流……看着，想着，竹芝胸口的恨意淤积得愈来愈厚。

扁担像掐了时辰似的，恰好在这时来到门前。冬草认出他就是船上那个丑人，赶忙掉过脸去，快得连扁担手上提着的一挂鱼也没看见。竹芝把鱼接在手里，说冬草，你就嫁给他吧，水里有的是鱼，嫁给他你不仅不会饿死，还能享口福了，谁有你这样的福气呀。

你是卖我，不是嫁我，冬草说。

自古红颜多薄命，你是薄命之人，要嫁个丑的冲冲，命才长，难道你不想长命百岁吗？

不想，我现在就想死。

这个由不得你。

扁担的轿子在第二天早晨抬到门前，四个轿夫，四个吹鼓手，咿咿呀呀地唤新娘上轿。冬草从昨天下午到现在未进一口粮食。竹芝要她遵守一棵枫的规矩，不准饱着肚子出门，以免把后家的运气带到男家去。冬草感到肚子饿，脑海里漂浮的全是鱼。她板着脸，饿着肚子站在门框下，没有看见扁担，心里减少了几分反感。四个轿夫都很壮实，他们掀开帘子，等着冬草上轿。冬草正欲出门，竹芝忽然扑过来，说慢，你手上的玉镯……

冬草把手收到身后。竹芝掐住冬草的手臂，把那只戴玉镯的手扳过来。冬草把手往自己身边收，竹芝抓住玉镯往那边拉，两人形成拔河的姿势。玉镯已戴在冬草手上几年了，一时半会儿脱不下来。竹芝抬起右脚，顶在门槛上死劲地拽。冬草手背上的肉卡住玉镯，无论竹芝怎么拽也拽不出来。手腕子一阵阵痛，疼得冬草的脸都发青了。她说我帮你换来十亩水田，你连一个镯子都不让我戴走，你还是人娘养的不是？

冬草感到手痛了好久，玉镯才脱到竹芝手上。冬草说能离开你这条毒蛇，嫁给畜生我都愿意了。冬草哭着爬进花轿。竹芝跑过来，摸着花轿上的流苏，嘴里念念有词，说大吉大利，一路顺风。轿子在鼓乐声里摇向河湾，摇进对岸扁担的茅屋。冬草从此成为扁担的老婆。

　　见远是在傍晚被发财擒住的。那天傍晚，发财一路吆喝，说过河去走亲戚。见远看见发财手里提着柴刀，下到河滩，上了扁担的渡船，于是放心地闯入发财家的大门，去会发财的老婆。发财的老婆有几分姿色，常常暗地里朝见远眨眼睛。见远想发财这下可能已上到对岸，很快便会坐在亲戚家的酒桌上，喝得烂醉如泥。这么想着，见远大胆地扑向发财的老婆。发财的老婆被扑倒了，也不反抗，甚至还主动配合。他们正在兴头上，发财和他的两个弟兄破门而入。见远说让我完事，我给你水田。见远依然在动作，发财的木棍却切到了他腰上。见远双脚一伸，像断骨的狗，从发财老婆身上翻下来。发财拎起见远，朝他家走去。

　　竹芝看见天边的最后一抹亮光洒在他们身上。发财的两个兄弟一个拉住见远的一只手，发财走在见远的身后，不时地用木棒抽打见远的脚后跟和后小腿。见远像踩在火子上，双脚轮换弹跳。发财用力一抽，见远双腿突然一矮，跪在地上。两兄弟把见远拉起来，发财继续挥棒往见远身上猛砸。木棒起伏，画出一道道曲线。竹芝想砸吧，砸死这个败家仔，我的日子还好过些。忽然，发财挥棒从前面扫，见远的双脚往后飞，上身前仆，嘴巴啃地。他有气无力地喊妈，你快来救救我。木棒捶击肉体的钝响，一声接着一声。见远惨叫着喊妈，我是你身上掉下来的肉呀。妈……我受不了啦，我要死啦。

　　竹芝站起来，走到发财面前，说别打了，我给你一亩水田。

　　发财没有住手，木棒飞起来，落下去，见远的鲜血染红了木棒。竹芝一咬牙，说我给你两亩，发财。

木棒仍在飞舞。

三亩。

木棒还没有停。见远叫得一声比一声惨。

五亩,你总得留五亩给我养家糊口。

木棒抽得更凶,一看就是往死里打。见远的声音已经叫不出来了。

十亩,全给你啦,我不活了。

发财丢掉木棒。

竹芝伏在见远身边,把手放到见远的鼻孔前,手上感觉到一丝弱弱的气息。

一月之后,见远勉强能够行走,便出门流浪去了。只剩下竹芝,独守着空荡荡的屋子。竹芝的脸上又添了许多皱纹。为了糊口,也为了挣点小钱,她不得不亲自磨魔芋。磨多了,磨久了,她的手上像撒了一层辣椒粉似的难受。一天,她看见手上的老皮嘎嘎地脱落,钻心地痛。她想我救了败家仔一命,却指望不上他,真是自讨苦吃。

竹芝把头伸进柜子,想找找有没有遗落在里面的银元。找了好久,她也没看见发亮的东西,失望地抬起头来,后脑勺不小心撞飞支撑着柜子盖的竹棍。柜子盖像铡刀切下来,把竹芝的上半身夹在柜子里,双脚悬在柜子外。竹芝叫见远,见远……叫了一阵,才记起见远离家已多时。竹芝想养崽有什么用?还不如养一条狗。她双手支撑住柜子底,用脊背慢慢顶开柜子盖。直起身,她的腰骨痛,全身也痛。她弯腰驼背,走出房间。

大门哗地推开,见远扑进来,像一只饿狼揭开鼎罐,见没有饭,便把鼎罐摔在地上;拉开碗柜,没看到吃的,便把碗砸在鼎罐上。三只白瓷碗破碎了。他在屋子里转了几圈,突然眼睛一亮,看到屋角装着一盆魔芋,问魔芋煮过没有?

煮过了。

见远岔开五指，捞起魔芋往嘴里塞。片刻工夫，他便倒在地上，号啕大哭。他吃了未经灰水漂煮的魔芋，喉咙又痒又辣。他用手指轮番抓挠喉部，身子在地面滚来滚去。

我说魔芋还没煮，你怎么那么馋？竹芝说。

你说煮过了。

我哪时说煮过了？

你说煮过了。

我哪时说煮过了？

两人争执，竹芝的声音愈来愈高，见远的声音愈来愈细。见远的喉部肿了，皮肤红彤彤的，上面全是爪印。他的呼吸变得越来越困难。竹芝坐在矮凳上看他，一言不发。他站起来，痛得五官都扭成了麻花。他撞一下左边门框，又撞一下右边门框，两三个便撞出大门，在田野上飞跑。竹芝想他找解药去了，或者……他不会跳河吧，就是跳河也是罪有应得。

果然，见远出门不久，河边传来救命的声音。竹芝觉得那声音很远，和自己没有一点关系。她原来怎么坐着，现在还怎么坐着，丝毫不为救命声所动。

见远跳河的那一刻，冬草正在对面洗衣服。她看到见远从岸边飞起来，像一支箭，干脆利落地射入水底，姿势蛮好看。冬草没有喊救命，只关心被水荡出去的一条红裤衩。冬草用棒槌把裤衩捞回来，水面掀起条条波纹。冬草觉得这些水的波纹在她往水面看的时候，一次次爬上她的脸蛋，怎么撕也撕不下来。到一棵枫才三年多时间，自己怎么就感觉老了。

见远的尸体没有浮起来。竹芝也没钱请人家打捞。见远像一个泡沫,消失了。

冬草大部分时间躺在低矮的屋里。茅屋近水,周围有树,阳光不能直接照晒,潮湿的气息和霉烂的气味在夏天里特别重。扁担想爬冬草,迟迟疑疑的,不敢。冬草说福八我都受得了,你上来吧,我只需要闭一会儿眼睛。扁担伤自尊了,顿时没兴致,滚到床的另一半边。冬草嫁过来有些日子了,扁担一直不敢亲近她。

扁担每天到渡口摆渡,和来往的男人们轮换着用一根烟杆抽烟。汉子们都知道扁担讨了个嫩老婆,便流着口水向他打听情况。

扁担,你享福呢。

扁担,冬草是不是像挨刀杀那样号叫?

扁担,听说她比萝卜还要白呢。

扁担,冬草要是像这根烟杆就好了,每人都可以抽一口。

扁担笑而不答,一脸得意的表情。

摆渡的间隙,扁担常常跑回家。回家他也不做什么,只是衔着烟杆蹲在冬草的床边,吐着淡淡的烟圈,像是在给冬草熏蚊子。冬草睡着了,扁担就竖起耳朵,听她细匀的呼吸声。他能从这些声音里听出冬草在做什么梦,梦里见了什么亲人,跟谁谁谁好上了。他能从她的呼吸中听到她家乡的声音,听到她爹的声音,轮船的声音,车流的声音。他还能从她的呼吸声中听到死者的声音,比如光寿的,见远的,福嫂的……

多少次,冬草醒来时总会看见扁担守在床边,像一只看家狗。冬草撵扁担走,扁担总是不走,连屁股也不抬一抬。

你这么守住我,是怕我跑了?

不是的,就想看、看你。

谁要你看,你还不去摆渡,有人叫你了。

不急。

不急不急,你总是不急,可是我的尿胀了,你去给我提尿罐来。

扁担起身拿来尿罐,塞到冬草的脚边。冬草没有尿,说我背痛,你给我揉揉。

扁担放下烟杆,坐在床边认真地给冬草揉。

冬草说我饿。

扁担架上锅头,炒饭,火烤得扁担满脸汗珠,有几滴坠落在火里。扁担很快就炒完饭,端到床边,说你吃。

我不饿了,你走开,我不想见你。

冬草一挥手,饭碗被击落在地。扁担蹲下去,捡起碗,把饭扒进碗里,实在不能扒了,就用手在地上啄,啄到一粒饭就丢一粒进嘴里。扁担的大嘴巴有力地咀嚼着,津津有味。冬草觉得扁担的咀嚼像牛的反刍。她想,扁担其实也不容易。

晚上,有一支队伍路过一棵枫,人马急匆匆的。挎枪的喽啰们穿着草鞋,举着火把,在枫树河两岸找女人。女人们嘶喊在黑夜里,像被押赴刑场的囚犯。冬草听到同类的惨叫,想今夜自己免不了又要被人糟蹋。狗的空咬声响在远处,人的脚步声响到屋前。门忽然被人拉开,扁担把自己那张丑脸挡在火把前,仿佛在向那三个扑进来的喽啰展览他的肖像。

喽啰问你屋里有没有女人?

女人?我还想叫你们帮找一个。我这么丑,哪家的女人愿意嫁给我?

三个喽啰一愣,觉得有道理,就摇着火把出去了。他们推推搡搡,一路浪笑。躲在屋后的冬草听到他们说这男人真丑,他睡过的女人你还愿意睡吗？其余两个喽啰都说太恶心了。喽啰们的脚步声走远。冬草终于明白丑有丑的福分。回到屋里，冬草说扁担，今夜没有你我也会被糟蹋，反正都是一个糟蹋，你睡上来吧。

扁担犹豫着，冬草把灯吹灭。两人谁也看不见谁，扁担顿时豪气冲天。他扑到冬草身上，碰翻了灯，碰落了针线篮，碰响了床板。冬草说扁担，你像一头牡牛，不，像喽啰像土匪，你的力气怎么这么大？没想到你能让我这么爽……冬草觉得自己从床上浮起来了，像一只在空中飘来荡去的船。她想我在一棵枫待了三年多，从来没有真正属于过谁，福八、见远……他们都是过客，他们像影子像幽灵。但是今晚和以往有些不同，她觉得自己像船一头撞在岸上，觉得自己像一粒种子落地生根。

天亮了，光线从户外漏进房屋。冬草看见扁担把脸侧向另一面，沉睡未醒，背膀油亮结实。冬草想今后几十年，就要寄身于这么个男人和这么个茅屋，和桂平的家差距遥遥千里。这个丑人也不是爱我，是买我，是用了十亩水田买我的身子……冬草正无边地想着，扁担翻了一个身，把脸掉过来。他的鼻子、眼睛就像是被锄头刚挖出来的，粗糙、歪斜，长得一点也不讲道理。冬草推了推扁担。扁担跌下床铺，骂声连连地站起来。这时，冬草才细看扁担赤裸的下身。一根油腻的布条勒在他的腰间，布条上系着一个牛卵蛋烟盒，黑黢黢的摆动不止。这是一片丑陋的土地。冬草说昨晚，你高兴了吧，满意了吧？扁担咧着嘴笑，一丝口水流出嘴角，像一只蜘蛛吊下来。冬草说欠你的我还了，你放我走吧。扁担结束笑意，窸窸窣窣地穿衣服。冬草说你为什么不回答？是不是觉得亏了？如果你认为亏了，那就送我过河，我去给你换十亩水田，谁也不欠谁，这样你总该让我回家了吧？

扁担说你起来，我现在就送你过河。

冬草爬起来。昨晚，她被折腾多次，现在身体有些虚软。她像太阳晒蔫的南瓜藤，有气无力地晃出大门。天空明亮，冬草感到眼睛胀疼。扁担垂头提桨，跟在她身后。

两人上船，扁担手里的桨溅起水花。水声哗哗。扁担想如果这船总不能靠岸那该多好。扁担的手机械地划动，船头撞上河岸。扁担说冬草，你真走？冬草下船，没有回话，也没有回头。扁担说如果没有昨晚，我不会放你走。但有了昨晚，我就知足了。你往哪里走我不管，但我不要你还十亩水田。我不把你当牲畜，我不要你去卖。

冬草的身子明显颤了一下，双脚顿时轻飘飘的。冬草想这个丑人也会用软刀子割人，也会哄我高兴。

扁担叫：冬草……

冬草站住。

扁担说有个事我一直没敢讲……前几日，送光寿回来的那只船去上游拉货，船工捎信给你，说光寿的仇人打劫了你们家。你爹、你妈被……被人血洗了，全家不剩一个活口，家产也全部被抢光……

冬草栽倒在岸上，身体僵硬了一会儿，便喊爹喊妈往河边爬，想跳到河里去。扁担抱住她。冬草说我没有家了，你让我死，让我死吧。

扁担说船工讲了，如果你在家也逃不脱一死，幸好你来了一棵枫。

我宁可死。

冬草在扁担的手臂里挣扎了一会儿，声音慢慢地弱下去，整个人都瘫软了。扁担把她放到船上，掉转船头往回划。冬草看着岸边那棵大枫树，想来想去，终于想明白，是光寿救了她，是一棵枫救了她。

扁担烧熟饭，叫冬草吃。冬草没有响应，端坐在门槛上。她从上午端坐到下午，木头似的一动不动。扁担把饭碗送到她手上，她接住，木然地吃起来。扁担看着她把饭吃完，又盛了一碗递给她。她继续吃。

突然，她的动作停住，抬起头来问扁担，你吃过没有？

你先吃。

我吃你的饭，又不会做事，我总得给你做点事吧。

你会做什么事？

我会打算盘，会算账。我可以擦柜子，把房间收拾得干干净净。我会烧菜，什么口福鸡、五香牛肉爽、烧鸡和菊花蛋……冬草一个菜一个菜地数着。扁担的嘴张得像核桃那么大，他好像听得喘不过气来了。扁担说你就在家睡觉吧，你做不了我这里的活。冬草闭上嘴巴，垂头丧气。

扁担走到火灶边，咕咚咕咚地喝了两碗稀饭，然后出门，到河边去摆渡。

屋里的木板、簸箕、水桶一律歪倒在昏暗里，像歪在人的心窝上，歪得慌。冬草没有心思去收拾，想不如到野地里去，还清爽些。冬草从壁头上拿了镰刀，背上背篓，沿着河岸往上游去割草。茅草铺满了山坡，望不到边，鸟在上面自由滑动。冬草埋进草丛割了起来，太阳落在她的背上，很辣。草丛里腾起一阵阵热气，热气里杂夹着草香。一些草根吊着黑色的蚂蚁包，无数黑蚂蚁在地上忙碌。冬草割了许久，才直起腰来。

冬草想只要把草背回家，就可以交差了，就可以心安理得地吃饭睡觉。她让草晒一会儿，然后再捆到背篓上，看看太阳还高，就坐在树荫下乘凉。风从河沟刮上坡岭，冬草感到累过的身子经风抚摸正在缓慢地松弛，仿佛死了突然又活过来似的。冬草愿意坐在草地上，看太阳一寸一寸地下山，感受黄昏从高远的天空沉沉地压下来。她看见扁担锁住船，提着桨从河边走向茅屋，等茅屋里冒出炊烟，她才背起草往家走。

从此,枫树河岸的坡地上,常常出现冬草的身影。冬草割草割起瘾了。只有上坡割草,她才可以避免看见扁担,心情才不那么压抑。看着青山、白云、草丛和流水,冬草觉得自己的膀子越来越有力。每天傍晚她都背回一捆草,草在家门口堆成垛子,愈堆愈高,冬草要架着梯子才能把新草堆到顶层。

扁担坐在门槛上,看冬草一纵一纵地把草搬上去,风掀起她的衣襟,白生生的肉露出来。割了这么久的草,冬草壮实了,屁股也比原来肥大了。草垛子下黄上青,垛底已经发黄霉烂,但顶层却是青绿。冬草不停地割着,堆着,有一天,她突然发现这些草一点也派不上用场,割草仅仅是为了割,并不是为了需要。

这草有什么用?冬草问。

补茅屋的漏。扁担说。

还可以做什么?

可以引火。

引火也用不完。

可以垫猪圈、牛圈,可惜我们家没养猪,也没养牛。

冬草的劳动成果被堆在日里雨里,没有得到充分利用,她失去了割草的兴趣,想不出还可以做点什么。扁担说你可以试着喂几头猪。冬草想他终于开始使唤我了。扁担说你割草割壮实了,比原来还好看。刚嫁过来时,你虽然白嫩,但身上缺肉。

丑了你倒说好看了,真是丑人爱丑。

我爱这样的老婆,肥肥壮壮的。

冬草开始学习桂西北的农活,包括使用各种农具。她手里常常捏着一把节刀,到河湾去打猪菜。节刀像张弯月,弯的那面由牛角磨成,上面钻有孔,孔里系着绳套,直的这面装上刀片。使用时,一根手指套进绳套,一根手指钩住猪菜轻轻地压在刀刃上,猪菜就这样被刀片切断。冬草没法给扁担烧好吃的菜,倒能给猪变换菜谱。喂猪时,她说这一瓢是五香牛肉爽,这一瓢是菊花蛋……猪呱哒呱哒地吃得很起劲儿,像听懂了冬草报出来的菜谱。看着猪吃她的名菜,冬草的喉咙滑过一阵痒,食道里吞下几口唾液,仿佛跟着猪一起享受。

寂静的午后,枫树河两岸到处都是蝉鸣。蝉声贴在树枝上,随风势的高涨而放大。热气一阵阵扑来。冬草来到河边,双手捧起水送到嘴里。水清清凉凉,她喝足后,仍然感到身上的热气未褪,就脱下上衣在河边搓洗。冬草生怕有人偷看,便警觉地张望,发现光圈站在河那边的草丛里,眼睛直勾勾地望着这边。冬草立即蹲到水里,只露一颗脑袋。

光圈说冬草,我在河边等你半个月啦。冬草只看见光圈的嘴巴一开一合,没有听到光圈的声音。光圈又说冬草你快过河来。冬草的耳朵里依然是蝉鸣和水的喧哗。光圈不停地招手。冬草说扁担看着呢,你别乱来。光圈说你不过来我就过去。说着,光圈跳进水里向冬草游来。冬草看见那团水花渐渐近了,自己又不敢光身跑开,便对着光圈喊,你别过来,你过来我就喊救命。

光圈停止划动,翻天躺在水面,说你中意扁担?

不中意又怎么样?

把他毒死算了,我去给你找药。

我认命。你要过来,除非这条河干了。

不可能,这就好比夏天不能下雪,没等这条河干,人早就干了。

光圈说着张开双臂,朝冬草逼近。冬草立起身,白花花的水从白生生的身上泻落，露出她的高山峡谷。她朝坡上跑去。

岸边的人在那个下午都看见冬草像一面白旗，在高坡上飘扬。不少男人后来都对扁担说，你的女人白呀，白得就像剥了皮的竹笋，白得像豆腐，白得像雪，白得像棉花，白得像云，白得人心慌慌，白得我们的眼睛都快瞎了。男人们说得有滋有味，仿佛已把冬草占领。冬草跑到坡顶才收住脚步，回头往河边看，光圈没追上来，反而看见扁担的船从离她洗澡不到十丈远的树丛里撑出来。这么说，刚才发生的扁担他都看见了。冬草吓了一跳。

光圈往河那边游回去。上了岸，他在草坡上脱下衣服裤子，用力扭衣裤上的水。忙了一阵，他终于把衣裤的水拧干，然后就把它们晾在草地上，自己赤条条地躺在一旁。冬草看见光圈的皮肤是古铜色的，他的身材匀称，好看得不得了。

光圈看着蓝天白云，扯开嗓门唱了起来：

隔河望见花一排，
花多叶少露出来；
若是采得花上手，
回家栽上种花台。

光圈反复地唱。冬草感觉到山歌像草根里的那些蚂蚁，成群结队地爬上她的心尖尖。她的心被唱乱了。

傍晚，扁担没有回来。没有炊烟的茅屋上站满了麻雀。冬草无心生火，坐在草垛上，等扁担回来收拾自己。扁担似乎有意磨蹭，直到冬草和草垛融入夜色，仍然不见他的身影。

扁担提桨上了河的对岸。他来到光圈家门口，看见光圈用石子在板壁上画女人的奶子，奶子像两只柚子那么饱满。扁担想他画的是冬草，于是举起桨，朝光圈的小腿砍去。嘎的一响，光圈像断了骨头，软下去。光圈半跪在地上，慢慢地掉过脸来，眼睛里血红血红的。扁担想他还嫩着，这一桨是不是下得太狠了？但人群已经围过来，扁担已经没有退路，他不得不再次举起桨，又在光圈的腿上砍了一下。扁担说你竟敢勾引我老婆，你要是再敢勾引，小心我砍你的脑袋。说完，扁担扛着桨大摇大摆地走出人群。

冬草听到扁担的脚步声从河岸响上来，一直响到门前。扁担说冬草，这么夜了为什么还不点灯？没有听到冬草的回应，扁担接着说我的船漏了，去河那边借点桐油补船，回来晚啦，你饿了吧。依然没有冬草的声音。扁担进屋点灯，生火，把屋角都找了一遍，也没有冬草的身影。扁担蹲在门前闷头抽烟，抽了一锅后，便提着灯笼下河滩。灯笼在黑夜中闪动，像一个伤口向着上游飘去。冬草听到扁担一路走一路喊她的名字，喊声把黑夜都撕碎了。

扁担假装不知道那天发生的事，仍然让冬草早出晚归。冬草打猪菜的时候，不时地朝对岸张望，没有看见光圈，心里就有点慌乱。有人在冬草经常出没的河对岸搭了一个棚子，那是一个人字形的棚子。

第三天中午，冬草看见有人抬着光圈走向草棚。光圈也看见了这边的冬草。光圈因那天调戏冬草，被族人惩罚，赶出家门。按族里的规矩，光圈要在这个棚子里住到伤好，才能回家。

光圈因祸得福，天天趴在棚子里看冬草，偶尔也撑着一根拐棍从棚子里出来。冬草不知道光圈因为什么成了跛子，如果没有枫树河隔着，她就会上去问问。几天后，光圈伤疤未好忘了痛，再也不甘于无声地痴望，便开始唱起来：

新打镰刀初转弯,
初学连情开口难;
心里咚咚如打鼓,
脸上好似火烧山。

妹命苦,
老公好比黄连树;
塘边洗手鱼也死,
路过青山草也枯。

高山有花山脚香,
桥底有水桥面凉;
龙骨拿来磨筷条,
几时磨得成一双。

见妹生得白菲菲,
嫁个老公牛屎堆;
十年不死十年等,
我连情妹他成灰。
…………

  光圈不分白天黑夜地唱,从此没有再回村庄。无数个白天,冬草被光圈唱得泪流满面,心被揪起来又落下去。山歌让她又一次觉得嫁给扁担不值。光圈因为唱得动情,唱得嘹亮,若干年后成为当地有名的歌手。

冬草的腹部在山歌声中慢慢膨胀。她怀上了扁担的孩子。扁担不让冬草上坡干活。冬草不愿待在家里，常常腆着肚子到河边去。冬草生怕肚子里怀上个丑脸，不敢看扁担，而是去看树看山看河看草看云，觉得样样都比扁担中看。有时冬草想听光圈唱歌，便背着扁担，往上游的河湾走。扁担怕冬草出事，远远地跟在后面。扁担成了冬草身上的零件。冬草走扁担也走，冬草停扁担也停。到了草坡，冬草坐在草地上，等那边歌声响起来。那边，建起了一幢新房，那是光圈用一根根木头斗起来的。新屋在阳光下闪亮，黑黢黢的光圈坐在门框里，不时地扯着嗓门唱起来。

山歌一起，冬草就满脸笑容，还朝对面招手。这时，扁担就想打人，但他不知道打谁，就用拳头打自己的脑壳。扁担的拳头随着山歌起落而起落，时快时慢，仿佛在给光圈打拍子。打痛了，扁担想何必呢？唱他就唱，听她就听，反正有枫树河隔着，他们走不到一起。

冬草在一个深夜里开始发病，她快要生了。她痛得在床上颠翻，从床头爬到床尾，又从床尾爬到床头。冬草一边爬一边骂扁担你如意了，你这头牛，你快活的时候，也不想想老娘要受的苦，你只管要我传宗接代，却不管我痛得死去活来……

扁担点灯，端汤端水。冬草一概不吃。扁担着急，却帮不上忙，便蹲在床前一锅接一锅地抽烟。扁担想那么多苦冬草都受过，怎么生个孩子就受不了。生孩子有那么痛吗？扁担恨不得自己去帮冬草痛。扁担忽然担心起来，他担心冬草会生下一个和他一模一样的小扁担。如果相貌果真一模一样，那他这辈子吃过的苦头，孩子还得吃一遍。这么一想，他飞快地跳起来，赶紧在香火前烧香磕头。他一边磕头一边祈求祖先保佑，保佑冬草生下一个长得像光圈那么好看的男孩。

冬草渐渐地没有气力，喊声开始变弱。到了早晨，雾从河岸漫上来，钻进门缝，飘到床边，进入冬草的鼻孔。冬草像被呛了似的忽然惊醒，又开始喊痛。扁担看见冬草的腿分开了，便帮她脱裤子。冬草伸手往裤兜里掏，掏出一把节刀，说扁担，你杀了我吧。扁担伸手去夺节刀。冬草说我受不住了，扁担，你不杀我，我自己杀啦。冬草举起节刀，把刀口对准脖颈。扁担说你受不了就杀我的手臂。冬草把节刀扎在扁担的手臂上，一声脆响，血喷出来。冬草大喊一声，昏了过去。世界突然寂静。

忽然响起婴儿的啼哭。扁担看见婴儿的胯下带着一个把把，从脸形看，他依然是一个小冬草。扁担欣喜地抱起婴儿，包在布片里。我的父亲就这样来到世上。

冬草识文断字，给婴孩取名雾生。雾生，也就是我爹，后来曾经走南闯北，怀里总揣着一棵枫的泥土，祈求乡土保他平安。而我档案里的籍贯一栏，永远是碳素墨水写的粗壮的三个字：一棵枫。那三个字如枫树般繁茂苍劲。父亲曾多次问冬草，妈，你是从哪里嫁来的？冬草指着河的那一边说：一棵枫。

她把真正的故乡——桂平，给彻底地遗忘了。

枫树河在四十年之后彻底干枯，从此地球上再也找不到这条河流。河岸崖壁上的那些壁画，因为没有水汽涸润，开始模糊并且斑驳。冬草白发如雪，看着河床长满年轻的杂草，一条灰色的土路从河底伸过。冬草想终于可以过河了，但她已经没了过河的兴趣，她不知道过河去干什么？

山区的日子开始富足，许多人都喜欢吃一种素菜——魔芋豆腐。

凡红白喜事，主家常把魔芋豆腐摆上宴席，用它在大酒大肉中解腻。而山区的婚嫁迎娶，往往又在冬天，要在刺骨的冷水里磨出几十碗魔芋豆腐，一般人都难以承受。这样的时刻，人们往往记起竹芝。竹芝对所有请她磨魔芋的主家说：磨多少魔芋我的手也不会麻辣。竹芝凭着这门特别的手艺，常常成为座上客。

一个冬天的午后，发财为第三个儿子接媳妇。妇女们都拥到厢房来推磨，磨豆腐，嬉闹声脆嘣嘣的，她们高兴得就像是自己出嫁一样。只有竹芝哑巴似的蹲在屋角，专心地磨着魔芋。她的身旁围着三个大盆，盆里泛起泡沫。竹芝磨魔芋的时候，常常想起儿子见远。她只有不停地磨魔芋，见远才不会从她的脑海消失。竹芝想如果见远还活着，也五十多岁了，我也该娶孙媳妇了。忽然，竹芝听到见远在房梁上喊她。她一仰头，晕倒在地上。

村人把昏迷中的竹芝往她家里抬。竹芝在半路睁开眼。看着高高的天空，她想这辈子，我害了福嫂，害了见远，现在阎王爷来收我了，在这个世上，我对不住的人还有一个冬草，亲人们都没了，只有她和我还有那么一点关系。于是，她轻声地叫唤：冬草，冬草……

冬草听到竹芝要死的消息，便急步出了家门。冬草嫁过河来之后，头一次回竹芝家。她看见村里一户连着一户，屋檐碰着屋檐，村庄快蔓延到了河边，变成了一个大村子。那棵枫树仍高立于村头，有人在树干上削出几块青皮，树干露出鲜嫩的伤口，上面爬满白浆。一个白发苍苍的老头站在树下，目光迎接她。冬草已认不出这人就是光圈。她从他的身边绕过去。

竹芝看见冬草的身子伏下来，眼睛就睁大了一点。她从枕头下摸出一只玉镯，说冬草，我几十年来吃尽苦头，但我没有卖掉它，现在我把它还给你。你能原谅我吗？你原谅我，我才会闭上眼睛。

冬草看见竹芝的额头上皱纹交错，苍老得就像老树皮，只有那双磨魔芋的手还那么鲜嫩，鲜嫩得就像刚挖出来的莲藕。冬草接过玉镯，抚摸着，往事浮上心头，便哭了。哭了一会儿，她把玉镯放在竹芝的枕边。竹芝说你能原谅我，那见远和福嫂也能原谅我……说完，她曀地一声，闭上了双目，整个人彻底泄了。

有几个老人在哭，他们为冬草而哭，也可能是为自己为竹芝而哭。光圈想起冬草被欺负的那些日子，觉得她不应该把玉镯放在竹芝的枕头边，而是应该把它塞进竹芝的裤裆，让她也尝尝被侵犯的滋味。

村人把竹芝埋在河湾的干塘边。冬草想不到，因为那只玉镯，竹芝的坟墓当夜被人挖开。竹芝的尸体被野狗们撕咬成碎片，成为野狗们的食物。人们看见竹芝的肉黑糊糊的，像干魔芋豆腐，连她的骨头也是黑的。冬草看着那些抢肉的野狗，喃喃自语：千不该万不该，我不该把那只玉镯放进她的坟墓，她死了我还害她，我不是人……

慢慢成长

十年前我就认识马雄了。那时他正跟随一群公安人员在我家乡一带追捕杀人犯。夏天静谧的深夜,我听到马雄他们杂乱的脚步声。他们的脚步声像寄生于木头上的虫子,欢快地啃咬我的床板。我在脚步声和尿胀的夹击下突然惊醒,看见屋外风清月白。

我隔着漏风的墙壁叫我的父亲。父亲正鼾声四起,根本不管我的叫喊。我再叫母亲。母亲在父亲鼾声的笼罩下,打了一个长长的哈欠,问我有什么事?我说好多人包围了村庄。母亲闭紧嘴巴,竖起她的耳朵认真地听了一会儿,说外面只有月亮和风,没有人。我说有。母亲说没有。我说我想撒尿。母亲说你撒尿叫我干什么?我说我怕。母亲窸窸窣窣地爬下床,一边拉开我家的大门,一边自言自语。母亲说你都十三岁的人啦,还这么胆小怕事,我十三岁的时候,都差不多出嫁了。

在母亲的注视下,我走到白晃晃的月亮地,对着满地的月光撒尿。

我看见村头的高坡上有一群人匍匐前进，他们的身上背着自动步枪。我惊叫一声跑进大门，对母亲结结巴巴地说有人，他们还背着枪。母亲不信，走到月光下朝村头瞭望，倒吸了一口冷气，踉踉跄跄缩回来。母亲说真的出事了。母亲掩好大门。我那憋回的半截尿像决堤的大水喷射而出，全部撒在裤衩上。

我清楚地记得尿撒裤裆的情景。那时我还是天峨县八腊乡中学初中一年级学生，那时我成绩优异胆小如鼠。

父亲仍旧鼾声如雷，我和母亲却一夜未眠。我的上牙敲打我的下牙，我的右手环抱左手。夏天跑出我的身体，冬天爬上我的双脚。一丝青灰色的光线钻进门缝。随着光线钻进来的还有山坡上嘹亮的声音：

谷里村的群众，你们已经被我们包围了。请你们赶快起床，穿上衣服裤子，到村头集中。杀人犯秦世杰昨晚潜逃回村，你们千万小心赶快行动。秦世杰的身上带有一支五四手枪。秦世杰，你听到了吧？缴枪不杀。

我破门而出，朝村头的那块草地奔去。由于奔跑速度过快，凉鞋从脚上飞落。石头和泥巴潮湿冰凉，我赤裸的双脚被石头割破。草地上已站满了人群，他们衣冠不整浑身发抖，好像秦世杰就在某个地方用五四手枪瞄准他们的脑袋。坡地上临时架起了一个高音喇叭，周围站满了荷枪实弹的公安，他们像晨光初露时的树，渐渐地清晰和高大，肩章和服装的颜色比露珠都还新鲜。高音喇叭传出的声音穿云破雾，像乌鸦点缀早晨的天空。

太阳出来红彤彤。公安人员开始往秦世杰家搜索。八腊乡派出所所长马家军走在队伍的最前面，他儿子马雄混迹于队伍之中。马雄比我大四五岁，刚刚高中毕业，是个瘸子，走路时一摇一晃，平地像走高山。我公安干警们神色严肃身材笔挺，而马雄仿如夹在其中的一个标点符号。因为马雄的介入，这支队伍立即显得奇形怪状起来，使站在潮湿的草地上的人群发出了一连串的笑声。他们（当然也包括我）不相信一个瘸子能抓到杀人犯。我想如果真的碰上持枪的秦世杰，第一个被击毙的肯定是马雄。

忽然，从秦世杰家门前的草堆里冲出一个人，他的头皮闪闪发亮，上面沾着一根枯黄的稻草。他手持砍刀面带杀气扑向公安，说杀人的是秦世杰，又不是我，你们为什么要搜我的家？我看清说话的人是秦世杰的弟弟秦世界，他离马所长马家军只有一步之遥，砍刀眼看就要落到马家军的左肩上了。千钧一发之际，马雄从他父亲的皮套拔出手枪，对准那把砍刀，一束蓝烟从枪口喷薄而出，爆炸声惊天动地。秦世界的砍刀断成两截，一截掉到地上，一截还捏在他的手里。蓝光闪过之后，秦世界的双膝比砍刀落得还快。来不及眨眼，他便双膝跪下，向马雄求饶。眼前的这一幕让我无比惊讶，觉得秦世界山大无柴外强中干，丢尽了谷里村和他家祖孙三代的脸。但同时我又觉得马雄无比高大，从他手里喷出的那束幽蓝色的光芒，不时出现在我的脑海里和睡梦中。一想起它，我就血液欢畅，我就想破釜沉舟破罐破摔。

马雄走到秦世界的身后，抬起他弯曲的右腿，朝秦世界的脊梁狠狠地踢了一下。他的右腿简直就是一截弯曲的树根，一些关键部位（比如脚背）始终碰不到秦世界的脊梁，与其说踢还不如说顶。马雄用膝盖顶了一下秦世界，秦世界纹丝不动，而马雄却倒在地上。马雄艰难地爬起来，用他父亲的手枪砸了一下秦世界锃亮的头皮，一股鲜血像早上的太阳从秦世界的头顶升起，光芒万丈。马雄对着那颗破烂的头颅骂骂咧咧，说你再敢动老子一根指头，老子就崩了你。他把崩字说得脆响，好像是嚼黄豆。秦世界不敢抬手抹头上的血，伤口因此愈开愈红，像深红色的玫瑰花。

马雄原来不叫马雄。据说马雄是在一个冬天的早上来到这个世界的,那时他的父亲马家军还不是乡派出所所长,只是一位普通而平凡的小学老师。马雄出世之前,天气一直很坏,在一个多月的时间里,八腊乡方圆几百里地下了十三场细雨,两场大雨和一场薄雪,气候严寒天空阴霾。马雄出生的那天早晨,天空突然晴朗,有了太阳即将升起的迹象。当马家军听到婴儿啼哭,看见婴儿胯下的鸟仔时,兴高采烈地走出乡医院那间阴暗的产房。天空是如此的湛蓝,拖拉机小卖部母狗是那么的令人爽心悦目。他想就给小孩取名马湛蓝吧。

从此,马湛蓝这个名字就伴随着马雄茁壮成长。可恨的是许多人擅自改变马湛蓝的颜色,他们嫌湛蓝难写,于是把马湛蓝改为马淡蓝,最后改为马蛋蓝,甚至简化为马蛋。如果有人要找马家军,他们就会意味深长地啊一声,然后说你是要找马蛋的父亲吧。马家军对这种叫法深恶痛绝。马雄五岁那年,患了一场小儿麻痹症,右腿眼看着弯曲了。马家军急马雄之所急,找到一位专攻《周易》的老师,给马雄排了一次八卦。那位老师说马雄命中缺火,必须用火一点儿的名字。马家军本不信邪,但出于无奈,还是在字典中像选美一样为马雄选了一个炎字。

马炎的父亲马家军调到乡派出所工作之后,突然有了一种荣耀,也滋生了一种失落感。他一下子由文人变成武官,原来拿粉笔的手整天不再拿粉笔,而是提着手枪东游西荡,文字跟他愈来愈生疏。但不管他如何威武英雄,内心始终压着一块石头,那就是他儿子残缺的腿。作为乡派出所所长的马家军本不该信什么气功和《周易》,但在一次性生活失败之后,他对这两样东西深信不疑。

八腊乡派出所简易的办公室楼上,有一间幽暗的屋子。马家军常常躲在楼上阴暗的角落窥视行人，也常常把那些放荡的妇女勾引到楼上。很小的时候，我们就知道那是一间恐怖的房子，正午或者深夜，那里会发出鬼哭狼嚎的声音。路过派出所门口，我总会抬起头朝那间房张望，被那些传说和莫名其妙的声音吸引，甚至于在课堂上，语文老师叫我用"鬼哭狼嚎"造句的时候，我不假思考脱口而出：马所长的房间鬼哭狼嚎。那一次我以为闯了大祸，但等了好久祸没来。后来我苦苦寻找无祸的原因，不外乎有二：一是马所长那间房子尽人皆知，人们见怪不怪；二是当时的八腊乡已拥有相当自由、民主的空间。

当然我们不能因为那间房子，就断定马家军是个坏人，从今后的表现可以看出他是一个基本称职的父亲。他不止一次对朋友们说，错误来自于那些放荡的妇女。他曾经痛下决心不再拈花惹草，因为每一次行为不轨之后，他都发觉儿子马炎的腿瘸得更加厉害。长此以往，马炎很快会变成一个瘫子。可是，马家军无可奈何地说，可是那些妇女们，只要你在楼上轻轻地向她们一招手，她们便气喘吁吁地跑上楼来，眼睛水灵灵脸上红霞飞，你拿她们根本没有办法。

一个夏天的中午，护士小汪拿着调令走进马家军的办公室。在医院通往派出所的路上，小汪碰上三个熟人。她渴望朋友们分享她的喜悦，但朋友们只礼节性地打个招呼，便匆忙地走开。她们不知道小汪手上正捏着一纸调令，一纸来之不易的调令。马家军是小汪拿到调令后第一个与她对话的人。小汪对伏在办公桌上鼾声连天的马家军说我的调令来了。马家军的脸离开双臂，从睡意中抬起来。马家军说什么调令？小汪说我的调令。小汪发现马家军的脸像涂了胭脂似的红，脸上挂满汗珠鼻涕，顿时觉得马家军好可怜。后来小汪曾对许多朋友说，那天我真的觉得马家军十分可怜，这种想法从前没有过，以后也没有过，只是拿到调令的那一天，这种念头像一道闪电，划破我的脑海。

小汪想安慰一下马家军，然后再谈户口的事。那时街道静悄悄的，只有阳光铺天盖地地照在树木和屋顶上，整个八腊街的人好像死绝了，没有人影没有声音，地球上似乎只剩下他们俩。马家军用右手抹一把脸上的汗，对小汪说想要办户口吗？先得和我睡一觉。小汪基本上没做出什么反应，只是轻声地说非得这样吗？马家军斩钉截铁地说非得这样。

　　可能小汪对马家军的行为早有所闻，所以并不感到惊讶。在接到调令的大喜日子里，她的手被马家军的手牵着，半推半就地走上了派出所吱吱呀呀的木板楼梯。她的嘴里不停地说着非得这样吗？非得这样吗？阳光猛烈、寂静无边的中午，这种声音等于呻吟，等于春药。但关键时刻，马家军朝楼下看了一眼。他的儿子马炎正一歪一倒地朝派出所走来。太阳当空，马炎的影子缩在脚下跟随脚步移动。从楼上看下去，马炎就像一个怪物。如果当时街道上有人群，马炎也许不会那么显眼，可是偌大的街道上除了马炎之外空无一物。马家军脊背一阵发凉，他对小汪说我不行了，你走吧。小汪从床上站起来，在马家军的脸上扇了一巴掌。马家军看见小汪像一条鱼，摇头摆尾从他的面前滑走。

　　从此马家军天天早晨练气功，似乎是想从气功中找回昔日的雄风。业余时间，他则细心研读《周易》。根据马炎的生辰八字，应该是命中缺水，为什么别人又说他缺火呢？同样一本《周易》，得出的结论却截然相反。思虑再三，马家军决定给马炎改名，改为马淼。马家军在户籍本上改名的一刹那，体会到了无穷无尽的快乐，就像阎王爷掌握着全乡的勾命簿，勾谁是谁爱谁是谁，要想改名字，就像打一声哈欠那么容易。他甚至想给自己改一个响亮的名字。

　　不管叫马炎还是马淼，马雄的病始终没有好起来。马雄摇摇晃晃进入课堂学习。那些熟悉他的老师有时叫他马湛蓝,有时叫他马炎或者马淼,无论叫哪一个名字,马雄都得答应。一个又一个奇怪的名字像一个又一个蚂蚱,被他那根分管姓名的神经串着。马雄也是从那时开始,有了篡改名字的嗜好。有好长一段时间,马湛蓝不叫马湛蓝,马淼不是马淼,今晚睡下去的是马淼,明天醒来时已变成马名扬。在我的记忆中,马雄的姓名总是和青草、雾气,和早晨联系在一起。他总是在晚上改名,第二天早上就向同学们宣布。当时我们很羡慕他拥有的权利和自由,他就像早晨八九点钟的太阳,希望寄托在他的身上。

为了想更好的名字,马雄的脑子出过问题。有一次上体育课,他爬上篮球架,坐到篮筐上。许多同学都为他的举动欢呼。马雄在欢呼声中从篮筐上跳下来。你们知道马雄是瘸子,他从那么高的地方往下跳,竟然未伤一根毫毛。于是同学们都叫他马英雄。起先他对这个名字不感兴趣,但老师和同学对于他频频更换姓名已流露出强烈的不满,再也不愿接受除了马英雄之外的新名字。由此我得出一个结论:不怕你有权改名,就怕我们不叫。渐渐地,马英雄的姓名已不再掌握在他手中,有时我们连马英雄也不买账,只叫他马雄,私下里还叫他马熊。

马雄他们那个夏天的突然出击,并没有抓到杀人犯秦世杰。夜深人静的时候,小孩和大人都不敢外出,黑夜变得枯燥无味。我们聆听每一声狗叫和每一串脚步,想象秦世杰从天而降,威胁我们的性命。马雄回到乡政府后无事可做,便整天到铁路边去转悠。

坐在八腊乡初中一年级的教室里,会看见从山脚驶过去或跑过来的火车。但是山脚那边多雾,两根笔直的铁轨经常会被乳白色深埋,轻易看不见。有时火车龇牙咧嘴叫喊着从雾中穿过,我们只闻其声不见其身,听起来显得十分遥远,好像火车和现实不发生丝毫的关联。

晴朗的天空里，我们看见马雄沿着铁轨走来走去，瘸腿和笔直的铁轨形成鲜明的对比。我们不知道他在那里干什么？远远地看过去，他像是在练习步伐。从列车上倾倒下来的脏水、果皮、纸饭盒，不时地砸在他头上，他连骂都不骂一声。也许他骂了，我们听不见。

马雄常常顶着五颜六色的脑袋途经校园，回到家中，然后在水龙头下把他的头冲了又冲。冲过几次之后，他嫌麻烦，干脆就剃了一个光头。马雄的光头在太阳下光芒四射。没有阳光的日子，他的头又像一个在水里游动的葫芦。

马家军被马雄那个五颜六色的脑袋搞得头昏脑涨。好几次，马家军发现马雄的头上竟然挂着豆芽、鼻涕。马家军把马雄带到学校。同学们很快就把校长、马雄和马家军围在球场的中间。马家军用右手拧住马雄的左耳朵，问马雄补不补习？马雄说不补习。马家军抬脚踢了一下马雄的左腿，马雄扑倒在地上。马家军又问你到底补不补习？马雄说不补习，不补习就是不补习。马雄的态度十分坚硬，像一个行将就义的烈士大言不惭。马家军抬脚准备再踢马雄，但我们的校长眼明手快，及时地抱住马家军那条抬起来的右腿。校长说马所长，何必呢？如果马雄实在不愿读书，我们学校还缺一个门卫，他可以到我们学校来当门卫。马家军从校长手里收回他的右腿，转身走了。马雄在地上挣扎了好久，才爬起来。

马雄对那两根铁轨有一种天生的好感。他不愿补习也不愿到八腊中学做门卫，依然像一只发情的公狗在铁路边悠来悠去。一天中午，侯宝德站长发现马雄坐在枕木上打盹，身上急出一身冷汗。火车从远处鸣笛而来，马雄一动不动，根本不把火车放在眼里。大个子站长侯宝德冲到马雄身边，像拎小鸡一样把马雄拎出铁轨。但是小鸡拎起来了，却甩不出去。马雄紧紧抱住侯宝德的右手，并朝他的胳膊狠狠地咬了一口。侯宝德双手用力甩动,原地跳跃,马雄跌在地上。侯宝德捂住右胳膊上的伤口,骂马雄是浑蛋。马雄哇的一声哭了。侯宝德说哭,你有什么好哭的?老子救了你一条命,还赔了你一个伤口。马雄一边哭一边说,谁叫你救我,谁叫你救我?我算好今天中午去死的,你为什么救我?真是多管闲事。既然你救了我,那就得给我一份工作,给我一碗饭吃。只要你给我一份工作,我就给你磕头。

马雄当场跪下,给侯宝德磕头。他的头在石渣上重重地磕了一下,慢慢地抬起来,额头上沾满细小的石子和鲜血。你这个疯子,侯宝德说完,转身便走。马雄跟在他后面一步一磕头。但是侯宝德只管朝前走,一直走到火车站也不回头。马雄像一条狗远远地跟着。

马雄就这样一直跟随侯宝德。侯宝德回家吃饭或睡觉了,他就坐在侯宝德家的门口,嘴里不停地说你为什么救我?你救了我就得给我一份工作。这话说多了,他竟然像哼唱一首流行歌曲那样哼唱起来。

每一次拉开大门,侯宝德都看见马雄死皮赖脸地坐在门口。如果侯宝德手上提着垃圾袋,马雄便从他手上夺过来拿到院子里去倒;如果侯宝德手提菜篮,马雄便抢过菜篮挽在自己的手臂里。马雄自个走路都不稳,但手里却挽着侯宝德的菜篮子。马雄愿意为侯宝德奉献微薄之力。起先侯宝德并不适应,久而久之也就没什么不适应了。马雄对侯宝德说只要我能做到的,你尽管吩咐,但是你必须给我一份工作。侯宝德说我要你吃屎,你干不干?马雄说你保证给我一份工作,我马上吃给你看。

天气一点一点地凉了,铁轨两边铺满了从山上掉下来的黄叶。侯宝德吃罢午饭,喜欢穿过铁轨,跑到树林里的草地上去睡午觉,这个习惯是多年以前修铁路时养成的。秋天的阳光鲜亮,气候干燥,落叶衰草蒸发出一股酒香。侯宝德静静地躺着,脸庞像晒在阳光里的腊肉,渐渐地发红。突然，侯宝德从地上坐起来，喉结拼命地蠕动，像是有什么东西堵在里面，呼吸变得困难。侯宝德的喉结蠕动了一阵，从喉管里终于蹦出一句话来。他说马雄，你给我抓一下背，我的背现在痒得难受。马雄说怎么抓？侯宝德捞起他的外衣，露出结实的背膀，说抓左膀子。马雄伸手去抓侯宝德的左膀子，一道道指印留在侯宝德的背上。侯宝德说往下抓，马雄就往下抓。侯宝德说往右抓，马雄就往右抓。马雄听到自己的指甲跟侯宝德的皮肤摩擦后发出的哗哗声。随着马雄手指的移动，侯宝德嘴里发出愉快的哼哼声。抓了一阵，马雄觉得无聊，便把目光扫向乡政府门前的街道，他看见一位穿红衣服的女人在空空荡荡的街上游荡。

侯宝德从地上窸窸窣窣地站起来，也发现了街道上那个穿红衣服的女人。侯宝德说马雄，如果你把那个女人弄到手，我就在铁路上给你找一份工作。马雄兴奋地从树林里扑出去，只扑了两三下，就像一只受伤的鸟扑倒了。但是扑倒了马雄又站起来，他固执地朝着街道扑去。

姑娘的红衣服像一团火在马雄的眼前愈烧愈旺。马雄看清她的头上扎着两根发辫，手里捏着葵花子，一边走一边嗑，那些空了的葵花子壳飞过她的肩膀，落在地上。马雄跟了一段路程，大起胆子叫了一声李寒。姑娘像被谁拍了一下，迅速回过头来，说你叫我做什么？马雄说不做什么，我只是叫一声好玩，没什么事，你走吧。姑娘奇怪地哼了一声，掉头走开了。姑娘没有注意这位昔日叫她寒姐的马雄，今天却叫她李寒。

马雄独自在秋风里站了几秒钟，后悔刚才没抓住机会，想不能让李寒就这么跑了。于是，他沿着地上的葵花子壳追赶李寒。李寒先后走进百货商店、裁缝店、菜市、税务局，并不知道马雄在跟踪她。她在百货商店里摸了摸柜台上刚到的一匹丝绸，又看了看一卷摆在地上的塑料布，然后在裁缝店里跟那位浙江来的老板开了句玩笑，在菜市买了一把青菜，在税务局里打了一个电话……快要走到家门口时，李寒才发现有一个人在跟踪，回头看见是马雄，便说你总跟着我干什么？是不是想吃我的屁呀？

马雄支吾了一阵，说我要工作。李寒说跟着我，你就有工作了吗？马雄说侯宝德说只要把你弄到手，他就给我一份工作。李寒说讨厌，你们怎么把我扯进去了。滚，你快点儿滚开，你们真下流！李寒说完撒腿便走。她打开门，又关上门。马雄想这门根本没有打开过，李寒是从门缝里钻进去的。

马雄坐在李寒家的门槛上，张嘴望着西下的夕阳。慢慢地太阳愈来愈弱，照耀的地方逐渐缩小，最后只照在李寒家的门板上和马雄的脸上。马雄靠在门板上完全彻底地睡着了，他在松软的阳光下做了一个梦，梦见杀人犯秦世杰持枪朝他射击，子弹从他的耳畔呼啸而过。他说李寒，你要注意，杀人犯秦世杰还没有抓到，你千万要小心。马雄被自己的梦话惊醒，从李寒家门槛上站起来。阳光突然消失，夜色铺天盖地。

李寒每天早上都要到乡政府旁边的水井里来挑水。马雄坐在井边等候李寒的到来。天慢慢地明亮，井里的水开始照得见天空和乡政府的瓦檐。但是李寒她还不来，马雄想万事已备，只欠李寒了。他开始想象李寒起床，然后打一个哈欠伸一下懒腰，然后拿起昨天穿过的红衬衣在鼻尖前嗅了嗅，觉得这件衬衣并没有脏，还可以穿上一天，于是她把衬衣穿在身上。穿好衬衣之后，李寒开始穿裤子，穿什么裤子呢？马雄想了想还是穿牛仔裤好，就是挂在窗前那条发白的牛仔裤。

尽管早上穿那条又硬又冷的牛仔裤会割疼皮肤，但是李寒还是穿上了它。李寒走到窗前，拿起那把绿色的梳子，望了一眼窗外，开始梳头。李寒梳头梳得真有耐心，一点也不知道有人坐在井边等她。梳完头，李寒挑着锑桶拿上脸盆香皂毛巾跨出大门。李寒正式走出家门了，她觉得早上的风有些凉，打了一个寒战，后悔没有加一件外套。她想还是洗完脸挑完水再加衣服吧。她转了一个弯又转了一个弯，来到了街上。

马雄这么想着，李寒真的穿着红衬衣牛仔裤，挑着锑桶端着脸盆出现在街口。她来了，低着头，望着脚步，快要走到井边时，抬头看见马雄，突然惊叫一声，扭头便跑。马雄想我又不是鬼，她干吗要像看见鬼一样发出尖叫？

李寒到街边的另一口井去挑水，因为马雄，她改变了多年的习惯。但是李寒走到哪里，马雄就跟到哪里。不过马雄心比天高，命比纸薄，手长衣袖短，他瘸着的腿怎么也跟不上李寒的速度。即使李寒挑着水，马雄也跟不上。到了夜晚，李寒钻进家门无处可逃，马雄就坐在李寒家的门槛上，不停地叫门。李寒在大门上加了两道门闩。听着马雄类似于鬼哭狼嚎的声音，她怎么也无法入睡。有时她会从后门偷偷地溜出来，到女朋友那里去睡觉。不知内情的马雄仍然对着空荡荡的房屋叫开门，开门呀开门，快开门呀李寒。叫累了，马雄便对着门板撒尿。

至少有十个男人对李寒说结婚吧，李寒，跟我结婚吧。如果你跟我结婚，马雄就死了那条心，我就可以保护你，你就不用去跟张桂英、黄丹凤她们睡觉了，就可以睡到我的床上来了。李寒在这种嘈杂的声音里冷静地度过了十天。

最先想制服马雄的是他的父亲马家军。每天晚上十点，马家军准时打着手电,来到李寒家门前。马家军右手打着手电,左手拎住马雄的右耳。随着马家军左手的抬高,马雄尖叫着从李寒的门槛上直起来,直得不能再直了,便踮起脚尖,双手吊住马家军的左手。马家军像牵一头牛慢慢地牵着马雄往回走。

马雄说爹,你轻一点儿,我的耳朵脱出来了。马家军说谁叫你在这里给老子出丑,亏你还是一个高中毕业生。马雄双手捂住耳朵,说我要工作。马家军说工作,我给你找。马雄说我不要工作,我爱李寒,我要跟她结婚。马家军说你不能爱她。马雄说我为什么不能爱她?

马家军拿起一面镜子递到马雄的手上,说撒泡尿你自己照一照,看你能不能爱她?马雄对着镜子说我的头发很黑,牙齿很白,眼睛很大,耳朵很肥,不缺鼻子不缺嘴巴,我为什么不能爱她?马家军把马雄一下子推到穿衣镜前,说你再仔细看一看,看看你的模样。马雄从镜子里看到了那条弯曲的腿,看到倾斜的肩膀和空洞的裤管,脸色唰地发白。他说都是因为你,我妈说过,都是因为你,如果你不喝酒你不抽烟,我的腿不会这样。马家军说放屁。马雄说我没放屁,都怪你。马雄一头扎到镜子上,衣柜摇晃了一下,镜子纷纷破碎。碎玻璃上映着马雄的几十张面孔,每一张面孔上都挂着鲜血。

马家军飞快地扬起手,扇了马雄一巴掌,说你前世造的什么孽,今世才变成这样?马雄说你这辈子造了这么多孽,下辈子你和我一样。马家军说你竟敢诅咒我?马家军把马雄推出家门,说我再也不想管你了。

马雄捂着伤口走在无人的大街,想起他死去的爷爷和死去的母亲,就不停地问他们我为什么不能爱李寒?马家军他可以爱刘凤群、汪长梅、江小桃、黎秋、房胖子、英大脚,而我为什么不能爱李寒?爷爷和妈妈,你们回答我。走了一阵,马雄又坐在李寒的门槛上,眺望八腊乡的夜色。马家军非要把马雄带走不可，他的左手拎起马雄的右耳，马雄一动不动。马家军暗暗使劲。马雄的嘴巴咧开了，耳朵裂开了，鲜血从耳根流下来，一直流到下巴，滴落到他的脚背上。但是，马雄一动不动，不求饶也不喊叫。马家军终于松开了手，他似乎再也拎不走马雄了。

　　第二天晚上，马家军又来拎马雄的耳朵。他把拎耳朵当成了每天晚上例行的工作。马雄白天愈合的伤口被马家军又一次撕开。这一次，马雄忍无可忍，像被刀杀的猪一样尖叫起来，尖叫声中夹杂着伤心的哭泣。马雄说爹，你杀了我吧，我的心肝都痛烂了。爹你松一下手，让我喘口气吧，等我换了口气，你再扯我的耳朵。马家军说只要你回家，只要你不在这里丢人现眼，只要你不再骚扰你的李阿姨，我就不再拎你的耳朵。马雄说我要李寒，她只比我大四岁，不是我的阿姨。马克思可以娶比他大四岁的燕妮，我为什么不可以娶比我大四岁的李寒？马家军又用力提了一下马雄的耳朵，马雄再次尖叫。马家军说你不能爱她，你这是癞蛤蟆想吃天鹅肉，她连你的妈妈她都不愿做，她怎么会做你的老婆？如果她愿意嫁给马家的话，她也绝不会嫁给你。

　　李寒的大门呀的一声打开。李寒说马所长，你别折磨他了，你走吧。马家军说我怕他折磨你。李寒说现在没有他的叫喊声，我还睡不着。我听惯了他的叫喊声，适应了。马家军说不怕就好。马家军说完，丢下马雄扬长而去，一边走还一边吹口哨，手电筒在黑暗里晃来晃去。李寒望着马家军远去的背影，说杀人犯秦世杰还没抓到，他就在附近，每天晚上都跑出来抢食和强奸妇女。马雄捂着耳朵，嘴里吸着丝丝凉气，像是痛了又像是害怕了。马雄说秦世杰会不会到这里来？李寒说我昨夜还看见他，他手里拿着枪，像一只野猫爬过我的屋顶。马雄说你撒谎。李寒说谁撒谎谁死。马雄说那……那我回去啦。

但是，每每遇见我们这些年龄比他小的，马雄就扬起他手中的拐棍说，这是我的车轮，这是我健壮的大腿，这是我征服李寒的武器。

有一天，被马雄追得无处可逃的李寒爬上了乡政府门前的那棵柿子树。马雄在柿子树下转来转去，说除非你不下来，只要你从上面下来，就得给我抱一抱。你曾经说过我一辈子也追不上你，现在我追上你了，你就得做出一点牺牲。李寒说除非你能爬到树上来。马雄哼了一声，围着柿子树顺时针转了一圈，又逆时针转了三圈，仰头看李寒。李寒仰头看天，始终不让马雄看到她的脸。马雄说再不下来，我就把这棵树砍了。李寒没有理会马雄，她只顾往上爬，并且腾出手来摘树上的叶子。她一边摘树叶一边唱歌，蓝蓝的天上白云飘，白云下面马儿跑……

马雄想跑回家里去拿斧头，但他刚走几步，发觉这是一个圈套，便对着围观的群众说，等我拿得斧头来，她早就跑了。群众们笑了一下，马雄又得意扬扬地对着树上的李寒说，我才不回去拿斧头呢，现在我一步也不离开这里。李寒说你像一条狗。你为什么要追我？你爹追我都不答应，何况是你。你看看你手里的那根拐棍，连皮都没有削一削，那么难看。什么时候你手里的拐棍换成黄金的了，我才考虑嫁不嫁给你。李寒说话时，始终扬头看天，好像树下有什么肮脏的东西不忍直视。

许多人围着马雄起哄。他们说马雄赶快走吧，赶快去换一个黄金的拐棍，最好是纯度百分之九十九点九的，换好了再来娶李寒。他们说你还不走，你在这里等什么？马雄伸手抓了抓头皮。他们又说你爹也想娶她，你也想娶她。如果她嫁给你爹，她就是你的妈了，你怎么可以对你妈非礼呢？马雄又伸手抓了抓头皮，他的脸一点点地红，像有一只手在他脸上轻轻地涂红墨水。他在人群的起哄声中丢掉了那根拐棍。拐棍像是从他身上拆下来的一条腿，在地上坚强地弹了几下。马雄说那我走啦，我要去找侯宝德算账。

　　马雄越过铁轨，在树林里找到了侯宝德。凡是有阳光的中午，侯宝德总是在树林里睡午觉。从侯宝德煽动马雄追求李寒的那个中午至今，已有了半个多月的光景。马雄那天中午从这片树林里扑出去，现在他又飞回来了。马雄觉得侯宝德就一直这么睡着，从他离开到现在，就一直这么睡着，好像没有醒过似的。侯宝德真舒服，他除了睡觉什么事也不用干，不像我要找工作要追求李寒，最后连耳朵都被扯破了。

　　马雄叫了一声侯站长。侯宝德睁开眼皮，睡在他身旁的女儿和儿子也跟着睁开眼皮，六只眼睛仰视马雄，马雄头一次感到自己无比高大。他说侯站长，我追不上她，她连我爹都看不中，何况是我。侯宝德从草地上坐起来，他的孩子们也从草地上坐起来。侯宝德摇摇头，说你追不上谁？你说什么我一点也不明白。马雄说你叫我去追她的，就是李寒，你说只要把她弄上手，你就给我一份工作，可是连我爹都追不上她，何况是我。

　　侯宝德突然大笑起来，笑的时候全身颤抖不止。他说我是说着玩的，你真的去追她了？马雄说真的去追了，你看我的耳朵。为了追她，我的耳朵被我爹扯破了好几次。这种事你怎么能开玩笑？你得给我在铁路上找一份工作。侯宝德说凭什么要我给你找工作？马雄说你这个人说话怎么不算数？我想死你偏要救我，你叫我干什么我就干什么，可现在你连个工作都不给我。侯宝德说我救错你了，我向你检讨。现在火车快开过来了，你去死吧，我下定决心不再救你了，我向老天保证向毛主席保证。马雄说可是，现在我不想死了，我想跟你要一份工作。想死的时候你不让我死，不想死的时候你却叫我去死，你的良心大大的坏。

他们说着话，一列长长的火车从他们的眼皮底下飞过，列车上堆满木头、油罐、煤炭和水牛。站在列车尾部的那个人朝山坡上的他们挥挥手。侯宝德拍拍屁股，从草地上站起来。他的孩子跟着他往山下走。马雄跟着侯宝德的孩子走。走到铁轨上，侯宝德说马雄，你跟侯远方比赛跑一跑，看谁跑得快？如果你跑得过我儿子，我真的给你找一份工作。马雄说你骗人。侯宝德说不骗你。

马雄比侯远方高出一个头，他们并排站在枕木上面。侯宝德一声令下，他们朝着前方跑去，身影逐渐缩小。马雄的身子一歪一倒地跑得十分吃力，但他还是把侯远方甩在了后面。看得出马雄十分需要工作，他拼足老命在争取这个机会。跑了一会儿，侯远方站着不跑了，他说这一次不算。马雄回过头来问他为什么不算？侯远方说不算就是不算。马雄抬头询问侯宝德。侯宝德说你们再跑一次吧，现在是谁先跑到我的身边，谁就是冠军。马雄和侯远方又并排站在枕木上，他们在侯宝德发出号令之后，一齐朝侯宝德跑过来。他们的身影愈来愈大。开始马雄还跑在侯远方的前面，但是跑着跑着，马雄跌了一跤，他的牙齿磕在了枕木上。他听到侯宝德说你跑不过侯远方，我不能给你找工作，你去找你爹要工作吧。侯宝德说完，离开了铁路。马雄捂着他的嘴巴慢慢地站起来。我操你妈，侯宝德。他在心里狠狠地骂了一句。骂声刚落，他的眼窝里涌出了咸的冰凉的泪水，鼻涕也跟着跑了出来，它们一同在秋风里悲伤。

马雄把他的两颗断牙拍到他爹马家军的手上。马家军看到了断牙上鲜红的血丝，甚至还感觉到了牙齿上的温度。马雄对马家军说，侯宝德明知道我跑不过侯远方，但他还叫我跟他比赛，他说只要我跑过了侯远方就给我找一份工作，结果我把牙齿跑断了。在这之前，他还对我说，只要我把李寒弄到手，就给我一份工作。他叫我做的每一件事都比登天还难……他还说如果我不去追李寒，你就要去追李寒，李寒很快会成为我的后妈。

马家军的脸色一点一点地黑下来，脸上阴云密布电闪雷鸣。马家军说，马雄，你给我好好地跟踪侯宝德，只要他进了铁路招待所，你就通知我。他在招待所里养有一个女人。

马雄像一条耐心的猎狗，站在八腊乡火车站站长侯宝德家的楼下。每天晚上侯宝德外出，总会看见马雄。侯宝德对马雄说，你是一条狗。马雄说我是一条狗。侯宝德又说你在这里找屎吃。马雄说我在这里找屎吃。说完，侯宝德哈哈大笑，马雄也哈哈大笑。侯宝德说你有什么好笑的。马雄说我笑你的末日快到了。侯宝德说你能拿我怎么样？马雄说只要你跨进铁路招待所半步，你的末日就到了。侯宝德说现在我就去铁路招待所，你能拿我怎么样？铁路又不归地方管，马家军又能拿我怎么样？

马雄发现侯宝德一个星期之内进了三次铁路招待所。每一次进去马雄都向马家军报告。马家军把头一昂，说一声知道了。说完了也就完了，他根本不采取任何行动，马雄感到深深失望。

第二个星期的星期三晚上，侯宝德第四次进入铁路招待所。这个晚上，侯宝德和那个外省的女人被马家军和两位公安干警抓获了。当时，侯宝德和那个女人正赤身裸体躺在床上。电灯像一道闪电照亮房间，也不像闪电，因为它亮了之后就没有熄灭。马家军、马雄以及干警们的目光在他们的身体上抚摸了一阵，口水迅速从他们的嘴角挂出来。他们被外省女人丰满的身体震住了。侯宝德显得很平静，说你们也太无能了，不去抓杀人犯，反而来抓我们老百姓。马家军说你身为国家干部，铁路站领导，竟敢在我们的眼皮底下嫖娼，在你老婆和孩子的眼皮底下嫖娼，不抓你抓谁？

录完口供按过手印，马家军问侯宝德还有什么要求，需不需要家属来见见面？今晚可要委屈你一下了。侯宝德擦掉悔恨的眼泪，说想不到我会栽在你的手里，如果我能重新做站长的话，我一定给你儿子安排一份最好的工作。马家军说你现在仍然是站长。侯宝德说那你的儿子需要做什么工作？马家军朝窗外招手。马雄走进派出所的办公室。马家军说儿子，你想做什么工作？马雄说我想做巡道工。马家军说你走路都还不稳，怎么能巡道？马雄说我要在铁路上走来走去，让所有看不起我的人看我走路。我要沿着那两根铁轨走到县城。马家军用手在马雄的头上拍了两下，说有志气。

从这个晚上开始，马雄又恢复了英雄本色。我们又看见他在铁路边走来走去，腰杆愈来愈挺，走路的姿态愈来愈有风格，愈来愈有气质。

第二年夏天，洪水像一群骏马从高高的山上从遥远的地方奔腾而来，八腊乡铁路两旁大水连着大水，深沟和凹坑一夜之间被大水填平，两根被雨水冲刷过的锃亮的铁轨像两束笔直的光线直指天边。火车在光线里往来穿梭，水花四溅。火车已不像火车，倒像浮游在大水里的船只。

马雄站在雨里对着往来的火车喊叫。他喊我爱你我操你我想你我亲你。他的话音未落，火车已从他身边呼啸而过，浑浊的水溅满他的全身。为了让火车听得见他的呼喊，火车刚刚在远处拉响汽笛，他便拉开喊叫的架势。他看见车头像星星之火，从远处慢慢地冒出来。他喊：我爱你。他刚喊完我爱你，站着的地方就塌了一块土，紧跟着路基裂了一条缝。他对着那块塌陷下去的土骂道：我恨你。他刚骂完，脚边的土又塌了一大块。他说我操你我想你我亲你,他脚边的土跟随他的声音快速陷落,好像塌方不是洪水造成的,而是他的喊声震塌的。他飞快地举起手中的小红旗,喊叫着朝火车跑过去。他想火车就要开过来了,很多人就要死了。这么想着,他的嘴巴竟然发不出声音了,双脚也变得像木头一样僵硬。他心里一急,眼泪吧嗒吧嗒地掉下来,嘴里发出呜呜的哭声。

火车在离他几十米的地方戛然停住。他像泼出来的水散漫在地上。当乘客们知道是坐在水里的那位瘸子救了他们时,他们纷纷从窗口爬出来,把苹果、荔枝、葡萄、熟食面放在他的怀里。他的怀里放不下了,他们就把那些好吃的食品放在他的面前。他们说就算是我们支援灾区吧。

马雄及时制止一起重大事故发生的事迹上了电视和报纸。那列火车每一次从八腊经过,只要看见马雄,车上总会扔下一些东西,有时是果子有时是矿泉水。马雄依然对着那些匆忙的火车喊叫,仿佛他的声音会贴在火车上飘向远方。他愈喊愈起劲,有时还对着火车唱歌撒尿。他逢人便说,我一看见火车喉咙就发痒。

当马雄快要把这件重大的事情忘却的时候,铁路局表彰了一批抗洪救灾先进集体和个人,马雄被划入表彰之列。马雄胸戴大红花脚蹬牛皮鞋到柳州去领奖。领完奖之后,马雄一言不发,默默地坐在铁路局的办公室里。有人说马雄,天气这么热,你还是把大红花先摘下来吧。马雄摇摇头。有人说马雄,你是不是嫌我们奖的钱太少了?马雄还是摇头。有人说那你有什么要求就赶快说。马雄抬起头来,说他们都有小车来接,而我却没有,我大小也算个先进,不能就这样偷偷摸摸地回去,我又不是小偷。

侯宝德接到电话后,第二天从乡里借了一辆吉普车,请司机韩延文到柳州市去接马雄。韩延文老大地不高兴，把车开得飞快，似乎是要把马雄颠出车外才解心中之恨。马雄坐在车上始终不说一句话。韩延文却说个不停。韩延文说我的年龄和你爹差不多，你在我面前没必要摆什么架子。你完全可以坐火车回去，为什么要来折磨我？先进算什么？十几年前我也得过先进，可现在我还是个司机。年轻人，不要认为自己一得了先进，尾巴就翘上了天。

到达八腊乡已是下午五点。马雄的头发和胸前的大红花都沾满了尘土。尘土让马雄青丝变白发，胸前红花蔫耷耷。韩延文把车停到乡政府门前，说到家啦，马先进，下车吧。马雄说请你告诉侯宝德，就说我马雄回来啦。我不是小偷，用不着偷偷摸摸回家。你叫他把仪仗队叫来，欢迎欢迎我才下车。韩延文说要叫你自己去叫，我可要去洗澡啦。韩延文跳下车，关上车门，大摇大摆地进了乡政府。

马雄一个人坐在吉普车上，路过车边的人都探头往里面望一眼。望过之后，他们轻描淡写地说是马雄呀，怎么一个人坐在车里面。他们不知道马雄得了先进，更不知道马雄坐在车上是为了等侯宝德组织仪仗队来欢迎他。马雄对着路经车边的每一个人说，去，你们去帮我把侯宝德叫来。你们告诉他，别的先进回到地方都有仪仗队欢迎，我为什么没有？听到马雄吩咐的人纷纷跑开，他们一传十，十传百，说没有仪仗队马雄不下车。很快车边围了一大堆人。

韩延文洗完澡，喝了一碗稀饭后走出乡政府，对着围观的人群挥手，说你们都走开，马雄又不是马熊，有什么好看的？你们都给我滚。他像驱赶苍蝇一样驱赶人群。人群闪开一条道，韩延文跳到车上，说你下不下车？你不下车我就把你和车一起锁到车库里。马雄说不下。韩延文说真的不下？马雄说真的不下。

韩延文把车开到火车站，然后站在楼下喊侯站长。侯宝德听到喊声后把头伸出窗口，问韩延文有什么事？韩延文说我把你的先进接回来了，可是他不下车，他要你找仪仗队在街上搞一个欢迎仪式，不然他坚决不下车。侯宝德抬手看了一下表，说现在学生们都放学了，我去哪里找仪仗队？等我吃了晚饭再去张罗，你上来喝两杯吧。侯宝德和韩延文一边说话，一边暗送秋波。韩延文说不喝啦，我把车子停在这里，我可要去和他们搓麻将了。

侯宝德说请你等一下，帮忙帮到底，我这就下来，你送我到小学去。侯宝德咚咚地跑下楼，钻到吉普车的前座，对马雄点点头，说回来啦。马雄说回来啦。侯宝德说非要这样吗？马雄说他们都是这样。侯宝德说现在学生们都放学了，能不能简化手续？马雄说不行，我救了一火车的人，你连叫个仪仗队都做不到，你配做一站之长吗？侯宝德说总有一天，我会把站长这个位置让给你。

吉普车载着侯宝德、马雄往小学方向开去。韩延文问马雄能不能先下车，等他们把仪仗队找齐了，再请马雄上车，然后再请马雄从车上下来。马雄一千个一万个不答应。到了小学，侯宝德又叫冯校长上车。冯校长说你们是要欢迎什么鸡巴人物？这么晚了还要我去找仪仗队。冯校长一边说话一边往车里钻，当他看见马雄时，声音卡住了。他说是不是欢迎你？马雄点点头说，是的。冯校长说我说马雄呀，我是看着你长大的，我也做过你的老师，看在我的分儿上，你就下车吧。马雄说冯老师，难道你不希望你的学生有出息吗？你不希望你的学生光彩吗？学生的光荣也是老师的光荣呀。

冯校长跟着吉普车一家一家地转，转了十几家，总算把仪仗队的大部分成员找来了。由冯校长儿子冯小宝等十六名小学生组成的仪仗队，站在乡政府门前敲锣、打鼓、吹号，他们一齐面对着吉普车的车门。夜色已经降临，人们看不见仪仗队成员的飒爽英姿，只听到乐器欢快的声音从夜的缝隙里传出来。马雄从车的缝隙钻出来。侯宝德和韩延文终于嘘了一口长气，他们异口同声地说这泡屎终于屙出来了，等他下车，比等女人生崽还难。

后来，八腊乡的许多高考落榜青年都学着马雄当年的模样，在铁路边走来走去。他们像在尘土里寻找针尖一样寻找机会。马雄看见他们就无奈地挥手和摇头，叉腰站在铁轨上对他们说你们别找了，那种机会一百年才有一次。

每次巡道路过桃村，马雄都看见一位白头发白胡须的老头坐在尘土飞扬的村道上晒太阳。马雄有时看见他安详地睡在躺椅里，白头发上落着几片半黄的树叶，躺椅边围满几只咯咯叫的鸡。有几次马雄怀疑那位老头已经死了，但第二天路过这里马雄仍然看见他好好地坐在屋前。醒着的时候，老头会睁大眼睛往铁路上遥望。他遥望火车遥望马雄。马雄以为那个老头一定是被他走路的姿势吸引了。

马雄一直想进桃村去看一看那位奇怪的老头，这种想法在他心里埋藏了差不多一个月。有一天他走到桃村时突然感到口渴，想不如进村去喝一口水。他刚走到屋角，老头便从躺椅里站起来，说你是口渴了吧？马雄说你怎么知道我口渴？老头说两三个月来，我天天看见你从铁路上走来走去，你的头发有多少根我都差不多数出来了，怎么会不知道你口渴。

马雄进到老头的屋里喝了一碗茶。老头说我姓谢，叫谢新民。你别看我头发白，胡须白，其实我才六十多岁。从我长头发的那天起，我身上的每一根毛都是白的。知道为什么我每天都坐在门前看火车吗？马雄摇摇头，说不知道。谢新民说我有个儿子，叫谢东，六岁的时候被火车轧死了，就在你进村的路口被火车轧死了。尽管我现在儿孙满堂，但谢东是我最聪明的儿子。你知道他被轧死时最后喊了一句什么吗？马雄说不知道。谢新民抹了一把眼泪，说他喊爹，他喊了一声爹。别的孩子痛了或是受苦了总是喊妈，而谢东却喊爹。二十多年来，一有空我就坐在门口看着那边，相信总有一天他会从倒下去的地方站起来，或者从飞跑的火车上跳下来。等啊盼啊，我终于把他盼回来了。马雄说他在哪里？谢新民说他就是你，你长得像他。我看见你的腿不好使，就想当年谢东没有被火车轧死，只是被火车撞了一下大腿，所以现在走起路来才一歪一倒的。最初看见你在铁路上走的时候，我认为是我的眼睛花了，不相信那是真的，把你当成虚幻的影子，慢慢地你变得真实了，真变成我的儿子了。

从此后，马雄每一次从桃村走过都要远远地对着谢新民喊爹，你在干什么？爹，你的身体好吗？谢新民听到喊声，从躺椅里爬起来，说好，好，儿子呀你要注意安全。喊过之后，他们两人都莫名其妙地笑，笑得泪花横飞。

彼此熟悉之后，马雄开始走进谢新民家吃午饭。吃了好几餐，马雄都没吃到猪肉。马雄对谢新民说，爹你怎么总炒素菜给我吃，为什么不炒一盘肉给我吃？谢新民说，我们已经三个月没吃上肉了。马雄说是不是水灾以后？谢新民说是的。马雄说有多少家没吃上肉？谢新民说整个桃村三个月没吃上肉的不下五六十家。马雄一拍胸口，说你们很快就会吃上肉的。

回到乡里，马雄写了一份材料，寄往县人民政府办公室，材料的题目是"桃村八十户农民水灾之后三个月不知肉滋味"。马雄在材料里详细地描述了桃村八十户农民在水灾之后三个月里吃不上猪肉的凄凉景象，文笔充满感情，成语一个接着一个，有的地方还进行了合理的想象。他尤其对十九个字的题目感到满意，认为这是世界上最好的标题。

县领导对这份材料十分重视，派人打电话找到马雄，问他情况属不属实？马雄说绝对属实，我可以用我的脑袋担保，用我的先进担保，不信，你们可以来调查。

放下电话，马雄直奔桃村。他对谢新民说你们真的没吃上肉吗？谢新民说真的。马雄说县里面就要派人来调查了，你去告诉所有没吃上肉的人，告诉他们如果真的想吃肉的话，就对来调查的干部说三个月来不仅没吃上肉，连油也没吃上。谢新民说这不用告诉，谁会没有吃上肉说吃上了？谁会没钱说有钱？谁会没有睡过女人说自己睡过？马雄说你一定要告诉他们，否则县里来的会说我们碗里放着一块，嘴里吃着一块，筷子夹着一块，眼睛还望着一块。

谢新民只好在前面带路，马雄紧跟其后。每到一个屯，马雄就扯着嗓门喊，大家听好啦，县里面准备派人来调查，问你们水灾之后三个月以内吃没吃肉？如果你们吃过了，你们就再也分不到县里面运来的猪肉了。如果你们没吃过，你们就会分到十斤、二十斤也许是三十斤猪肉。这三个月，你们谁吃过肉吗？吃一块不算吃过，吃一斤也不算是吃过。那吃了多少才算吃过呢？三个月内吃了十斤以上的才算是吃过。你们可要记好啦。

马雄的声音把桃村几百户人家一千多人的胃口都调动了起来。他们的喉结在静静地蠕动，胃酸在快速地分泌。有人告诉马雄，除非他们动刑，否则我们绝对不会说我们吃过肉。

经过县里派来的三个同志的详细调查，证实桃村共有一百零七户农民三个月来确实没有吃上肉。经过反复地讨论，他们认为报一百零七户还不如报一百零八户。一〇八，一定发。他们为这个吉祥的数字兴奋不已。

几天之后，县里用货车拉来十几头修得白白净净的肥猪，桃村一百零七户农民像过年一样，欢欢喜喜分猪肉。他们给马雄分了一份儿，还多分给他一个猪头。马雄提着那个猪头和十几斤猪肉站在阳光下，看着那辆货车和送肉的人哐啷哐啷地离开了桃村。马雄想他们就这样走了，他们连一句话也没跟我说就走了。马雄怀疑送肉的人一定是遗忘了什么，他们怎么没跟我说一句就走了？望着空荡荡的马路，虽然马雄左手提猪肉右手提猪头，心里还是感到不满足，空落落的。

马雄把猪肉和猪头堆到自己家的饭桌上。马家军说有这么多呀？马雄说这还算少了。马家军脱掉衬衣，动手烧那只猪头，猪头的焦味和香味弥漫了整条街。马雄抽了抽鼻子，说爹，这个猪头分外香，就像战地黄花分外香。马家军说是特别香。马雄说爹，这个猪头是不是特别大？马家军说是特别大，我从来没见过这么大的猪头。马雄说爹，为什么你的名字叫马家军？马家军的双眼被油烟呛出了眼泪，有些不耐烦了，大声地问马雄，你刚才说什么？马雄说这么多猪肉和猪头，算不算是我的稿费？马家军说当然是你的稿费，但这些稿费是生的，现在我要把你的稿费变成熟的，如果没事的话，你就滚到一边去吧。你吃了我几十年的稿费，今天我吃一回你的算不了什么。马雄像一条夹着尾巴的狗，在他爹的唠叨声中离开了飘荡着肉香的厨房。离开厨房时，马雄暗暗骂了一句：我操你，马家军。

九月，我考上了县城高中，带着一口红木箱和一床被窝去挤火车。八腊乡火车站虽然不大，但挤火车的人却不少。父亲扛着那口油漆未干的木箱在人群中为我开路，他的颈脖和脸上沾满了红油漆。油漆与汗水混杂在一起，黄皮肤变成了红皮肤，脸上是那种喝了几斤酒之后皮肤正在燃烧的颜色。

马雄背着简单的行李爬上了火车，像是要远行的样子。他的背包上挂着一个口盅一条湿毛巾。他站在火车上向我们招手。

我们和马雄站在同一节车厢里,火车摇摇晃晃地离开了八腊。火车里的人屁股贴着屁股,胸膛贴着胸膛,车厢里气候炎热,飘荡着大森林里植物和动物发酵后的气味。我们都没有座位,在火车的摇晃中马雄几次险些倒下,但几次都让我扶住了。马雄用复杂的眼神打量我。

卖座位啦,十五块钱一个,谁要?谁买?喊声从我们的脚底下传上来。透过大腿组合的丛林,我看见一个裸着上身的肥胖男人正在叫卖。汗水像河流在他肥沃的背膀上流淌,他的绿裤衩被汗水湿透了。马雄说我要,我买座位。胖子说拿钱来。胖子一边说着一边离开座位。马雄坐下去,胖子站起来,我们的空间又小了一点儿。胖子说拿钱来。马雄说没有钱。胖子说没有钱就给我滚。马雄说你没看见我是残疾人吗?你学一学雷锋行不行?胖子说你睁眼看一看,我这么胖,我也是残疾人。马雄说你站着更有利于减肥。胖子伸手去抓马雄的头发。马雄突然跳到座位上,说我是乘务员。胖子说乘务员也得拿钱。马雄说我是记者。胖子说我只认钱,不认什么记者。马雄说我是领导。胖子说你只领导你自己。马雄洁白的衬衣领已经被胖子的右手高高地拎起。马雄抓起一瓶啤酒,在桌上狠狠地砸了一下。啤酒瓶炸开了,玻璃和啤酒的泡沫四处飞扬。马雄的右手紧紧抓住半截酒瓶,酒瓶寒光闪闪锋利无比。马雄说我是流氓,你再不松手,我就把酒瓶戳到你的肚皮上。胖子终于放手,说你等着。马雄说我等着。胖子从缝隙里溜走了。

马雄安然地坐在座位上,不停地晃动他手里的半截啤酒瓶,说我爹是派出所所长,我怕他干啥?我是县委办公室的通讯员,我怕他干啥?到这个时候,我才知道他已调到县委办公室工作。他说调令已经来了几天,他一直犹豫着去不去报到。他怕我们不相信,从口袋掏出调令来给我看。我看见调令上的日期,确实已离今天有好些日子了。

马雄指着我的父亲说，等我当书记了，我给你们谷里修一条公路，建一所希望小学，路要修得笔直宽敞，学校要修得富丽堂皇。工程吗，就由你负责。父亲笔直地站着，不停地点头，也想哈腰，但父亲的腰被乘客们的腰顶着，没有办法哈。他竭力做出欲哈不能的模样，仿佛真的领到工程，满脸惊喜和感激。

火车到达县城时已是下午七点钟。马雄说现在他们都下班了，我只好睡在县委大院的值班室里了。我问他们给你睡吗？他说怎么会不给，我有调令。我看着他的背包、口盅和毛巾离开了我们，离开大约有十米远了，他突然回过头来对我说，有什么困难的话就来找我。我说好的。

张书记对走进办公室的马雄说，调你来主要是要你来编简讯和写信息，我们县的信息被采用量目前在全地区排倒数第一，你要像写桃村人吃不上猪肉那样为我们县写信息，为我们县叫穷叫苦。什么时候为我们写出一笔拨款来了，我就给你转干。马雄说那要等到哪年哪月？张书记说运气好的话，半把年就可以了。

但是半年过去了，马雄一直没有写出一篇像样的信息来。他向报社、电台投去的新闻稿件一篇也没有被采用。半年来，他基本上不敢抬起头来走路。下班之后，他便坐在宿舍里，像一匹北方的狼不停地呜咽，回忆他英雄的时光以及传说中美丽的草原。

马雄的宿舍只有九平方米，在县委办公大楼的一层。尽管是白天，他的房间也像黑夜一样，所以他经常唱我的黑夜比白天多。他没有钱买床架，就用几块板子铺在地上，上面再铺一张席子，席子之上他经常和衣而眠。他不让任何人进入他的房间。有一次收发室的何志丽小姐跟马雄谈一本当时流行的书，说要找来看一看。马雄说他那里有。

马雄带着何志丽往他的宿舍走,脑子里大概只想着那本书的封面、插图以及精彩的细节,完全忘记了不能让人踏进他的宿舍。打开门,拉亮灯,马雄被自己的床和自己的宿舍吓了一大跳,好像是闯入了陌生世界。他赶忙用身子挡住门口,不让何志丽进去,说他没有那本书,刚才的话都是吹牛皮的。何志丽说我想进去坐一坐,只坐一会儿。马雄说一会儿也不能。说完,他就把自己关在屋内,把何志丽关在门外。关于马雄房间的大致描写,是何志丽告诉别人,别人再告诉我们的。

天气渐渐变冷了,马雄不愿一个人待在宿舍里,就和保卫干事薛勇经常到各大饭店串来串去。哪个部门开会,在哪里就餐,他都了如指掌,并且在开饭时准点到达。吃完饭,用手抹一下油光可鉴的嘴皮,就对部门的领导说,我给你们的会议写个稿子,拿到县广播站去广播。有好几次,吃饭的人都走光了,只剩下马雄一个人孤零零地坐在餐桌边熟睡。他常常在服务员收碗扫地的声音中醒过来,醒来之后的第一句话就是我该回家了。

天气一冷,人们便开始谈论奖金,谈论哪些人发财了,今年每人能拿到多少钱,然后又如何把奖金花完,其中吃喜酒占多少,拜年占多少?马雄听着办公室的人们无边无际地谈论奖金,突然产生了一个念头。他跑进张书记的办公室。张书记正在接电话。放下话筒,张书记问马雄有什么思路?马雄说我们是不是要给他们拜年?张书记说给谁拜年?马雄说给地委办公室管信息的领导,给电视台、报社、电台的有关编辑、记者。我认为我们的信息工作和宣传工作上不去,主要一个原因是没有给他们拜年。张书记说你打一个报告来。马雄说连吃饭在内,至少要五千元。张书记说批你八千。马雄说书记,你真大方。张书记微微笑了一下,说你快点去办吧,赶在过年前把事情办妥。马雄说保证完成领导交给的任务。马雄说完,从书记的办公室跑出来。

他竟然觉得自己奔跑的姿态十分优美。

马雄再次走进张书记的办公室是一个多月之后的某个下午。马雄走进去时，张书记正埋头看报纸。张书记的脸不阴不阳，咳了两声，仍然没有说话。马雄预感大祸临头，突然想跑，甚至想找个地缝钻进去。马雄站了好久，张书记才把头从报纸上抬起来。写这样的消息，也不问我一声，张书记一边说话一边用手指往报纸上戳，那张报纸被他的指头戳破了。马雄看见自己采写的百余名中学生食物中毒的消息赫然地登在报纸上，内心一阵狂喜。他想我的文章上报了，第一篇文章叫什么来着？叫处女作，我的处女作终于发表了。马雄忘记了张书记的愤怒，忘记了自己身在何处。他只看见张书记的嘴巴不停地翻动，但是没有发出任何声音。张书记提高嗓门，说我在对你说话，你听到了吗？马雄说听到了什么？张书记说我再说一遍，今后凡是你往外寄的信件，除了恋爱信之外，都要给我看一遍。这是关心你，也是对你负责。马雄说什么稿件都要看吗？张书记说都得看。马雄说前几天我寄了一篇散文，没有来得及给你看。张书记说什么散文？马雄说题目叫《遥寄母亲》，我一直没有见过我的母亲，也许我见过，但我记不得了。我不知道她什么模样，身高多少体重多少公斤？不知道她什么血型，喜不喜欢辣椒？是喜欢打人呢还是喜欢骂人？是喜欢唱歌呢还是喜欢劳动？她的业余爱好和她喜欢的格言是什么？真的，我一点儿都不知道。张书记说你没有母亲了？马雄说早就没有了。张书记把报纸摔给马雄，说你走吧，今后注意点。

马雄拿着那张被张书记戳破的报纸往楼下走，一边走一边看。到了楼下，他碰到了陈县长。他对陈县长说，你看，我写的文章被张书记戳破了。陈县长说你过我这边来，我保证在半年内给你转干。马雄说你说话算数？陈县长说君子一言，驷马难追。

马雄调到县政府办公室的时候，到处都在传说陈县长要调走，这个传闻吓了马雄一个大跳。他想真是一失足成千古恨，县长一调走，我可就完蛋了。现在，不仅是库区人民需要陈县长，我马雄也需要陈县长。向阳县地处红水河畔，是包谷滩电站库区。修电站的时候，向阳县搬迁了近七万人口，他们在背井离乡之际，特别特别思念他们的县长。他们的家园被大水淹没了，但他们永远不会忘记向阳和县长陈大光。移民的信从大海边从农场飞回到陈县长的案头，陈大光简直就是他们的亲人，是他们的家园。于是，马雄写了一篇《库区人民需要陈县长》的文章，寄往地区、省城。不知道马雄的文章发没发生效力，反正陈县长没有调走。马雄对自己的转干又一次充满了信心。

只有马雄知道陈县长患有肝炎，这是陈县长在一次酒醉之后自己对马雄说的。每一次在饭店里喝酒，马雄总抢过陈县长的杯子，替陈县长喝下那些必须喝下的酒。有一次，陈县长对马雄说，你替我喝那些剩在杯子里的酒，就不怕我把肝炎传染给你？马雄说如果科学能够发展到以肝易肝的话，我愿意把我的肝换给你。陈县长感激地拍了拍马雄的肩膀，说好兄弟，我的好兄弟，今后我有肉吃就有你的汤喝。你说，现在你最想做什么？马雄说我想开车。

马雄开着陈县长的本田车回八腊乡去看望他的父亲马家军。他的右脚踏不了油门，就为自己配了一根短木棍。他把木棍顶在油门踏板上，如果要加速，就用右手轻轻地推动那截木棍；如果要减速，他就把木棍一点一点地收回来。尽管这样能够把车开走，但马雄还是觉得不过瘾，觉得那截木棍把他和车子隔开了，他和车子仿佛没有发生直接关系。木棍没有感觉，所以马雄的油门愈轰愈大，没走出五里路，马雄就把车撞到了路边的石头上。车头烂成一团，像炸酱面。闯大祸了，我为什么不一头撞死呢？马雄想着，冷汗冒了出来。等身上的汗渐渐干了，他才想到挽救局面的最佳办法。

他请了一辆卡车，把轿车直接拉进修理厂。他对所有知道这件事的人说，不要告诉陈县长。他们真的没敢告诉。第二天，陈县长要用车的时候才找到马雄。马雄说我把车撞坏了。陈县长说现在车子在什么地方？能不能跑？马雄说现在车子在修理厂，最快也要一个星期才能修好。陈县长说你把车撞成什么样子了？带我去看一看。马雄说你千万别去看。陈县长说你还管得了我吗？马雄双膝落地，跪到陈县长的面前。陈县长说你这是怎么了？马雄什么也不说，头勾得快要触到了地面。陈县长说起来吧，把车修好就行了，何必做得那么可怜。马雄从地上爬起来，爬起来的时候，他没有忘记拍膝盖上的灰尘。

有一天马雄对陈县长说，你把何群撤了。陈县长说为什么要撤他？马雄说反正你得把他撤了。陈县长说你必须说出一个理由来。马雄说我叫他到修理厂去结账，他不去。他还说我是你的狗腿子。陈县长说车子一共修去多少钱？马雄说两万多块。陈县长说何群是我多年来的好朋友，叫他一下拿两万多块钱恐怕有难处。马雄说可是他说我是你的狗腿子。

两个月之后，供销社主任何群调到县文化馆工作。马雄碰见他的时候，对他说你知不知是谁撤了你的职务？何群说是张书记，是陈县长，是人事局，是领导们研究决定的。马雄说都不是，是我把你撤掉的。何群哈哈大笑，对周围的人说，你们都来看一看，这个小子连干部都不是，他却说是他把我的职务撤掉的。他如果能撤掉我的职务，他会是这副模样吗？他早就给自己找个干部当当了。马雄说正因为我不是干部，才只撤你的职，如果我是干部，那就不是撤职的问题，而是开除的问题，不信你睁着眼睛等。马雄说完，在地上吐了一口痰，仿佛是他给何群下的一份文件。

我们一致认为,那是马雄最英雄最辉煌的时期,他的苦日子似乎快要熬到头了,他的好日子就像一张大馅饼,马上就要从天上掉下来了。黑夜过后有曙光,噩梦醒来是早晨。一天,我在街上碰到他。他对我说,五个月的时间,我搞了一万块钱。我现在有一万块钱了。你知道一万块钱意味着什么吗?意味着可以买两部彩电,或者一辆摩托,或者两千斤猪肉。我爹干了一辈子革命工作,还没有一万元,我只干五个月就有了。

那时马雄烟酒有人送,工资基本不用。他常常到别的单位去拿钱,要钱的借口五花八门,有时说是给上面送礼,有时说是接待上面的朋友,有时说是宣传费,就连他那根金属拐杖的发票都是交警大队给他报销的。有些单位不买他的账,他就对他们说哪天我叫陈大光把你的职务撤了。但是马雄的好景不长,到了秋天,陈县长还来不及给马雄转干,便调到邻县去做县委书记去了。

陈县长调走以后,马雄常到学校来找我们的班主任秦广州。秦广州刚从大学中文系毕业,和马雄一样喜欢写文章。他们坐在一起谈李白、杜甫、鲁迅、郁达夫、曹雪芹、施耐庵、蒲松龄、陈大光、张松阳、马家军、侯宝德、李寒、曾桂花、黄婷婷,偶尔他们会谈到我,和谈到我的同班同学,包括最漂亮的那几位女同学。秦广州曾不止一次对我说,马雄很关心你,他要我给你的语文作业打一百分。我给你打一百分容易,但这对你毫无用处,高考的时候又不是我给你改卷。马雄怎么用这种方式关心你?他根本不懂得如何去真正关心别人。

此时的马雄已不是彼时的马雄,他除了关照秦广州给我打一百分之外,已不可能再有什么大的作为,反正给我打一百分又不要他上税。

但是我还是被他这种助人为乐的精神所感动。

一天,马雄拄着那根金属拐杖走进保卫干事薛勇的宿舍。薛勇正坐在书桌前对着镜子挤他脸上的青春痘。薛勇说成败在此一举,我要把我脸上打扫干净。马雄说你打扫快一点,别人等久了不好。薛勇说你急什么,我都不急你急什么?

马雄和薛勇走出县委大院。马雄把那根金属拐杖拿到手里舞来舞去,许多人都奇怪地看着他。薛勇问今天你带这么根多余的东西干什么?马雄说拐杖,我的一条腿。薛勇说你不用它不是照常能走吗?马雄说可是它代表一种身份,你没看见拐杖上镀过金吗?就像有的人戴眼镜,他们根本没近视,但他们还是戴上一副眼镜,以此表明有学问,斯文不流氓,其实现在戴眼镜的比不戴眼镜的更流氓。薛勇说就像拿拐杖的比不拿拐杖的更流氓一样。马雄说我流氓了吗?我又不像你急着找对象。薛勇笑了笑说都流氓,都流氓。

马雄和薛勇一边说着一边往王子饭店走去。这是薛勇的第一次相亲,由马雄陪着。落座之后,薛勇不知道跟女方说些什么,只不停地劝她吃。起先女方只顾吃,吃了一阵,她好像发现了什么问题,用餐巾纸轻轻地擦着嘴巴,说薛勇,你以为我是酒囊饭袋,除了吃一样都不懂了吗?薛勇说没有这个意思,绝对不是这个意思,我们还是出去走一走吧。薛勇和那个女的离开了餐桌,他们邀马雄一起出去走一走。马雄说我的腿不好,不喜欢走路,我喜欢喝酒。薛勇给马雄添了一瓶白酒,然后走出了餐馆。

马雄把那瓶白酒喝干之后,扑到桌子上睡着了。服务员把桌上的酒瓶碗盏弄得乒乒乓乓的响,但马雄仍然沉睡不醒。马雄听到有人叫他的名字,好像是女人的声音。马雄就问现在几点了?那个声音回答已经晚上十一点了,你怎么在这里睡觉?马雄说这里是哪里?那个声音说这里是饭店。马雄说现在我们去哪里？那个声音说回家去。

马雄感到自己被人搀扶着走出了饭店，钻进了出租车，然后又下车又上楼，然后就走进一间宽敞豪华的客厅。有人为他洗脸洗脚，还帮他脱了衣服，最后把他放到一张松软的床上。朦胧中马雄叫了一声妈。马雄说妈，你是我的妈妈，我是不是回到了家里？

第二天早上醒来，马雄感到头有些微微涨痛。他看着厚实的窗帘、吊顶的天花板和地上的大理石，拍了拍自己的脑袋，我这是在什么地方？会不会是做梦？马雄飞快地穿衣起床，拉开房门，看见朱晶莹坐在客厅里。他叫了一声朱阿姨，说朱阿姨，你比我妈还好。朱晶莹说那你就把我当成你的妈好了。马雄说我把你的床铺和地板弄脏了。朱晶莹说没关系的啦，你把这里当作你家好了。马雄说谢谢，那我先走啦。朱晶莹说你先洗把脸吧。洗完脸，马雄说那我走啦。朱晶莹说你先坐一会儿吧。马雄坐到真皮沙发上。朱晶莹说你千万别消沉，你还年轻，前途无量，如果你在向阳县待不下去，将来还可以调到陈县长那边去工作。马雄说陈县长他还记不记得我？朱晶莹说怎么不记得，昨天他还打电话来问你的情况。马雄，我真的有你妈那么老吗？马雄说我没见过我妈，在我懂事之前我妈就死了。她死的时候才二十四岁，很年轻。朱晶莹说孩子，你很可怜，你就把我当成你的妈妈吧。

马雄想象自己从二楼飞奔而下，尽管他不能飞奔。此刻，他十分幸福也十分高兴，终于又看到了希望，仿佛自己的腿忽然不瘸了似的。但是，他刚一走出大楼，双脚货真价实地踏在大地上时，立即就想起了那根镀金的金属拐杖。他来到王子饭店，问服务员见没见他的拐杖？服务员都摇着头说没看见。领班说整个向阳县就那么一根拐杖，如果是掉在餐厅里，谁都知道那是你的。我们王子饭店一贯拾金不昧，不会隐瞒你的拐杖，况且我们的腿都很好，用不着拐杖。马雄走到昨夜喝酒的餐桌，指着那桌子说，我的拐杖就是掉在这里的，你们谁看见了？他们坚决地说没看见。

没有拐杖也难不倒马雄，本来他就把拐杖当成一种象征。朱晶莹那里该换煤气了，马雄就瘸着腿一个人把煤气罐从一楼扛到二楼，多少次煤气罐都险些从他的肩膀上滚下来。其实，他也可以请人扛煤气罐，但他觉得如果请人扛不足以表达他的心情。朱晶莹被感动了，一边给他擦汗一边说，马雄呀马雄，你对县长这么好，将来我们全家搬过去了，我一定叫他帮你也调过去。我已经催他调我了，但是他说先别忙，等我们家陈红高考后再调过去。只要我调过去，你就能够调过去。陈红你知道吧？就是我的女儿，在县中读书，明年就高考。我调查过，那边县中的教学质量并不比这边的差，可你们县长就是不肯把我调过去。他不肯调我，是不是在那边有新欢了？马雄说不会的。朱晶莹说现在的男人呀，说不准。

朱晶莹那里该买米了，马雄就一个人把一袋四五十斤重的大米扛到朱晶莹家。朱晶莹一边为马雄擦汗，一边对他说马雄呀马雄，你看陈红她像什么话，她说学习太紧张，连星期天都不肯回来看我一眼。我一个人下班后，在这么宽的房间里走过来走过去，后背冷飕飕的。你有空的时候多来坐坐，陪我说说话。如果你愿意，就住在我家里，把我家当你家好了，把我当你妈好了。我比你大十几岁，别人也不敢说什么闲话。

一天深夜，陈大光心血来潮，突然思念自己的老婆朱晶莹，就从邻县连夜赶回家。打开门，打电灯，他看见马雄睡在他过去睡的地方，立即从腰里拔出手枪，把枪栓拉得咔嚓咔嚓的。马雄从床上滚下，跪到陈大光面前求饶。但朱晶莹仍然躺在床上，一动不动。马雄说陈县长，你饶了我吧，我对不起你……我什么也没干，你都看见了，我们虽然睡在一张床上，但我们仍然保持着恰当的距离。我只是把她当作我的妈妈，不信你问她。马雄用手指着床上的朱晶莹。

陈大光朝天放了一枪。这使马雄突然想起杀人犯秦世杰。他想自己马上就要死了，马上就要被陈大光枪决了。但是，陈大光没有枪决他，只是运足了全身的力气，朝他的屁股愤怒地凶狠地势不两立地不共戴天地深仇大恨地踢过去。马雄叫了一声妈哟，便滚到墙角，脸蛋扭曲，泪水滂沱。马雄说我从小就没有妈，呜呜，我以为这是我的家，呜呜，我以为她是我的妈，呜呜……

马雄被陈大光踢出大门。大门嘭的一声关严，从门缝里传出朱晶莹的号叫。马雄仓皇奔跑，跑到保卫干事薛勇的门前，举手敲门，敲了好久门都没开。马雄正欲离去，门忽然开了。薛勇堵在门口，问什么事？马雄说进去再说。薛勇不让他进屋，说我准备结婚了。薛勇从门角抓起一根拐杖递给马雄，说那次我们散完步回到王子饭店接你，你不在，餐桌边只有这根拐杖。我把拐杖带回来了，一直想还给你，却没有时间。马雄说你准备和谁结婚？薛勇诡秘一笑，说就是那天晚上会面的那个姑娘。马雄说真是神速，你们才认识多久？薛勇赶紧捂住马雄的嘴巴，挥手叫他快走。

马雄抓过薛勇手上冷冰冰的拐杖，走入县城漆黑的大街。据说，当天晚上他爬上了北行的火车，回到八腊乡。以后的日子，他拄着那根金属拐杖，在八腊乡的街道上漫无目的地行走。碰见李寒了，他就举起手中的拐杖说，我已经配了黄金拐杖，你为什么不嫁给我？你说过的，只要我配了黄金拐杖，就可以娶你。马雄见一次李寒就这么说一次，不厌其烦。李寒看见他，便远远地闪避。但某些时候，比如夜深人静的时候，比如天气冷的时候，李寒会被马雄那些胡言乱语莫名其妙地感动，甚至两眼噙泪。李寒弄不明白这到底是感动或是同情？

后来我考上了大学,很少有机会再见到马雄。某年暑假,我和他在街上偶遇。他在阳光下摇摇晃晃地走过来,手中的拐杖金光闪闪,仿佛镶在嘴里的金牙。他一直走到我面前,堵住我的去路。我突然记不起他的名字,抓了一会儿脑袋,说马湛蓝,你还好吧?他问马湛蓝是谁呀?我说是你。他愣了一下,嘴角渐咧,眼睛渐闭,笑容堆满他的脸蛋。

写于1996年

幻想村庄

父亲在我写小说的这个季节朝我直面走来。父亲的身后是一面灰色的天空，路途在父亲和我之间如时间的隧道，曲折漫长。父亲跌跌撞撞仿佛《杜康神酿》中的先人，已经八分醉意三清醒。父亲有手的衣袖口吊着的那块破布，像酒旗飘扬在秋天的空气里。确切地说，父亲不是为我而来，父亲为秋天为那些芳香的玉米而来。父亲赴一个多年的约会，有鼻有眼不苟言笑的父亲脸庞，写满深不可测的秘密。路途上飘浮不定的父亲，注释着他来的那个地方情况复杂。

在我苦心经营小说的这个地方，父亲曾经苦心经营他的玉米酒。这个叫作谷里的山区，是桂西有名的酒村，泥土里夹杂着瓦罐的碎片，先人们的酒香用碎片流传下来，熏陶着一代代做酒人。做酒人望着那些黑色的酒旗，脑子弥漫幻想。《杜康神酿》就是父亲在失恋的日子里，从地底下挖掘出来的酒的模子。

我现在坐在谷里我家老屋的一面窗口下，写关于父亲的故事。屋子里充斥着新鲜的玉米的浓香。油灯不胜秋寒颤抖着诉说久远的历史,窗外繁星点点在高山的陪衬下,愈加显得高远深邃。玉米秆已经被收割,风显得狂妄而得意。地皮里的微寒从我的脚面传递上来,狗吠声带着湿润的气息。虽然只是浅夜,村庄却贪污了时间,过早进入睡眠和幻想。鼾声如没有阻拦的风,肆无忌惮。一个古老的故事穿过那些破败的本板,从隔壁传来。鞭子击打肉体的声响如沉闷的鼓声,似乎来自水底。妇女一手拉着儿子的手臂,一手高举鞭子。妇女问儿子:门前的那棵桃树是不是你砍的?你为什么砍它?你知道不知道一树桃子能换几斤油盐?你为什么骗人?妇女不厌其烦的追问声和鞭子的抽打声组成混响,将陪伴我的小说,走向结束。妇人儿子的哭声显得委屈。妇人的儿子因为不勇敢地承认桃树是自己砍的,而遭受惩罚。这是一个围绕着诚实或不诚实的古老的故事。

　　父亲是个诚实的孩子。这话是父亲的岳父说的。父亲能够用诚实来装饰自己的时候,已经不是孩子而是个二十多岁的青年,只不过天下的岳父都喜欢把女婿叫着孩子。父亲的诚实写在他的眼睛里和勤劳的行动中。二十多岁的父亲跟桃子订婚后,父亲便把所有的力气廉价地奉献给了岳父。父亲常常裸露臂膀挥汗如雨地站在岳父家的地基上,为岳父挖泥筑墙。泥土在父亲有力的捶打下渐渐升高。父亲在一个阳光灿烂的午后,终于能够站得高看得远。父亲的目光穿过岳父家的房屋空间,重重地落在桃子的蚊帐上。桃子躲在那个时代的深闺里,安心做着针线活,没有防备到屋外渐渐升高的墙上站着一双眼睛。桃子几十年如一日地起居行动。父亲敏感地发现桃子手上纳着的鞋底宽而且长,不像是为她的未婚夫做的。父亲感到伤心。

　　桃子在这个阳光灿烂的午后为自己的身体准备了一桶水,桃子的身影矮了下去。父亲只听到稀里哗啦的一片水响。桃子安全地躲在闺房里洗澡。父亲在屋外拼命地筑墙，想站得更高一些，以便看一眼矮下去的桃子。然而父亲不是爬树，父亲没有忘记是给岳父筑房子。父亲无论如何拼命也不能忽视墙的质量。父亲为了使泥土筑得结实一些，无法使自己一下子站得更高。父亲在这个下午坐失良机。

累得气喘吁吁的父亲认真地聆听闺房里的每一滴水响，展开想象。父亲从这个下午开始走向幻想之路。

父亲坐在岳父家的晚饭桌边，依然幻想不止。岳父望一眼高墙，再望一眼父亲说，你是个诚实的孩子，把桃子许给你，我放心。岳父说话时，父亲朝桃子的闺房扫了一眼。父亲很难见到桃子。旧时代的女性属于闺房。父亲被问题缠痛了脑筋，想桃子手上的那双长鞋到底是为谁做的呢？

父亲像岳父家庭里长出的一双手，终日舞蹈不停。人们常常看见父亲被岳父家的门洞吞吐着。父亲或是为岳父切烟叶或是为岳父编草绳，所有的休止符都不休止地写在岳父家。父亲没有预感到一个阴谋正笼罩在他的头顶，识破阴谋的人看着父亲的劳动，觉得徒劳而忧伤。父亲没能跟桃子说一句话，一辈子都没能说，虽然他们生活在一个村庄里。父亲想跟桃子说的一句话十分流行而又简单。父亲想如果桃子有一点想说话的暗示，那么父亲就说：你吃了吗？桃子。

恋爱时期的父亲显得信心十足。父亲只注重讨好岳父注重勤劳这个过程，却忽视了目的。父亲想只要博得岳父的喜爱，只要自己证明自己是诚实可靠的，桃子就一定会成熟，爱情也会成熟。父亲坚信桃子一定会投入他的怀抱。父亲重视过程的习性，保持到他夕阳西下的时期。晚年的父亲执着于他的玉米酒。父亲看着酒气在村庄上空弥漫飘荡，便醉似的满足。父亲的幻想只有在酒的氛围中，才能充分展开。

我在写小说的深夜里，听到父亲执着的拐杖声敲打在取水的路上。

几十年与时间的搏斗，父亲已像一架松散的马车，走起路来摇风摆柳。父亲常常想偃旗息鼓，但当他看到躺在屋角的那些酒具，便全身绷紧如一只信心十足的闹钟。父亲于是挑着伴随他一辈子的杉木水桶，挂着拐杖踏上了取水之路。秋天的山区水源枯竭，三里长的路程如高低不平的楼梯诗，父亲和水桶走走停停在路上写满了逗号。父亲看见水桶想到水，看到水想到盛装酒糟的坛子，看到坛子想到熬酒的锅头，看到锅头想到甑子，看到甑子想到火，看到火想到酒。父亲从牙缝里挤出玉米，默默地煮酒熬酒。做酒饼、挑水、烧火是父亲大半生的过程，父亲的目的不是酒，而是一锅好酒，赶得上他从地底下挖出来的那坛好酒。父亲的目的显示出他的品位，酒与好酒毕竟一个人间一个天上。

父亲抚摸那些酒具像抚摸桃子。父亲常常一边煮酒一边自言自语。父亲事实上没有和桃子对话，臆想中父亲却与桃子不停地争吵着恩爱着。当岳父家的那间墙房快要封顶的时候，岳父和父亲都觉得挑子已经成熟。岳父给了父亲一个日子。这个日子搁在腊月里，等待父亲去利用。

父亲的轿子颠簸在冷风里。父亲家和岳父家都坐满了吃酒的客人，两家一箭之遥猜码声相闻。但父亲没有放弃用轿子迎亲。轿子是父亲和桃子的桥梁，父亲站在桥的这一头，看着轿子上的流苏轻快舞蹈。轿子晃过腊月晃过屋角，父亲整个浮离地面。父亲期盼着一种东西降临，那种东西父亲隐约可见，似乎就逼近在眼前，在腊月的这天里伸手可得。

这一头的父亲清晰地听到岳父家有人喊："新娘入轿……"喊声撕破唢呐的曲调，像一根绳索高高抛起，猛地套在父亲的心上。父亲只听到一声喊，便读到了变动的情节。岳父家已乱成一团。媒人掀开桃子的门帘,惊叫一声:桃子,不见了,人呢?桃子……

　　桃子在这一天成为所有人嘴上的读物,呼喊桃子的声音响成一片。父亲紧紧跟着岳父在村庄奔跑,像跟着一个冤家一个债主。岳父慌乱的动作,织成一篮乱麻。父亲看着还不清债的岳父,心里浮出一丝幸灾乐祸。

　　岳父用坚定的脚步声提醒父亲,能够把桃子找回来。岳父和父亲踹开仁富家的大门,桃子和仁富像两根瑟瑟发抖的惊叹号,站在我的小说里。桃子抱着那双大长的布鞋,低垂眼帘被仁富的手臂收藏。父亲不敢正眼看桃子。岳父骂一声狗,便去拉桃子。桃子说:爹,别逼我,我已经是仁富的人了。桃子的一句台词降低了她的身价,父亲终于昂扬起来。父亲看见桃子粉白细腻的脸蛋上摆布着小巧的五官,如初熟的蜜桃馋人。父亲只一眼就望得饱饱的。父亲想一口吞了桃子。二十四岁的父亲第一次大胆地看着一个女人。父亲说我不记恨,只要你跟我走。桃子没有答应。岳父的脸因为桃子的不表态蓦然灿烂。岳父觉得桃子已经丢了爹的面子。岳父扭身出了大门,把桃子从家庭中删除。岳父说她脏了,她不配你,她不是我的女儿,她不争气,我再操个女儿来嫁给你。父亲在岳父的定义声中恋恋不舍地退出来。桃子漂亮的程度与父亲的绝望成正比。桃子太漂亮了。父亲太绝望了。父亲说这是个结婚的好日子,是我看定的,仁富你怎么拿来用了?这个吉日讨亲,多子多福哦。父亲最后看一眼桃子,转身去追岳父,生怕岳父逃跑似的。而桃子在这个腊月里定格在父亲的脑海,给父亲无穷无尽的回想。父亲的大部分白天和黑夜,都和抱着一双布鞋瑟瑟发抖的桃子厮守一起。桃子成为父亲虚构的一部小说,翻动起来哗哗地响个不停。

　　父亲即将走进他的玉米酒。父亲开始煮酒并不是因为失恋,而是缘于一次偶然的挖掘。轿子空空荡荡地抬回来了，父亲感到他和桃子间的桥梁已被腊月的这个日子冲垮。轿子越来越靠近家门，桥被大水一节一节地淹没，最后只剩下父亲这只桥墩。岳父家的那间泥墙，因为桃子的私奔显得前途黯淡。还没封顶的泥墙，像村庄的大嘴，控诉桃子的背信弃义。消瘦的岳父找到父亲说墙是你一手筑的，你就把它筑完。你把它筑好了，它能证明你是个什么样的人，也能证明我的女儿是个什么样的人。她不仁你还义，不愁你找不到女人。

　　父亲被说得怦然心动。父亲这只桥墩痛苦地幻想了几个黑夜，已经读透了桃子的所有章节。父亲从床上站起来时，像是贪恋过度显得有气无力。父亲对岳父说：墙，我筑，但不是为了女人。我再也不要女人，除了桃子。

　　父亲又开始站在岳父家的高墙上，腊月撩起父亲的衣衫。父亲眺望仁富家的大门，桃子被封存在大门之内。父亲挖掘岳父家屋角的黄泥，一撮一撮地挑上墙顶。在泥墙封顶的最后日子里，父亲听到一声来自地层深处的轰响。父亲看到泥地里埋着两只坛子。坛子一大一小像父子或者夫妻站在土窿里，飘荡着历史的气息。父亲打开那只封紧的大坛，一股酒香由父亲的鼻尖袅袅升起直冲天空。父亲没有喝酒便倒在地上，夹杂着陈年桃香的老酒麻醉了父亲。岳父把那只小坛撬开，看见了毛笔小楷抄写的《杜康神酿》，书里密密麻麻写满做酒的各种方法。岳父把《杜康神酿》递给父亲，像递一个祖传秘方显得庄严肃穆。父亲在泥墙下打开书页，看见谷里的先人们在书页里醉态十足地行走，先人们怀揣秘密没有清醒也没有痛苦。岳父说，你是我最信得过的人，酒和书全送给你，女儿没送成就送坛酒吧。父亲说我不能白要。父亲和岳父拿着两只瓦钵从坛里舀酒，贪婪地倒进嘴里。岳父说好酒好酒，我这辈子从未喝过这样的好酒。父亲在岳父的引诱下，第一次开怀畅饮。瘫软如泥的父亲被岳父放倒在桃子的床上，桃子的余香虚虚实实地窜进父亲的鼻穴。父亲认定桃子的气味如酒，妥帖地抚平了他的伤痛。一般的女人如水，而好的女人如酒，男人轻而易举地被她们麻醉。

父亲弹开眼皮时，已是第二天早晨。父亲扫瞄着他朝思暮想的桃子的闺房，像撩开女人的秘密一样欢悦。曾伴随桃子度过无数日子的绣花鞋样贴在麻布蚊帐顶，散发出女孩的细腻。几双尖头布鞋整齐地排在屋角的红木箱上，一丝白线从红木箱缝延伸出来，说明着桃子出走的慌乱。那个时代的女子闺房摆设简单，在简洁的摆设中，父亲看到了竹竿上晾着一条皱巴巴的裤衩，估计桃子出走时这条裤衩还未晾干。在父亲的眼里，这条裤衩似乎还滴着水珠。父亲深深地吸了口气，想把桃子残存的气息全部盗窃一空。父亲这一刻分不清是酒的气味或是桃子的气味，直觉得荡气回肠飘飘欲仙。

人们看见父亲的衣兜里插着一本神秘的《杜康神酿》，双手捧着一只坛子，飘飘摇摇地从他岳父家晃出来。父亲像讨到媳妇一样欢喜。父亲从这个早上开始走向了他的酿酒生涯。

我的小说在隔壁孩童的哭喊声中进展缓慢，凝重。父亲注定要在有关坛子的地方停留片刻。妇女的鞭子叭叭地击打出孩子的哭喊。妇女像是有些累了，鞭子击落的次数开始稀疏而又机械，追问声已经停了许久。我疑心妇女的鞭子是不是敲打在木柱上，妇女是不是忘了鞭策孩子的目的，而孩子是不是在麻木地哭着，他根本没有皮肉之苦。但无论如何，我是在鞭策声和哭喊声中写小说，这个古老的故事是我写小说的背景，灵感由此而来。

父亲开始翻动《杜康神酿》，按照书上的图画，从家屋的角落里找出那些结满蛛网的酒具。父亲翻动酒具就像翻动陈旧的往事，深信这些酒具曾经在酒村的历史上占有很厚的页码。

那时候的酒村终日飘荡着酒的醇香，父亲只是个酒中的小辈，没有人把他挂在心上放在眼里。当父亲的玉米酒开始流出酒甑，父亲便悄然地汇入酒村的潮流。父亲请来村上所有的酒佬，敞开坛口让他们豪饮。酒佬歪七竖八造型别致。酒佬们说好酒，好酒呀。父亲心想既然我已造出好酒，他们便不敢小瞧我了。父亲从酒佬的赞扬声中获取酿酒的通行证。

父亲没有品酒的经验，至死也没有酒瘾，这在酒村中绝无仅有。父亲用酒换取高分，脸上桃花灿烂。父亲举起所剩无几的酒坛，抿了一口自酿的玉米酒，脸突然如桃花凋零的枯枝，在风中失魂落魄。父亲没有嗅到桃子的香味，父亲觉得这酒与他挖掘出来的那坛隔着遥远的路途。

那些商贾在酒村中走进走出，像故事的角色时隐时现。商贾们没有买到父亲的一滴酒。酒佬们认定父亲的酒一锅比一锅熬得好，是村上的王酒。按酒村多年的规矩，王酒不能出售，专供村上酒佬们品尝。父亲家的堂屋里高朋满座，父亲因为熬出王酒而成为一个不会喝酒的酒王。

父亲终日研读《杜康神酿》，父亲坚信这本书给他带来了好运。尽管父亲第一次尝酒没有获得预期效果，但父亲还是看到了桃子苍白单薄的身体。桃子在酒佬们的赞扬声中逐渐清晰，父亲每出一锅酒的日子，桃子便如期来到父亲的床上。父亲不用再嗅那只挖掘出来的酒坛。父亲只要嗅到自酿的玉米酒香便占有了桃子。父亲已经是酒王，已经造出了一流的玉米酒，酒佬都这样说。父亲臆想着桃子的一切动作。

我的到来使父亲与桃子靠近了一步。那时候父亲已做了十多年的酒王，父亲的酒香常常引来酒佬，酒佬们像狗忠于主人一样忠于我的父亲。酒佬们说在坳上残破的酒窖里有一个弃婴在哭。酒佬们说那是仁富和桃子的孩子。仁富和桃子像母鸡生蛋一样十多年来已经生养了十个孩子，他们再也养不起孩子了，便把新生婴儿丢在酒窖里。父亲仿佛看到桃子分开两腿，生出个血淋淋的婴儿来。父亲对酒佬们说，那是我的儿子。父亲说完便朝坳上奔去。

灶膛里的火扑闪着燃烧锅底。父亲熬酒的时候常常把我放在灶边痴痴地凝望。父亲手中已经有了我和酒两种工具。我和酒在父亲的哺育下一同成长。父亲借助工具逼近桃子。父亲想象在酒灶边骑到桃子身上，然后桃子的肚子迅速膨胀生下我来。父亲嘿嘿地裂开嘴惬意地大笑不止。

父亲想不到他的这两种工具到后来会自相残杀。父亲后来曾抱着一个秘密征求我的答复，但我的回答使父亲大失所望。父亲在我的答案里瞬间苍老。

山区的孩子一夜之间从土里冒出来似的，遍地生长。没有人再敢浪费一粒粮食，酒村名不副实地搁浅在历史中。有人发狠地劈了酒具，投进熊熊炉火。父亲由婴儿起步，现在正步入人生的高山峻岭。父亲执着地以最后一个酒佬的面孔装点村庄，日子因而艰难。父亲牵着我的手穿梭于酒佬们中间。日落西山，天空灰色中夹杂浅红，背景正逐渐暗淡着走向温馨。父亲和我坐在别人的家门看他们进食。父亲的眼珠笃定从不放过他们吃饭的动作。酒佬们说，你把《杜康神酿》拿出来，我换碗饭给你吃。父亲吞了一口唾液，牵着我回家去吃发酸的酒糟。父亲携带着我在人生的小径中穿行，直到我长大。

要说出那个时期的某个夕暮，我和父亲坐在某家的门槛上看他们吃饭的过程，我现在也感到力不从心。在我写小说的这个夜晚，我已经好了伤疤忘了痛。我在村庄转悠的时刻，常常留意谁家的门槛上是不是有一个小洞，如果有，那就是我坐过的门槛。因为在我和父亲看他们吃饭的傍晚，我总拿着一把小刀不停地在门槛上挖着，以掩饰自己的饥饿。经过认真观察之后，现在我有权利把全村所有的门槛都显现在小说里，除了仁富家之外。父亲从不带我到仁富家去，父亲不会走出我的视线走出他的幻想到仁富家去。

父亲没有中断煮酒，父亲就没有离开桃子。灾年缓慢而颤抖地从父亲的视线内游出去，渐渐地只剩下一截尾巴。父亲的新酒开了坛，酒佬们追着气味到来。照例在一片好酒声中，酒佬们优雅道德地醉倒了。父亲陶醉了。父亲像没有记忆，从来没有记起我和他坐在人家门槛上的一个个傍晚。一张陌生的男人的面孔，出现在父亲和酒佬们的面前。陌生的面孔瘦削泛黄，如那本《杜康神酿》的书页。来人说，十四年前，我们没有吃的，我们路过你们村庄，我丢了个婴儿在酒窖里，听说是你收养了，恩人呀。来人看了我一眼，便软下双腿跪在父亲的面前。我用仇恨的目光，看着软下去的那堆肉。

十四年后陌生人的这个答案，实际上是对十四年前酒佬们编织谎言的有力耳光，但父亲没有听到耳光的清脆声响。酒佬们都从醉意中走出来，像一句句废话退出父亲的大门。父亲独自面对来人，拂袖转身进入酒房。父亲说，他是桃子的儿子，谁人也别想打他的主意。父亲终于进入情节高潮，指着我愤愤地说，你问他，看他说是谁的儿子？来人一直跪在地面不起，把目光侧向我，依然恭敬地跪着。我说你的那个孩子已经冷死了，我是父亲的儿子。来人说，对呀，你是父亲的儿子，我是你的父亲。我指着酒房的那个人说，我是他的儿子。父亲纠正我说，你是桃子的儿子。来人唯唯诺诺退出家门，像是赎罪，一直跪着退向门槛。来人退出我家大门的镜头，至今仍在我的脑海闪烁。

父亲看着酒佬们放弃酒感到失望。父亲为了鼓励他们重振昔日酒村的雄风，做了许多酒饼免费送给酒佬们。酒佬们虔诚地接过《杜康神酿》中的酒饼，但都没有做出酒来。有人在喝着父亲的酒时，开始大胆妄为地谈论啤酒、香槟、酱香、浓香、清香和馥郁香型白酒。父亲在谈论声中由村中心移到了村头，开始长久的企望。父亲等待着邮递员的到来。父亲总是迫不及待地接过邮递员送来的报纸，最先翻看那些关于啤酒、香槟、白酒的广告。父亲看得入迷的时候，听到了轰隆轰隆的声音。父亲说谁家又推磨了？父亲多年来都把这种来自天际的声响，当作推磨声加以消化吸收。邮递员指着天空说，那是飞机。父亲仰起头颅，看见一只大鸟贴在白云之下滑动，父亲说是鸟！只有鸟才能够飞。父亲的目光跟随着鸟飞扬。父亲突然感到脚下踏着一团东西。父亲低下头，看到了他赠送给酒佬们的酒饼，正毫无用处地撒落在村道上。

父亲终于看到他用来逼近桃子的两个工具开始厮杀。父亲用信任的目光端起一碗酒向我递来。父亲信任我是因为我承认自己是他的儿子，是桃子的儿子。父亲说，崽，你长大了，你喝一碗爹的酒，你说说这酒好不好？我接过父亲的信任一饮而进。我用手抹了抹嘴皮说，这酒不好喝，算不得好酒。

父亲如一座山轰然倒下。父亲倒下几天之后能够爬起来做的唯一一件事，就是上厕所。父亲在便后用那本《杜康神酿》为人生画了句号。用木棍擦了一辈子屁股的父亲，感到改用纸擦的快活程度无与伦比。我发现父亲时，父亲已死在厕所里。酒死了桃子便死了，父亲也就死了。关于酒村的故事被封存在历史里，那些黑色的瓦罐和碎片是酒村的注脚，隐隐约约地发出诱人的芳香。

父亲走出我的小说。父亲把村庄所有的幻想席卷而去，从此，村庄再也没有幻想。

　　叭的一声脆响把我从虚幻飘忽中唤回现实,唤回到秋夜的寒冷里。隔壁的鞭策声渐渐减弱,成为夜晚的一种装饰,现在反而显得温馨。妇女像是出了差错,碰落了一只瓷碗。瓷碗叭地破碎在地面。瓷碗叭的破碎声成为我这篇小说的句号。

（全文终）